KB195562

마로니에캠퍼스에서 함께한 글벗들을 기억하며

# 늦가을의 향기

서울대행정대학원 제15회 졸업50주년 기념문집

졸업생(73입학 기준)

김규복 김성진 김석준 김의수 김종명 김창환 김한진 김해룡 남상덕 박병로 박 준 서성원 손 홍 송근원 신수범 안상균 이규성 이성구 이준웅 이종윤 이홍순 유지창 장세창 최경수 최석충 최동현 최홍기 허범도 황재홍 (무순)29인

(연락두절) 김선국 김재기 김두성 김승환 김동주 이경태 정의영 이명희 김현이 등 23인

(소천) 김의제 김경덕 장두현 홍종덕 홍대의 한성택 서삼영 윤사환 8인

지도교수 한심석(총장) 박동서(원장) 한승수 강신택 조석준 유 훈 오석홍

(소천) 안해균 김운태 유 훈 서원우 김해동 최종기 이웅근 왕인정 김광웅

# 제15회 졸업50주년 기념 시

국가발전과 번영에 필요한 학문을 탐구하러 선택한
서울대 행정대학원 GSPA

미래에 대한 당찬 꿈과 소망을 가슴에 안고
들어온 혈기왕성한 동기생들

열띤 토론과 사색으로 진리 탐구에 젊음을 불사르며
초록 물결이 넘실대는 마로니에 숲속에서
낭만을 즐기며 꽃 미소를 활짝 피우기도 하고
금쪽같은 시간을 쪼개어 운동도 산행도 여행도
같이 하며 친교를 다져 나갔다.

2년이란 짧은 대학원 시절이었지만 세계적인 석학
교수님들의 지도로 튼튼한 실력을 쌓아
빛나는 졸업장을 가슴에 안고 마로니에 캠퍼스를 나와
공직자 교수 연구원으로 또는 산업 현장에 뛰어 들었다.

당시만 해도 가난의 상징이었던 보릿고개를 걷어내고
산업화와 민주화를 이룩하여
세계 10대 경제대국으로 성장하는데 헌신하였던
지난 50년 세월은 내 생애 빛나는 황금기였다.

그러나 무심한 세월은 눈 깜작할 사이에 강물처럼
구름처럼 흘러가고 중년의 동기들 머리엔
함박눈이 내리고 얼굴엔 잔주름이 주렁주렁

지난 세월을 회고하는 영롱한 늦가을의 향기가
옥구슬이 되어 두 뺨에 방울방울 구른다.

인생 사사분기 모든 거 다 내려놓은 지금
지난날을 돌아보며
하늘나라로 먼저 간 글벗 동기들의 영원한
명복을 빌고

남은여생 마로니에 숲길을 걸었던 기억을 되살려
건강을 지키는 것이 가족의 최대의 행복이라는 걸
실천하려고

오늘은 대학로 마로니에 숲속에서 관악산 기슭으로
이전한 GSPA 캠퍼스를 산책하며

우리가 못다 한 국가의 발전과 민족의 번영
통일과 평화를 기원해 본다.

# 회고 사진 이모저모

마로니에 캠퍼스 옛 모습

박동서 원장

신입생 환영회

여행 사진

행정고시생

체육대회

졸업 사진

## 잠실 저녁모임

## 남산 산책

남산 산책

경복궁 청와대 산책

경복궁 청와대 산책

경복궁 청와대 산책

경복궁 청와대 산책

- 좌담회 -

# 인생 살아보니까

· 일시 : 2024년 10월 13일~11월 30일

· 장소 : GSPA 카톡방 및 송년회

· 주제 : 인생 살아보니까?

내가 살아온 느낌과 은퇴 후 생활이나, 후손 후배 후세에 남기고 싶은 말을 20줄 내외로 이 카톡방에 글을 올려주시면 되겠습니다. 주제와 상관없이 자유스럽게 말씀을 하셔도 됩니다.

〈손홍〉

텅 빈 하늘에, 구름 한쪽 잠시 일었다가, 돌연히 사라지듯, 인생이란 게, 그런 것이랍니다.

2024년 11월 29일 (금) 오전 10:27

〈서해(書偕) 허범도〉

"人生을 살아보니까"

75세들 동갑내기 음악회엘 며칠 전 다녀왔다.

다들 Three Quarter를 넘고 있는데 아름다운 사랑노래를 부른다!

20대 중반 즈음 동숭동 GSPA Campus에서 만난 친구들!

서울 멋쟁이들도 많았고, 강원도 순둥이들, 경상도 사나이들, 전라도 예술가들, 충청도 예절가들, 경기도 신사들, 제주도 유학파들…

이제 그들과 함께 사랑을 노래하자!

학문도 지위도 고향도 잊어버리고 오로지 푯대를 향하여 나아 갈 뿐이다.

2024년 10월 13일 (일) 오전 10:53

〈이규성〉

며칠 전 한 동료의 안타까운 죽음 때문에 계속 마음이 무겁다.

좋은 죽음, 나쁜 죽음이 따로 있는지는 알 수 없지만, 재산도 가질 만큼 다 가졌고 건강관리도 철저했던 사람이 자기 사업장에서 황당한 안전사고로 숨졌다.

살다보면 살아진다는 노래 말도 있는데, 주위 사람들이 사라질 때마다 나의 인생을 잘 마무리할 수 있을지 복잡한 생각마저 들었다.

광야 같았던 인생길에서 용기와 인내를 배웠고 기다림의 지혜도 맛보았다.

허술하고 엉뚱했던 나의 지난날들에서 은혜와 겸손을 일깨워준 좋은 가족을 만나게 된 것은 참으로 행운이었다.

남은 세월에는 더 내려놓고 더 배려하고 더 사랑하는 마무리 시간들이 되기를 소망해 본다.

2024년 10월 16일 (수) 오후 2:28

〈이성구〉

겸손으로 익어가는 열매의 철학과 사랑으로 섬기는 온유한 마음이 묻어나 감동합니다. 인생은 지금부터!~~

이성구 생각은 혼자 할 수 있어도 사랑과 우정은 함께 하는, 해야만 하는데 사랑을 노래하자는 그 제언이 가슴에 메아리칩니다.

저도 함께 하렵니다

2024년 10월 19일 (토) 오전 7:51

〈솔뜰 송근원〉 인생을 살아보니까

어느덧 70도 훌쩍 넘겨 망팔(望八)을 바라보는 나이가 되었다. 후배들에게 이 세상 살아나가는데 필요한 말 한마디를 꼭 남겨야 한다면, "하늘(하느님)의 뜻대로 살아라."는 것이다. '하늘의 뜻을 따르면 잘 살게 되고, 하늘의 뜻을 거스르면 망한다[順天者存, 逆天者亡]'는 맹자님 말씀도 있지 않은가!

그렇다면 하느님의 뜻은 어떻게 알 수 있을까?

하느님의 뜻은 늘 우리 곁에 있다. 우리 선대 성현님의 말씀이 그것이다. 예수는 사랑을, 부처는 자비를. 공자는 인(仁)을 말씀하시지 아니하였던가!

사랑이나 자비나 인(仁)이나 모두 같은 말이다.

우리가 살아나가는 데 정말 중요한 한 가지를 꼽으라면, 바로 '사랑'이요, '자비'요, '인(仁)'이다.

사람은 혼자 사는 것이 아니다. 함께 살아야 하는데, 함께 살아가는 데 가장 필요한 것이 바로 사랑이이요, 자비요 인(仁)이기 때문이다.

한편 다른 사람들과의 관계가 아니라, 나 자신의 구체적 삶에 대한 하늘의 뜻은 무엇일까?

예컨대 내가 이루고자 하는 일이 있다면 물론 나 나름대로 성실히 열심히 노력을 하겠지만, 그것이 하늘의 뜻이 아니라면 결코 이루어지지 않는다. 하늘의 뜻은 하늘에 있으니!

2024. 10. 18 아침

〈신수범〉

남기고 싶은 말은 "온유한 자는 복 받는다(마태복음)"이다. 그동안 얻은 교훈은 다음과 같다. 서로 다름을 인정하고 강요하지 않아야 다툼이 일어나지 않는다. 자기얘기보다 남의 얘기에 경청하여야 원만한 대화가 이루어진다. 남이 싫어하는 행동은 언쟁을 야기한다. 남을 시키지 말고 스스로 한다. 자신이 하지 못하는 것을 남에게 시키지 않는다.

수필원고

〈박병로〉

삶이란? 오대양 육대주를 셀 수 없이 날아다니며, 달라벌이 근 40년을 회상하게 됩니다.

어차피 인생은 그렇구 그런 거지. 세상살이 뭐 다 그렇구 그렇더라고 축약하고 싶네요.

걱정 투성이 삶, 걱정한다고 정답을 찾을 길 없고, 가는 세월 못 잊어 붙잡고 있으면 붙잡고 있어 봤자 짐이 되어 고통으로 남더라구요.

허나 참고 기다리면 좋은 때는 분명 찾아오는 法인 것을……

2024년 10월 26일 (토) 오후 8:09

〈해강 김한진〉

저는 지난세월 돌아보면 뭔가 부족한 삶인 것 같아요. 그래서 할 수만 있다면 복기도 하고 싶어요. 후세에 남기고 싶은 말은 내가 잘못했지만, 좀 남을 배려하며 살아라는 말이죠.

2024년 10월 13일 (일) 오전 10:52

〈이성구〉

"Think와 Thank 차이는

Live와 love 차이와 같다…이성구"

친구들! 개똥철학이라고 들어보았나요?

어쩌다보니 엇그제가 사랑하는 아내 김현씨와 만나 결혼 50년이 되었더군요.

생각해보니 꿈결과 같이 지나간 세월이었어요. 그러나 얼굴도 손도 주름진 모습을 보는 순간 감사하다는 마음뿐이었습니다. 하루하루를 살다보니, 그것이 오늘에야 사랑으로 계속 이어진 삶인 것을 발견하네요. 사랑해요 그래서 일합니다.

2024년 11월 11일 (월) 오후 1:46

〈허범도〉

2024. 11. 14. 도산기념관에서 개최한 김형석 교수님 인문학 강좌를 다녀와서 1920년생으로 올해 105세이신 김형석 교수님, 건강하신 모습으로 이렇게 일반시민들에게 직접 인문학 강의를 해주시니 감사할 뿐이다. 못 오신 분들을 위해서, 강의 내용 중 몇 가지 Point를 공유코자 합니다.

첫째, 정답이 하나인 자연과학적 접근으로는 복잡다기한 사회현상을 다룰 수 없을 것이다. 인문학적인 사고가 필요함.

둘째, 어릴 때엔 암기력이 좋고 청년기에는 이해력이 증가되며, 나이 들면 사고력이 늘어난다. 오늘이 수능일인데, 주로 암기력 위주인 수능시험 성적으로 자녀들을 평가해서는 안 된다. Talent가 다 다르므로.

*예를 들어 시인 윤동주는 아마도 본인보다 학교 성적이 안 좋았을 수도 (하하하)…그러나 시적인면에서는 탁월했지 않았는가? (빨리 돌아가셔서는 안 될 분인데 조그마한 실수로 일경에 체포되었다). 소설가 황순원도 학교 성적으로는 그를 평가할  수 없다.

셋째, 중1때 목사님이 학교에 와 특별강연(설교)을 했다. 수수께끼를 내셨다. 이 세상에서 가장 강한 것이 무엇일까요? 잘 생각해서 알아맞추면 상을 준다고했다. 어린나이에 코끼리? …? 신중히 생각 후 세상을 살아가는데 가장 강한 것은 "정의"라고 써내었다. 그 다음날 교장선생님이 발표를 하셨다. 자기가 틀림없이 1등이라고 확신했는데, 웬걸 다른 사람 이름을 불렀다. 그의 답은 "사랑"이었다

그런 후 교장선생님께서 2등 김형석을 불렀다. 아니 사랑은 부드럽고 약한 눈물이 연상되는데, 어떻게 정의보다 강하다고 할 수 있겠는가? 어린나이에 도저히 인정할 수 없었다. 그러나 세월이 흘러 일본 유학시절 사랑의 힘을 깨달았다.

결어 : 살아가면서 우리는 자유를 통해 사랑으로 나아가야하며, 정치란 인간애와 사랑으로 정의를 감싸 안아야 할 것이다!

2024년 11월 15일 (금) 오전 7:55

〈최홍기〉

하말리아는 한번만 간 사람은 드물다는 말처럼, 2004년 10월에 한 달간 쿵후 히말리아 지역(에베레스트가 있는 곳), 2007년 10월에 20일간 안나푸르나 라운딩 트레킹으로 평생 잊을 수 없는 산행을 했다.

*산행일기 중에서

〈김의수〉

우리의 역사에서 '역경의 축복'의 원리가 반복해서 실현되고 입증된 것처럼 우리가 현재에 만족하고 방심한다면 '승자의 저주' 역시 필연적일 수 있다. 불완전하지만 이제까지 이룬 성공을 바탕으로 자신감을 갖고, 아직도 계속되는 역경을 극복한다는 목표를 세우고, 계속해서 앞으로 나아가는 노력이 어느 때보다도 절실하게 필요하다.

*수필 원고에서 발췌

〈서성원〉

사실 우리의 인생은 무척 힘이 듭니다. 우리가 신앙을 가졌다고 해서 힘든 게 없어지는 것은 아닙니다. 그러나 일반 사람들과 다른 즐거운 인생을 살 수 있는 것은, 우리의 삶에 주님께서 함께하기 때문입니다. 아담과 하와가 죄를 짓고 부끄러워 숨었을 때 "너 어디 있느냐?"(창세3,9) 찾아 나서시던 분이 우리의 하느님이십니다.

*오늘의 묵상글

〈박준〉

덧붙이고 싶은 건 할아버지 공부 방식은 이해하자! 안 되면 외우자였는데, 너희들은 공부를 통해 상상의 나래를 펴고 창의력을 크게 키웠으면 좋겠다. 인류의 발전을 이끌어온 원동력은 무엇보다 상상력 아니냐?

*할아버지 편지에서 발췌

〈서성원〉

남을 위해 봉사정신이 결국 나의 행복이다.

공동선을 위한 것이 하느님의 신앙이기도

2024. 11. 30 삼청공원

〈이성구〉

나만 바라보지 말고 너를 바라보라.

〈이준웅〉

인생 살아보니까, 거짓 없이 열심히 일하고 살았더니, 받은 선물은 건강입니다. 건강이 제일!

순간 순간 최선을 다하며 성실하고 유용한 사람으로 기도하는 입보다, 봉사하는 손길이 더 성스럽다고 보아 애타봉사(愛他奉仕)하는 삶이 아닐까?

생각이 행동을 낳고, 행동이 습관을 낳고, 습관이 반복되면 성격이 형성되고 성격에 따라 운명이 결정된다고 본다. 따라서 생각, 정신이 중요하다.

"boys be ambitious"

공부하라, 운동하라, 놀 줄 알라,

지(知), 정(情), 의(意)를 공유하기를

2024. 12. 5 아침

〈김성진〉

이왕 기다린 일, 한 분이라도 더 참여하기를 기대해보시지요.

모두가 홍보대사로 활약해야지요…ㅎㅎ

2024년 11월 19일 (화) 오전 5:59

〈이중웅 회장〉

2024. 11. 30. 하얀 눈이 소복이 쌓인 경복궁과 청와대를 산책한 후, 오찬 좌담회에서 2025. 3. 3. 13시에 서울대학교 행정대학원 제1졸업 50주년 재상봉 기념 및 기념문집 출간기념회를 갖기로 하였다.

- 좌담회를 마치며

기념문집 제목은 늦가을의 향기로 하여 문학적 향기가 나도록 했습니다.

우리 동기분들은 인생의 3.4분기 가을의 끝자락에 있다고 할 수 있겠죠. 바로 늦가을이 아닌가요?

늦가을에도 국화꽃이 피고 향기가 나듯이 우리 동기 분들도 향기가 묻어나요. 그것이 이번 출간하는 기념문집이죠.

우리 동기 분들도 모두 늦가을의 그윽한 향기를 내며 살아가요.

그 향기가 우리 후손들에게도 좋은 귀감이 되어 화려한 봄꽃으로 피어나리라 믿어요.

감사합니다.

晩秋 滿菊花
祝文集 出刊
東崇 同期香
後孫 龜鑑來

- 書偕 허범도- (미소)

2024년 12월 7일 (토) 오전 5:20

끝으로 좌담회에 참여하여 좋은 인생 환담과 우리 후세들에게 남기고 싶은 말을 솔직히 해주신 동기 분들에게 감사의 말씀을 드립니다. 다음부터는 우리 동기들과 가족들이 밤잠을 안 자면서 열심히 쓰신, 주옥같은 작품 수필, 여행기, 평론에서 좀 더 자세한 인생 스토리가 전개됩니다. 기대하세요. 좌담회에 참여해주신 동기 분들에게 거듭 감사드립니다.

- 편집장 김한진

- 발간사 -

- 우리들의 반세기 기록물 -

# 「제15회 졸업50주년 기념문집」을 발간하면서

사랑하고 존경하는 서울대학교 행정대학원 제15회동기생 여러분!

2025년 2월 26일은 동숭동 대학로 마로니에 법과대학 옆 아담한 고색창연한 행정대학원 건물에서, 마지막으로 수업하고 졸업한지 50주년을 맞이하는 뜻깊은 날입니다.

'10년이면 강산도 변한다.'고 하는데, 우린 졸업한지 강산이 다섯 번이나 변했습니다. 동기 여러분 그동안 모두 안녕하시지요?

지난 50년 동안 우리 동기생 여러분들은 조국의 발전과 번영을 위하여, 선진국으로 도약하는데 몸과 마음을 다 바쳐 왔습니다.

돌이켜 생각해보면, 서울대학교는 1959년 4월에 변화에 대응하는 현대 행정 기능을 담당할 인적 자원개발을 위하여, 우리나라 최초로 행정대학원이란 전문대학원을 설립하였습니다. 서울대학교 설치령에 의하여, 1959년 1월 13일 법과대학 내에 행정대학원이 설립하여 1961년 3월 최초로 행정학 석사 80명이 배출되었습니다. 그해 법과대학에서도 분리되어 우리나라 초유의 행정전문대학원의 효시가 되었습니다. 지금은 66년 전통의 역사를 간직한 전문행정 교육기관으로 성장하게 된 것입니다.

행정대학원 설치령에 의하면 행정학을 심오하게 연구하고 그 응용능력을 발휘할 수 있는 행정기관의 고급 공무원을 양성하기 위할 목적으로 설립(도시 및 지역계획학과 52명 포함)하여 전문행정학 석사를 배출하는 대학원으로 출발하였고, 1976년부터는 행정학 박사과정도 설치하여 박사도 배출하고 있습니다.

"석사 1부 졸업생의 취업 경향을 보면, 약 40%가 공무원으로 약 10%가 학계, 연구원 및 박사과정으로, 나머지 50%는 국영기업, 언론, 금융기관, 정당, 기타 민간 기업에 진출하고 있고, 석사 2부 졸업생의 경우는 본래 5급 이상 및 이에 상당하는 현직자들이 입학한 분들(약 80%가 5급 이상 공무원이고 나머지는 공공 민간기업의 간부이거나 학계 종사자)이므로 취업 문제는 없는 훌륭한 분들이었습니다. 박사학위 취득자의 경우도 행정학 교수로 국책연구원 또는 공직 임용방식의 추세에 따라 공직 진출도 하고 있습니다."

다 아시는 바와 같이 우리 행정대학원 출신은 과거 정권에서도 그러하였듯이 MB정권에서도 3회 출신이신 한승수 국무총리(당시 경제학 담당 교수)를 비롯하여 8회 정정길 대통령실장, 각 부처의 장·차관, 각 실·국장, 국회의원, 각 시·도지사, 국영기업체, 학계, 재계, 금융계, 교육계, 언론계 등 여러 분야에서 국가발전에 크게 이바지하고 있는 국가지도자를 배출하는 산실이기도 합니다.

따라서 행정대학원의 역사는 우리나라 관료사회 역사로서 전체이며 현재이고 미래입니다. 우리가 졸업한 서울대 행정대학원의 발전은 학교 발전만이 아니라, 국가의 발전과 번영이라고 생각합니다.

돌이켜보면  졸업 50주년을 맞이하는 우리 제15회 동기들도 책임을 통감하고, 저마다 옷깃을 여미고 글로벌화 된 무한경쟁시대에 서울대 행정대학원 출신답게 다시 「노블레스 오블리즈」의 정신으로, 새로운 진리를 발견하고 봉사하는 일에 열과 성을 다해 왔습니다.

이제 일선에서 물러난 우리 동기 분들은 내년이면 졸업한지 50주년이 됩니다. 이렇게 뜻깊은 해를 맞이하여 지난날을 영원히 기리기 위하여, 지나간 학창 시절의 추억을 넘나들 수 있도록 졸업기념문집을 발간하였습니다. 이를 통해 우리 모두 한가족으로 남은 여생 힘찬 발걸음을 내딛을 수 있도록 기념문집 발간에 혼신을 다해주신 김한진 동기와 분위기를 만들어 준 박병로 동기 그리고 동참하여 주신 동기 가족(김의제 동문 미망인 등 친척 문인 포함)들에게 뜨거운 감사를 드립니다. 또한 저도 동기생의 한 사람으로서 기쁘기 이를 데 없습니다.

21세기 한국의 미래! 한국의 지성! 21세기 선진 조국 건설의 산실로 세계로 뻗어가는 서울대학교 행정대학원이 영원하기를 기원하며…….

끝으로 동문 및 가족들의 건승을 기도드립니다.

감사합니다.

2025년 2월 26일

서울대학교 행정대학원 제15기 심부름꾼

이 준 웅 동기회 회장

## - 축사 -

존경하는 서울대학교 행정대학원 15회 동문 여러분!

행정대학원 15회 졸업 50주년 기념문집 발간을 축하하며.

오늘은 여러분의 졸업 50주년을 기념하며 특별한 발걸음을 내디딘 날입니다. 반세기라는 긴 세월 동안 각자의 자리에서 나라와 사회를 위해 헌신하며, 함께 걸어온 시간들이 한 권의 문집으로 결실을 맺게 된 것을 진심으로 축하드립니다.

이번 출간하는 기념문집은 행정대학원 기별로는 최초로 출간하는 문집으로 기별단합과 다른 기에 모범이 되는 활동으로, 앞으로 다른 행정대학원 동문들도 반듯이 본받아야 할 경사라 하겠습니다.

행정대학원 15회 동문 여러분!

50년 전, 여러분은 대한민국의 발전과 공공의 이익을 위해 새로운 길을 열겠다는 포부로 모이셨고, 지금까지 각계각층에서 그 약속을 실천해 오셨습니다. 여러분의 헌신과 지혜는 우리 사회의 든든한 밑거름이 되었으며, 행정대학원의 이름을 널리 빛내 주셨습니다.

이번 출간하는 문집은 단순한 기록 이상의 의미를 가집니다. 이는 여러분이 함께한 시간과 각자의 자리에서 이루어낸 성취, 그리고 미래 세대에 남길 교훈을 담은 소중한 역사이자 유산입니다.

또한 동문 간의 끈끈한 우정을 되새기고 앞으로의 50년을 향해 새로운 비전을 그리는 출발점이 될 것입니다.

2025년 3월에는 행정대학원 15회 졸업 50주년 재상봉 행사와 문집 출간 기념행사도 가질 예정이라니 축하 인사를 드립니다. 오늘의 기쁨이 더욱 빛날 수 있도록 해주신 모든 분들께 감사의 인사를 전하며, 앞으로도 서울대학교 행정대학원 15회의 빛나는 역사가 이어지길 기원합니다.

이 지면을 통해 모원 총동창회 사무총장으로 오랫동안 저를 도와 봉사하고 있는 제15회 동기회를 이끌고 있는 이준웅 회장께도 감사의 말씀을 올립니다.

다시 한번, 문집 발간과 50주년 기념을 진심으로 축하드리며, 여러분 모두의 건강과 행복, 그리고 행보에 끝없는 영광이 함께하길 바랍니다.

감사합니다.

2025년 2월 26일

서울대학교 행정대학원 총동창회 회장 김기병

## 차례



## 제1부 시 | 내 인생을 노래하다

## 제2부 수필 | 내 삶을 돌아보다

## 제3부 여행기 | 세상을 누비고 다니다

## 제4부 평론 | 세상을 다시 보다

# 제1부 | 시

# 내 인생을 노래하다

인생은 너무 짧다.
그래서 나는 아이들을 볼 때마다
최대한 그들의 모습을 즐기고,
시간 있을 때마다
사랑하는 사람, 나의 가족,
친구들의 존재를 즐긴다.

(돈 미겔 루이스)

박병로

· 충남 서산 출생
· 서울대 문리과대학 화학과
· 서울대행정대학원 KISWE 그룹 총괄임원
· 중국 및 말레이시아 법인장 주식회사 에이지 회장
· 현) 가나해운주식회사 회장

# 사모곡思母曲

긴 밤 달빛 타고 지새우며 부딪치는
강릉 사천해변 파도 소리

서산에서 불어 온 바람은
가지가지 시름 담아 대관령 고개 넘어
동해바다로 넘어 온다.

새벽잠을 설치고 간 바닷가 일출 녘에 서니
먼 때 먼 곳으로 훌쩍 떠나신 어머니가 그리워
끼억끼억 갈매기 우는 소리 애달프게 들려온다.

살펴가며 키우신 봉숭아꽃 밭
보드라운 꽃잎 따다가 곱게 빻아
병아리처럼 재잘대는 손녀딸들 작은 손톱에
진홍색 꽃물 들 때

어머니 입가에도 번지는 미소
당신께서는 그것이 삶의 낙이었나 보다.

칠흑 같은 시골 여름 밤 하늘엔
이내 은하수가 총총 떠오른다.

행여나 우리 강아지들 불편할까
풋 쑥을 매케하게 태워 모기를 내 쫏는
어머니의 바쁜 부채질에

멍석에서 비스듬히 누워 오란 도란
이야기 나누던 우리들은 스르르 잠이 든다.

나 꿈나라로 가는 길 어머니는 내 손을
슬며시 잡으셨지.
아들 체면에 괜스레 쑥스러워 잠든 척 했지만
오늘따라 당신의 까칠한 손이 참 그립다.

안면도 바닷가 옛 고향집
수십 년이 지난 어느 날 문득
그리움이 파도처럼 밀려온다.

우리가 함께 한 모든 추억 속에는
어머니 당신의 사랑이 한가득 담겨 있었음을
그때는 왜 몰랐을까?

정의롭게 살라며
까마귀 노는 곳에 백로야 가지 마라던
우리 어머니.

어머니 당신이 많이많이 그립습니다.

심재 김석준

· 전) 국회의원
· 경북 의성
· 서울대 토목공학과
· 서울대행정대학원 UCLA 정치학 박사
· 이화여대 교수 안양대학교 총장 서울미디어대학교 총장
· 옥스포대 하바드대 초빙 교수
· 한국행정학회 회장 과학기술정책연구원 원장
· 국가경쟁력과 통일전략 연구회 공동 대표
· 국무총리표창 수상 17대 의원 활동 최우수 의원
· 저서: 거버넌스이해, 고려행정사 등 다수

# 희망의 여명

서울 하늘 아래 첫 걸음 내딛어
공학의 길 행정의 길 정치학의 지혜로
배움과 나눔으로 채운 날들
이화의 강단에서부터 국회의 정당까지

과학기술의 등불 밝혀
정책의 뿌리 내리고
교육의 터전 새로 짓던 그 순간들
대한민국은 기적을 노래하고 있었다.

폐허에서 일어선 조국의 열정
세계를 놀라게 한 민족의 의지
그 중심에 서서 함께 꿈꾸었네
지식의 나무가 열매를 맺고
희망의 불씨가 세상을 비추던 날들.

지금 과거를 돌아보며 묻는다.
"우리가 이룬 이 길 앞으로도 찬란할 수 있을까?"
답은 우리 손안에
새로운 도약의 날개 아래 펼쳐질 미래 속에

후손들이 맞이할 태양은 더욱 밝고
세계의 중심에서 손잡을 그날
우리가 뿌린 씨앗은 끝없이 자라리라
대한민국 그리고 인류의 내일을 위해

마지막 고백은 한 가지뿐
"모든 순간이 축복이었고
내일도 그러하리라."

# 한민족 희망의 길을 열다

고조선의 별이 뜨니 단군의 뜻 솟아나고
강산 물결 흘러오며 고려의 빛 이어지네
역사 깊은 혼의 뿌리 찬란하게 꽃피었네.

조선 하늘 글이 피어 학문으로 길을 내고
백성 뜻을 품어 안아 유교 정신 뿌리내려
민족의 혼 겨레의 꿈 한반도에 새겨지니.

일제 고난 밤 지나고 독립의 꽃 터지니라
대한민국 태양 뜨며 민주 바람 불어오고
새벽길을 걷는 발걸음 희망 속에 더욱 밝네.

학문으로 길을 닦고 정치로써 빛을 더해
과학 기술 등불 밝혀 미래로 가 나아가니
민족의 꿈 세계의 꿈 인류 속에 새겨지리.

고대 혼을 품은 땅에 중세 꽃이 피어나고
근대의 별 빛나올 제 현대로서 날아올라
다시 오는 새로운 날 온 누리에 빛이 오리.

지식으로 세상 열고 기술로써 꿈을 짓고
민심 품은 정치 더해 미래 길을 가꾸어서
고조선의 처음 뜻이 온 인류에 뻗어가리.

## 초가을의 남자, 겨울을 준비하며

땀으로 갈아엎은 밭,
봄엔 씨를 뿌렸고, 여름엔 뙤약볕을 견뎠다.
그리고 가을,
이제는 거둘 시간이다.

벼는 황금빛으로 몸을 눕히고
호박은 단단하게 살을 찌웠으며
사과는 태양을 머금고 붉게 익었다.
손길 닿는 곳마다,
지난 계절들이 묵직하게 눌러앉는다.

이만하면 됐다 싶으면서도
조금 더 두고 볼까 망설이는데
저 멀리 구름이 심상치 않다.
서리가 내리고, 눈발이 날린다.
혹한이 온다.

아, 그래.
미련 없이 걷어들이자.
더 기다리다 바람에 쓸려가고,
서리에 녹아버릴 순 없지.

젊은 이들이여,
너희들의 봄과 여름은 찬란할 것이다.
그러나 때를 놓치지 마라.
수확할 것은 제때 걷어야 한다.
머뭇거리다 모든 것을 얼어붙게 하지 마라.

그리고 나의 동무들이여,
우리는 이제 겨울의 남자들이다.
거둘 것은 거두었고, 남은 것은 따뜻한 화롯불.
함께 모여 지난 계절을 이야기하며
겨울을 맞이하자.

그러나 기억하라.

겨울이 끝나면,

또 다른 봄이 온다는 것을.

해강 김한진

· 제주 출생
· 제일중·부산동아고
· 연세대 정외과
· 서울대행정대학원 행정학 박사(숭실대)
· 행시15회 전) 상공부(이사관)
· 시인, 수필가, 평론가
· 시집 :『삶이 뭐길 래』,『숲속의 울림』(공저)
· 수필집 :『삶의 길목에서 백양로』
· 한국문인협회, 한국시인협회, 사이버문인협회, 디지털문인협회 회원
· 녹조근정훈장 수훈

# 언덕 위에 작은 집

꽃의 여왕 오월의 장미 풍만한 자태
언덕위에 작은 집 담장 너머로
얼굴 쑥 내밀고 한껏 뽐낸다.

빨갛게 달아오른 욕정 못 이겨
치렁치렁 담장 휘감고 비틀며
길가는 뭇사람 유혹한다.

신기루 같은 언덕위의 장미의 집
누가 살길래

요염한 장미 한눈 팔며
담장 너머로 고개를 내밀까.

## 마로니에 공원의 우정

새싹이 돋아나는 마로니에 공원의 봄
푸른 잔디 위에 친구들과
웃음꽃 피우며 따스한 햇살 아래
우정의 씨앗을 뿌리고

여름에는 뜨거운 태양 아래
시원한 그늘을 찾아
마로니에 공원의 나무들 사이로
우리는 함께 뛰놀며
추억을 만들어 갔다.

단풍이 물드는 마로니에 공원의 가을
노란 잎사귀가 바람에 흩날리며
우리는 서로의 이야기를 나누며
깊어가는 우정을 쌓아갔다.

하얀 눈이 덮인 겨울의 마로니에 공원
차가운 공기 속에서도
따뜻한 미소를 나누고
우리는 함께 걸으며
학창시절의 영원한 우정을 약속한다.

# 동행

아름다운 숲길 잔잔한 호수가라도
혼자서 걷다보면
때로는 외로움이 밀려와
긴 상념에 빠져들 때도 있다.

두렵고 힘들 때 우연히 만난 말벗
정감 있는 얘기 나누며 걷다보면
한없이 발걸음이 가벼워진다.

한 번도 가보지 않은 인생길
동행하며 힘들 때
말벗이 건네주는 천금 같은
말 한마디
따뜻한 위안이 되고

길 잃고 방황할 때 너와 내가
동행하는 소중한 말벗이 된다면

아무리 힘들고 어두운 인생길이라도
거든히 헤쳐 나갈 수 있으리

힘들고 어두운 인생길이라도

거든히 헤쳐 나갈 수 있으리

## '생과 사死'의 몽상

천진난만 했던 어린 시절에는
얼른 자라서 내가 하고 싶은 것들
실컷 해볼 거야 하는 생각뿐

철이 들어 인간이 영생할 수 없다는
것을 깨닫게 되는 순간
깊은 사유思惟에 빠져들었다.

언제 들이 닥칠지도 모르는
죽음 앞에 할 수 있는 것이라곤
내 삶의 시간을 쪼개어
그냥 즐기고 말까
아니면 무엇인가 흔적이라도
남겨볼까 하는
기로에서 늘 망설이기도

어쩌면 인간 앞에 죽음이
기다리고 있기에
나태하지 않고 삶에 의욕을
갖게 하는 건

아닐까하는 생각도 해본다.

그러나 한 번도 경험하지
못해본 죽음
한없이 두렵기만 하다.

"자연으로 돌아가라"는 말도
있다시피
자연은 언젠가는 가야할 고향이고
영혼의 영원한 안식처

한줌 흙으로 돌아가는 인생
삶의 소중한 시간의 파편들
무엇을 할까 망설이며

오늘도 생과 사의
몽상夢想적 사유에 빠져든다.

# 나무도 베풀 줄 안다

나무는 새집을 짓도록 몸을 내주고
벌 나비에 달콤한 꿀 향기를
내준다.

재주꾼 다람쥐에게는 놀이터가
되어주기도

사람들에게는 햇살 막아주는
그늘 막
쉼터가 되어 주기도 한다.

나무는 자연에서 조화롭게
사는 법을 어찌 알았을까.

사람 사는 세상 작은 물건 놓고도
서로 내 것이라고 손 내밀고
다투기만 한다.

좋은 일을 하면서도 보답을
원치 않는 나무
남을 배려하고 베풀 줄을 안다.

# 가을의 노래

억새꽃이 익어가는 가을 하늘공원
하얀 들녘에 님을 부르는 으악새의
구성진 노래 소리에
내딛는 발걸음이 무겁기만 하다.

드넓은 억새밭에 이따금씩 불어오는
갈바람이 여린 내 가슴을 더듬고
지나가고

누군가 금방이라도 달려 올 것만 같은
빈 의자엔
님을 기다리는 한 송이 들국화가
다소곳이 미소 짓는다.

가을 하늘과 맞닿는 높디높은
억새꽃 사이로
하얀 머리 날리며 하염없이
걸어가는 저기 저 노신사

또 한 해를 보내는 서글픈 마음에
만감이 교차하는 듯

으악새의 구성진 가을노래 소리에
눈시울을 적신다.

## 겨울새

눈이 쌓인 설산 국사봉 자락 숲속에서
들려오는 애절한 겨울새 소리
누구를 저렇게 애타게 부르는 것일까

지금쯤 따뜻한 남쪽나라에 갈만도 한데
혼자 길 잃고 외로이 남아 있는 건
아닐까

먹이라곤 발가벗은 나뭇가지에
어젯밤에 남 몰래 내린 하얀 쌀눈뿐
배고픔에 눈꽃 보고 쪼아대는
작은새 너무 처량하다

주위를 살펴봐도 가족은 보이지 않고
외로운 겨울새 한 마리
처절한 목소리만

이른 봄 매화나무에 눈 엽이
싹틀 무렵까지

겨울을 보내려면 아직도 멀었는데
가슴이 뭉클하다.

저렇게도 겨울새 애절한 목소리
얼마나 더 들어야 하나
마음 아프다.

## 청사포 가다

파란 바다가 넘실대는 해운대
달맞이길 따라 떠나는 가족여행

청사포로 가는 꼬마 캡슐열차
바닷가 절벽 비탈진 낭떨어지 궤도 위를
덜컹 덜컹 다람쥐 곡예 부리듯
위험천만한 서커스 놀이

간담이 서늘하지만 기분만큼은
스릴 만점

멀리 태평양 파도가 하얀 물거품을
몰고 와
해운대 백사장과 동백섬을 하얗게 감싸주고

신나게 달리는 빨강 노랑 파랑 꽃 대궐
앞서가는 형형색색의 꿈같은 꼬마캡슐
바다 열기로 가득 찬 내 마음을 녹인다.

발밑 해파랑 길에 놓인 멋진 스카이워크
천국이 따로 없네.

용궁을 지키는 청사포 빨간 등대와 하얀 등대
다정스러운 모습이 내 눈을 유혹한다.

## 소중한 작은 별 (동시)

서귀포 바닷가 하늘과 만나는 둥지에
꿈이 높이 나는 아홉 살 손자가
살고 있어요.

파란물결처럼 밝게 웃는 손자의 미소
집안에 기쁨이 가득해요.

피아노 건반 위에서 손가락이 춤을 추면
멜로디가 흘러나와 모든 걱정을
사라지게 하고요.

작은 음악가처럼 한 음 한 음
마음에서 나온 노래
멋진 예술을 창조해요

벌써 영어를 자유롭게 말하며
별처럼 빛나기도 하고

손자가 들려주는 동화 같은 이야기들
사랑하는 언어의 상상력 속에
담겨있는가 하면

태권도로 다져진 강하고 민첩한
발차기는 마음과 전사의 품격이
솟아나요

규민아 너는 진정한 진주같이
빛나는 영롱한 집안의 보물이며
자랑스러운 우리의 소중한 별이지.

## 귀염둥이 손녀들 (동시)

연세대 뒤 안산자락 숲속
쌍둥이 손녀들 엄마 아빠랑
손잡고 걸으며 재잘대는 모습
작은 앵무새 꼭 닮았네요.

말 배우고 공부하고 재롱떨며
노는 모습 귀엽고
봄날의 꽃잎처럼 예뻐요.

손녀들이 맑은 눈망울로
세상을 바라보며 웃는 모습
햇살처럼 따뜻해 보이고

숲속에서 들려오는 새소리 따라
손녀들이 흥얼거리며
흔들리는 나뭇잎처럼 자유롭게
노는 아이들
첫눈을 맞는 나무처럼 신기하기만

단우 서우 아침에 일어나
한글 읽는 모습은 밤하늘에
쏟아지는 별빛처럼 반짝이고

어려운 영어 단어 외우는 모습
아침 이슬처럼 맑아 보이고
천자문 읽는 소리
밤하늘의 달빛처럼 은은해요.

작은 요정처럼 재롱떠는
손녀들 모습 보노라면
자연의 선물처럼 귀하고
동화처럼 아름다워요.

# 장대비 맞으며

폭포수같이 내리는 장대비를 맞으며
내 인생 75년을 회고해 본다.

젊은 시절 푸른 꿈을 안고
맑은 날을 걸어왔던 그때
햇살이 비추던 날도 있었지만
비구름 속에 숨은 무수한 날들도
있었지.

어린아이의 웃음소리는
새벽의 맑은 종소리처럼 울렸고
청년의 뜨거운 열정은
타오르는 불꽃처럼 눈부셨다.

중년의 책임감은
무거운 돌덩이처럼 어깨를 눌렀지만
이제는 백발의 지혜로
은빛 바다처럼 평온해진 오늘

장대비가 내리치는 지금

내 몸은 비에 젖어도
마음은 단단하게 버텨온 시간들로
따뜻하다.

빗방울 하나하나가
내 지나온 세월의 조각들처럼
빛나고 반짝이며 사라지지만
다시금 나를 감싸 안는다.

비 맞으며 걷는 이 길
젊은 날의 나를 떠올리며
앞으로 다가올 날들도
이 비처럼 씻겨 내려갈 것이다.

75년의 인생 참 길고도 짧았다.
폭포수 같은 장대비를 맞으며
그 모든 순간을 감사히 여기고
다시 걸음을 내딛는다.

비가 그치고
무지개가 뜰 날을 기다리며

松園 송근원

· 대전 출생
· 서울대학 문리과 대학
· 서울대 행정대학원
· 미국 웨스트버지니아 대학정책학 박사
· 전) 한국정책분석평가학회 회장
· 전) 경성대 교수 법정대학장, 대학원장
· 저서: 『우리뿌리를 찾아서』
· 수필집: 『삶의 지혜』, 『페루기행행기』 등 다수
· 홍조근정훈장 수훈

# 봄 햇살 맞으면서

봄 햇살 맞으면서 활짝 핀 벚꽃이여
무엇이 그리 좋아 환한 웃음 짓고 있나
스스로 만족하나니 그 누가 부러울까

(해운대 장산 자락 대천공원에서 2006. 4. 8)

# 봄맞이하러

화사한 벚꽃들은 제 세상 만났는데
불그레 새 잎들은 애기 티 못 벗었네.
아이야, 봄맞이하러 나가보지 않으련?

## 봄비

밤사이에 봄비 내리더니
대교 너머 오륙도가 성큼 다가왔네.

서로 씻으면
이렇게 가까워질 것을!

(해운대 달맞이 길에서 2010. 4. 11)

# 꽃비

봄은 어디에서나 그리운 이를 그려주는 것이고
꽃은 어디서나 봄을 머금고 보는 이의 마음에
그리움을 불러주는 것 아닌가요?

비와 바람이 이를 시샘해도 흩날리는 꽃비는
또 다른 꽃길을 만들어 주며 우리에게
또 다른 그리움을 주는 것 아닌가요?

그리고 나그네 갈 길이 멀어도 잠시 멈추어
아래위 꽃비 속에서 마음속 깊숙이 숨어 있던
그리움을 다시 꺼내 주는 것 아닌가요?

그리움이 따사한 봄바람에 실려 오는
봄소식 같은 것이었으면 좋겠습니다.

(부산 해운대 달맞이고개에서 2021. 3.31)

# 봄은 꽃이 아니어도 좋아라

봄은 꽃이 아니어도 좋아라.
세파에 찌들지 않은 연두색
봄빛깔이 좋아라.

산들산들 봄바람 맺힌 땀
식히는 데 좋아라.

우짖는 새소리까지도
봄을 머금어서 좋아라.

낙엽 사이로 돋아나는
파릇파릇 새싹들

마치 우리 손주 보는 듯하여
좋아라.

(부산 기장군 곰 내 임도에서 2021. 4. 7)

## 바람

바람은 실속 없는 바람둥이다.
건드리기만 하여 상대방의 속을 태울 뿐
모른 체 그냥 지나칠 뿐이다.

바람은 심술보다.
심술이 나서 예쁜 꽃들을 보고
그냥은 지나치지 못한다.

슬며시 건드려야 직성이 풀린다.
그래서 꽃들은 부르르 몸을 떤다.

아무리 그래 봐도
그 사랑 이루어지지 않는다.
바람의 비극성이 여기에 있다.

종腫이 다르기 때문에 그 사랑
결실을 맺지 못한다.
짝사랑만 하고는 스러지는 운명을
타고 난 것이다.

(2013. 10. 14)

이 성 구

· 충남
· 서울문리대 정치학과
· 서울대 행정대학원, 정치학 박사
· 전) 홍익대 교수
· 전) 민족통일학 회장 공주 중앙 노인 대학장 장로
· 현) 평화번영통일포럼 대표(제1공복), 옥조근정훈장 수훈

# 눈물로 드리는 사랑의 기도

아버지, 나를 사랑의 도구로 써 주소서
오해가 있는 곳에 상호이해를
불신이 있는 곳에 믿음을
절망이 있는 곳에 희망을 심게 하소서.

분열이 있는 곳에 화합을
동원이 있는 곳에 참여를
원망이 있는 곳에 감사를
슬픔이 있는 곳에 기쁨을 심게 하소서.

아버지, 나를 나눔의 도구로 써 주소서
유목민이 있는 곳에 영접을
무관심이 있는 곳에 돌봄을
버려져 우는 곳에 사랑의 자원봉사를
배고파 죽어가는 곳에 사랑의 나눔을 심게 하소서.

주여, 나를 통일의 도구로 써 주소서
세습이 있는 곳에 기회의 평등을
이념갈등을 부추기는 곳에 사랑의 실천을
분단의 성을 쌓아가는 곳에 대화의 통로를

원수를 만드는 곳에 원수 사랑을 실천하게 하소서.

주여, 나를 사랑의 리더십의 도구로 써 주소서
명령이 변하여 섬김을
저 높은 곳에서 저 낮은 곳으로
영광받기보다는 고난의 십자가를
예수 사랑의 네트워크로 영원한 생명을 얻게 하소서

성령님, 우리를 사랑의 도구로 써 주소서
강도 만나 죽어가는 이웃을 찾아가게 하소서.

허 범 도

· 전) 국회의원

· 경남 고성

· 경남고, 부산상대

· 서울대행정대학원

· 숭실대 국제경영학 박사

· 행정고시 17회

· 상공부 중기청 근무, 산업자원부 차관보

· 전) 국회의원 부산시 정무특보

· 부산대 석좌 교수

· KID 상임고문, 황조근정훈장 수훈

# 立春開花

김 운 향

(金雲香 故 김의제 배우자)

· 경남 산청 출생

· 문학박사(고려대 대학원 졸업)

· 시인·소설가·문학평론가

·『月刊文學』 등단

· 시집: 『구름의 라노비아』('99)

소설집: 『바보별이 뜨다』('09) 외 다수

· 한국문인협회 위원, 국제PEN한국본부 위원

· 현대시인협회 위원장

· 작가교수회 상임이사 한글문협 부이사장

· 은평문협 평론분과 위원장

· 한국농민문학상 대상, 서울종로 문학상

# 초원의 꿈

짙은 안개 속에서 이정표를 잃고 있을 때
문득 다가와서 초원으로 가는 길을 가리킨 백마여,
그대 나를 무등 태우고서 안개 는개 휘감기는 산기슭으로
묵묵히 휘날리며 달려갔지요.
그대 긴 목을 감싸 안고 젖은 털을 쓰다듬으며
물기 어린 큰 눈을 바라보는 것만으로도
전율이 느껴지는 오솔길에서
끝없는 애무와 사랑의 교감에도 비는 그치지 않고,
천진난만한 그대 웃음소리가
운무 가득한 저 강을 건너가기도 하는군요.
그대여, 우리 언제까지 이곳에서 강물의 흐름을 응시해야 할까요.
백마여, 그대의 꿈은 저 드넓은 초원으로
한없이 달려가는 것이겠지요.
안장이 없는 나는 그저 그대 등에 엎드려
그대 목이나 끌어안으면서 마음 조이며 기다릴 수밖에요,
백마여, 머잖아 우리 푸른 갈기 마음껏 휘갈기며
그물에 걸리지 않는 바람같이 함께 달려갈 수 있음도
나는 잘 알기에 가슴 떨리지요.

# 북한산에 올라

구름에 젖어들어 희미한 수묵화 펼치니
백운대 인수봉이 너른 가슴 드러내며
그윽이 바라보네.
푸른 산기운 뻗혀
솔바람 타고 깔딱고개 진달래 능선
한달음에 달려가 대동문 두드리니
쏟아지는 햇살 속에 샛노란 복수초
붉은 산목련이 먼저 나와 향기로 반겨주네
허기진 시간들 다 잊고 버리면
애틋한 눈망울로 다시 크게 품어주는
그대, 북한산.

## 희망의 말

그대를 만나고 오는 길에
이 가슴엔 가느다란 오솔길이 생겼네요.
그 길을 가노라면 꿈이 영글 것 같아
참으로 행복한 시간이었지요.

임의 평온한 표정에는
따스한 기류가 흘렀어요.
한 장의 연서를 읽듯
그 흐름을 느낄 수 있었지요

어긋난 시간들이 지나고,
실타래 꼬인 듯한 인연이 풀리면
소리 없이 스며들 것이예요.

그 짧은 만남이
큰 감흥으로 다가옴은
서로의 기대가 어우러졌기 때문일까요

이젠 상처도 아물었으니,

어두운 기억은 벗어버리고

희망의 말,

새로움의 마음만 듬뿍 안아요. 우리.

# 텔레파시

마음의 안테나를 통해
흘러드는 고감도 주파수
그대 나를 부르는구나.

언젠가는 우리도 사라지겠지만,
지금은 다가온 그 마음을 보듬어주라
서로 오랫동안 방황하다
비로소 찾았다
지난 것은 모두가 애틋한 추억일 뿐
세계의 조화는 무르익고
이제는 꽃을 피워야 할 때

인생의 황금기에 만난 우리,
서로에게 꿈을 안겨주어라
두 손을 맞잡으면 힘은 배가 되리니
크나큰 세계의 에너지를 모아
우주의 둥지를 짓자
우리의 생명을 잇자

천년화가 활짝 피고
불사조가 춤추는 이 시공에서
환희의 불꽃을 힘껏 몰아보자.

# 바둑을 두면서

갈 곳 몰라 헤매다가
호구에 들어가서 얌전히 잡히고
축에 몰려 발버둥 치며 추락되곤 했었지
피땀 어린 정성으로 집을 지어도
고작 옥집,
가없이 방황하는 우리들의 얼굴은
얼마나 일그러졌을까
오그리고, 뛰고, 부딪치고
그렇게 살아가는 법을 배우며
새벽은 쉽게 무너지지 않으려
눈에 불 밝히고 마지막 별빛을 모두 마셨지
대마싸움에 패라도 생기면 어찌할까
어복으로 진출하여 세력을 뻗혀야만 하는
허허로운 벌판의 까마귀와 해오라기
이긴 자, 진 자도 없이
어귀 찬 사랑으로 살 수 없을까
아, 우리들의 어둠에 대하여
반항에 대하여 가슴 앓는 영웅들
매화 육궁, 도화 오궁, 포도송이 송이로

소리 없이 기진한 무리들
불평 없이 은혜롭게 살아가는
이 시대의 흑 돌들.

# 강가에서

검은 표범이 지그시 내려앉은 어깨 위
파릇한 신우대 잎이 펼쳐진
그대 머리카락 사이로 흔들리는 바람 한 점,
멀리 남녘의 음률을 머금은 입술
햇살의 윤슬에 이끌려
긴 여운을 남긴다. 도도하게 흐르는 수심의 박동 소리에
화답하며 갈맷빛 하늘을 휘적이다 꾸는 꿈
기다림으로 쉼 없이 도닥거리고
아른아른 다가서는 손짓,
따스한 말 한마디 되새기며
강물의 흐름을 응시한다.

# 눈사람 모자

희뿌연 여명을 뚫고 새해의 산 위에
해가 둥 두렷이 떠올랐다.
일제히 날아오르는 새들의 날개짓
멀리서 들려오는 비파 소리
머리끝에 휘감긴다.

찬바람 속에서도 빛나던 꿈의 조각들
햇살이 내리자마자 사라진 눈사람 그대
하얀 마음 하얀 피부
이제는 흰 구름 요람 속에서 큰 모자 벗고
천사의 얼굴로 잠들다.

# 복기復棋

한밤에 누워도 잠이 안와 바라보니
천정에 바둑판이 펼쳐져 사방에 화점花點을 찍고
낮의 실착失着을 되새겨보네
너는 백白을 나는 흑黑을 쥐고 수담手談하며
땅거미가 질 때까지 너른 반상盤上의 들판을 가꾸었지

하늘에는 흰 구름 두둥실 떠오르고
한쪽 땅은 차츰 백자항아리로 빚어졌건만
어쩌다 그 속에 검은 포도송이를 빠뜨리고 말았구나.
기어이 무를 수 없는 악수惡手여
내가 포도농사를 지은 게 죄지
왜 그런 땅에 어울리는 늪지나 호수를 만들지 못했을까
더러는 은비늘 파닥이는 비단잉어도 낚였을 텐데

아는 만큼의 세상은 보이기에
넓고 빠르게 정석대로 나아가며 운을 극복하고 벽도 잘 넘겼건만
백로의 심안心眼 없음을 탓한들 무엇 하리
반짝이는 사금파리 조각이나마 주워내는

어눌한 솜씨라도 기뻐하며 살아야지
내일은 또 햇살 속에 솟구치는 줄기세포를 가다듬어
한 고랑 한 고랑씩 북을 돋우어야겠네.

# 독도 사랑

동트는 새벽의 설렘 속에
환한 미소로 반겨주는 신비의 섬 독도여
괭이갈매기는 둥지에 알을 품고
돌섬에서도 고운 꽃들 피우며
소나무가 자라는구나.
흰 파도 출렁이고 바닷새들 춤추는 그 곳
맑은 하늘과 신선한 갯내음
한류와 난류가 만나는 푸른 바다에
우뚝 선 우리의 섬이여
바람과 구름이 쉬어 가며
스친 눈빛 너머로 긴 이야기를 전해주는
삼봉도 우산도 독도여
태고적의 아리랑 숨결 고스란히 이어온
아무도 범할 수 없는 성처녀의 모습
그 낙원 속에 영원하라.

# 항아리

머리에 달을 이고
아니 오신 듯, 다녀가소서
산사의 처마 끝에 매달린 풍경 울리거든
바람결에 그님이 스쳐갔다 여기시라기에
천봉당 태흘탑 아래서 합장하노라니
노오란 옷을 입은 소년이 나타나
운무 드리워진 능선을 가리키네.

마음 한 곳을 비우고
몸 한 곳도 열어두기를
귀한 인연으로 빚어진 삶인데
알몸으로 와서 조각조각 깨질 때까지
골고루 채우고 비워보기를
큰 바위 속에서 흘러넘치는 감로수로
청정심 되어 시나브로 비우리라 하니
새로운 법열이 새록새록 밀려드네.

박 시 은 (박병로 차녀)

· 충남 천안 출생
· 태국 거주
· 마랑고니대학 〈밀라노/런던〉 패숀 디자인학과 졸업

# 나를 통해 삶이 일어난다

1.

나를 통해 삶이 일어난다.

나를 통해 삶이 숨을 들이쉬고
나를 통해 삶이 숨을 내쉰다.

나를 통해 삶이 너를 보고
너에게 말을 건네고
너의 손을 잡는다.
나를 통해 삶이 사랑을 나누고
나를 통해 삶이 열매 맺는다

나를 통해 삶은 눈물을 흘리고
쓰라림을 배우며
삶은
나를 통해
다시, 희망을 갖는다.

2.

넘어지더라도 다시 일어나

천천히 라도

너의 길을 찾아

묵묵히 걸어가는

네게

응원을 보낸다.

너는 참 멋진 아이구나.

3.

꽃이 꽃향기를 맡을 수 없듯
나도 나의 찬란함을 알 수 없었어요.

하지만 당신의 눈동자 속
광활한 우주를 본 순간
나는 알 수 있었어요.

당신은 당신 우주의 아름다움을
쉬이 볼 수 없는
하나의 우주임을

그리고 나는 당신이라는 우주를 바라보는
또 하나의 찬란한 우주라는 것을요.

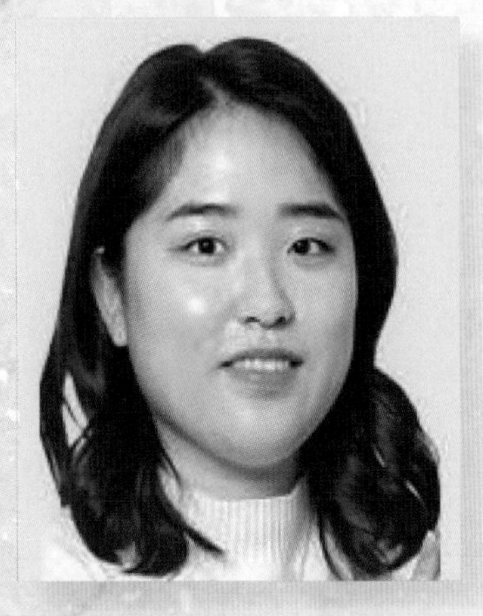

**채 윤 희** (김한진 누님의 손녀)

· 부산 출생
· 명지대 문예창작과 졸업

## 경유지에서
(2022년 동아일보 신춘문예 시 당선작)

중국 부채를 유럽 박물관에서 본다.
초록색을 좋아하는 나는
딱정벌레 날개 위에 누워 있다

한때 공작부인의 소유였다는 황금색 부채
예수는 얼핏 부처의 형상을 하고 있다
약속한 땅은 그림 한 뼘
물가로 사람을 인도한다는 뿔 달린 짐승은 없다

한 끝이 접혔다가 다시 펼쳐진다.
떨어진 금박은 지난 세기 속에 고여 있고
사탕껍질이 바스락거린다.
잇새로 빠져나와서 바닥으로 떨어지는
받아 적을 수 없는 소리

파란색을 좋아하는 나는
물총새 깃털을 덮고 잠든다.
멸종에 임박한 이유는 오직 아름답기 때문
핀셋이 나를 들어올리고
길이 든 가위가 살을 북, 찢으며 들어간다.

기원에 대한 해설은 유추 가능한 외국어로 쓰여 있다
따옴표 속 고어는 이해하지 못하지만
오랜 세월 파랑은 고결함이었고
다른 대륙에 이르러 불온함이 되었다

존재하지 않던 한 끝 열릴 때
나, 아름다운 부채가 되기
열망은 그곳에서 끝난다.

---

* 시간과 공간을 넘나드는 활달한 상상력이 매력적인 작품이다. 나아가 찰라 적 순간을 자신의 삶에 대한 사유로 길어오는 기량도 믿음직하다.
(심사위원; 정호승 시인, 조강석 문학평론가)

# 제2부 | 수필

# 내 삶을 돌아보다

씩씩하게, 그리고 두려움 없이
시련의 날을 견뎌내 줘요
영광스럽게, 그리고 늠름하게
용기는 절망을 이겨낼 수 있을 거예요.

(샬롯 브론테)

이 준 웅 (李俊雄)

· 충남 홍성
· 홍성고, 서울문리사범대 국어과
· 성균관대 행정학과
· 서울대행정정대학원 경영학 박사(호서대)
· 경영지도사 중등1급 정교사
· 국회의원 보좌관
· 국제그룹(주)국제상사 중소기업협동조합 전무
· 국제라이온스협회사무총장, 경영·기술지도사회 수석부회장
· 호서대 겸임 교수, 수원대경기대 외래교수
· 현)서울대학교 총동창회 이사, 서울대 행정대학원 총동창회 사무총장
· (사) 국가원로회의 원로 위원, 국제경영연구원 대표
· 무궁화봉사상 수상

# 꿈과 추억을 넘나들던 그 시절의 이야기

예전에 내가 살던 고향은 충청남도 홍성군 홍동면 금당리 282번지 룡산(雲月) 밑, 나의 집은 깊은 두메산골에 자리 잡고 있었다. 사방을 둘러보면 초록 빛깔 나무들이 빼곡하고 위로는 맑고 파아란 하늘, 밤에는 별들이 쏟아지고 앞에는 실개천이 흐르며 송사리 떼 몰려다니는(같은 동네에 사셨던 이현재 전 국무총리, 유태흥 전 대법원장, 조부영 전 국회부의장 3부 요인이 태어남) 평온하고 아름다운 마을, 교회 바로 아래 집, 앉을 자리 예비 없는 가난한 동네에 태어났다.

나는 고등학교 1학년 16세 꿈 많던 시절 가을 추수기에 아버님을 여의고, 어머님과 여동생 두 명과 살아가려니 인생무상, 삶의 회의(懷疑)가 엄습해 정신적 방황 끝에 휴학을 하였다. 하지만 학업은 마쳐야 된다는 어머님의 말씀에, 다음해에 복학하여 1960년에 고교를 졸업하고 진학문제에 봉착하게 된 것이다.

등록금과 실력문제로 1년 재수하여 등록금이 저렴하고 가정교사라도 할 수 있다는 일류 S대를 겨냥하였지만, 뜻을 이루지 못하고 재도전하려 하였으나 가정형편상 재수는 할 수 없었다. 차선책으로 졸업과 동시에 중등2급 정교사 자격증을 취득하여 취업을 할 수 있다는 서울 문리사범대학 국어과를 입학하였다. 그 다음해 다시 원하던 일류 S대에 응시하려고 마음먹고 있었으나 다니다 보니 입학한 대학이 괜찮고, 운이 좋아 가정교사로 숙식이 해결되다 보니 안주하게 되었다.

그리고 1학년을 마치고 고려대학교에 편입학 시험에 응시하려 하였으나, 그 당시 서울 문리사범대학(현 명지대학교) 설립자이신 유상근 박사(전 통일원 장관)께서 행정학 전공자로 학(學) 덕(德)과 용모가 출중하셨기에 그분을 흠모하며 존경하고 있던 중에, 장학금(기독학생회)도 받으며 졸업하고 편입해도 되지 않느냐는 주위의 권고도 있어, 교사 자격증(중등 2급 정교사)을 취득하였다. 다음해에 응시하니 동일학과가 아니어서 학점 인정이 곤란하다 하여 고려대를 포기하고, 1962년도 성균관대학교 행정학과에 편입학하게 되었다.

1960년대 학생으로 4·19 민주화 운동 등으로 나라가 매우 어수선하던 시절이었으나 용이하게 소용돌이에 휘말리지 않고, 1962년에 입학하여 군 복무를 마치고 복학하니 같은 교실에서 공부하던 학우들은 선배가 되었고 다시 학교 생활은 새롭게 시작되었다. 1968년 졸업하기까지의 "꿈이 많았던 그때 그 시절"을 되돌아보면 정규 입학생, 편입생, 군 복무를 마친 복학생들과 어울리다보니 OB팀에 속하여 1519년에 심어진 명륜당의 아름드리 은행나무가 여름이면 더위를 식혀주는 안식처였다. 가을이면 노란 은행잎이 바람에 날리어 한 잎 두 잎 떨어지는 나뭇잎을 바라보면서 가을기도를 드리게 하고, 도란도란 학우들과 담소를 나누면서 낭만어린 추억을 만들었다. 졸업(1968년) 후 즉시 취업의 일환으로 몇 군데 채용시험에 응시한 결과 기업체와 교사 채용시험에 합격되었는데, 그 당시 교육공무원인 강원도 고성고등학교에 근무하게 되었다.(중등

2급 정교사 자격증 덕분에 졸업 후 경력을 쌓은 뒤 중등1급 정교사 자격(일반사회 취득), 그 후에 서울 지역의 남산 공전(현 리라아트고), 혜원여자 중·고교에 근무하면서도 필자는 고교 졸업 당시 그리도 동경하였던 서울대학교에(행정대학원 1973년도) 진학하기로 결심했다.

왜냐하면 성대 재학시절에 가까운 동숭동에 서울대가 있어 유명 교수들이 성대에 출강하셔서 가르침도 받았고, 당시 행정학과의 몇몇 선배도 대학원을 마쳤고, 특히나 후배인 윤광홍(대학원은 선배가 되었음) 동문이 꽤나 대학원 자랑을 하기에 한참 늦었지만 더 공부하여 대학교수가 되고 싶었기에, 동숭동 대학로 마로니에 법과대학 옆 아담하고 고색창연한 서울대학교 행정대학원 입학시험에 응시를 하여 합격의 영광을 얻었다.

10년이면 강산도 변한다는 옛말이 있지만 강산이 다섯 번이나 바뀔 만큼 길고 긴 세월들은 60~70년대의 근대화의 격랑과 80~90년대의 민주화의 열풍 속에서 끊임없이 시련과 혼란을 겪어 오늘날까지 격변의 나날들이었다.

필자는 서울대 행정대학원에 1973년 입학하여 1975년 졸업까지의 당시를 회상하려 하니, 주마등같이 떠올라 무엇부터 써야 할지 중언부언하게 됨은 웬일일까? 동숭동 대학로 길 마로니에 법과대학 옆 아담한 고색창연한 건물에 들어가 공부하기가 왜 그리도 힘들었는지…… 경쟁률은 왜 그렇게 높은지?

거의 모두 서울대 출신(법대, 상대, 문리대, 공대, 농대)이기에 타 대학 출신은 열등의식을 느끼게 되었고, 대학에서 전공학과 관계없이 입학자격을 여하다보니 입학시험 경쟁이 만만치 않았다. 특히

나 1부는 연령도 32세까지로 제한하고 요즘과는 다르게 여학생이 1~2명 정도, 1부는 A,B반으로 나뉘어 $\frac{3}{4}$이상 출석하여야 성적평가의 자격이 부여되니 출석이 강화되고, 성적평가도 강제 배분에 상대평가, 4학기에는 희망부처에 실무수습(인턴과정)으로 실무를 익히고 책임자와 고용이 합의되면 4급으로 특채되어 취직하게 되는 경향도 있었다. 본원이 효시가 되어 요즘은 타 대학에서도 시행하는 대학들이 있겠지만, 사관학교인지 고등학교인지 구분하기 어려운 분위기 속에 동숭동 시대의 마지막 졸업생이 되었다.

그 시대를 회고해 보면, 입학동기들은 서로간의 이질감이 크게 나타났다. 그러나 교수와 학생과의 격의 없는 대화, 사석이나, 강의실에서, 또는 연구실에서, 점심시간에는 지참한 도시락을 먹으며 담소를 나누기도 하였다.

신입생 봄 야유회는(당시는 교수님들과) 서울 육사가 있는 태능으로, 가을 야유회는 성신여자대학교 여학생들과 춘천 소양강 땜에서(나룻배도 타면서) 미팅, 그 인연으로 후에 여학생들이 대학원에 찾아오는 사례도 종종 있었는가 하면 결혼한 친구도 있었고(필자는 이미 결혼한 만학도라 예외), 좁은 도서관 열람실에서의 공부, 휴식시간에는 탁구와 A, B반 배구대회, 방과 후에는 삼삼오오 안주도 없는 막걸리로 목을 축이고, 새해가 되면 학생회 간부들이 모여 교수님댁에 세배 가서 다과와 떡국을 축내기도….

지금생각하면 사모님이 얼마나 힘이 드셨을까?……… 그리고 요즘은 원우회라 칭하지만 당시에는 학생회, 대의원회라 호칭하였고 행정부격인 학생회장에는 2부 직장을 갖고 있는 재학생 중에서 원우들이 선거에 의하여 회장과 대의원 의장을 선출하고, 학생회 부

회장과 대의원 부의장도 1부 A반 B반 원우들이 투표에 의하여 선출하였는데 그때 필자는 부회장에 선출되었고 행사 대부분은 1부 학생회에서 주관하였다.

15년간 동숭동 교정 구석구석 학창시절 깊숙이 남아있는 추억을 뒤로 한 채 우리 15회를 마지막으로 신림동 서울대건물 9동 시대로 이행되었다. 요즘은 독립건물(519동)이지만…… 아나로그 시대에서 디지털 시대로의 이행이랄까?

'인생은 학교'라는 말이 있듯이 한 생애를 통하여 직접 훌륭한 교수님들의 체온을 느끼면서 학문의 길을 닦을 수 있었다는 것은 복된 일이 아닐 수 없다.

지식뿐만 아니라 삶의 지혜를 가르쳐 주셨고, 메마른 현실에서 항상 인자한 손길로 보살펴주셨던 박동서 교수님은 지금 고인이 되셨지만 마음에서 지울 수 없는 은사님이시었다.

당시 원장님이셨던 박동서 교수님은 논문 지도교수님이시기도 하였다. 졸업한 후에도 진로 문제뿐만 아니라 가끔 한 번씩은 부르셔서 점심을 하자고 하셨고, 세상일을 이야기하여 주시던 기억은 지금도 생생하다. 박동서 교수님은 그때도 불편하셨던 몸으로 LG 트윈타워 일식집에서 뵙고 난 후 얼마 안 되어 타계 하시었다는 부음을 듣고 달려가 보니, 너무 허망하고, 내 가슴이 조여들었다. 다시 한 번 삼가 고인의 명복을 빈다.

일일이 열거할 수는 없지만 훌륭하신 몇몇 분의 교수님을 사숙하고 그분들의 가르침을 통하여 내 나름의 학문과 인생을 마련해 가고 있음은 더 없는 영광이 아닐 수 없다. 마음속에 그때의 교훈과 추억들을 보물처럼 간직하며 열심히 인생을 살아가고 있다.

지금 돌이켜보면 필자가 고등학교를 1960년에 졸업했으니, 그동안 졸업 후 교사(교육공무원), 교수(호서대 겸임명지, 경기대, 수원대, 중앙대, 강원관광대) 상공부 상역국(금진호 국장)에서의 인턴(대학원 시절)(행정), 국회의원(김문기) 보좌관(정치), 회사원(국제그룹(주)국제상사/한일합섬)(기업), 중소기업협동조합(전무이사), 한국경영·기술지도사회(독립법인)(경영지도사) 임원, 각 학회, 각종 사회봉사 단체(국제라이온스 협회 등), 향우회, 동창회 등을 통해 어느 한곳에 전념하지 않고, 차선을 바꾸며 최고 지도자는 되지 못한 아쉬움은 있지만 다양한 경험을 쌓았다.

오늘날 학문도 융합되듯이 필자의 삶도 남들처럼 이렇다 하고 내놓을만한 것(출세)은 없지만 한곳에 머물지 않고 이 일, 저 일 다양하게 경험하면서 잠재된 열등의식을 항상 간직한 채 남이나 출세시키는 어시스턴트(assistant)로서 심부름꾼으로서 유연하게 살면서 산(産), 학(學), 관(官), 정(政), 봉사(奉仕)를 관통하는 삶의 여정 속에서 교수로는 지식과 실천학문, 회사에서는 조직을 유기적 전체로 보는 통합성과 프로세스의 효율성 제고방법을, 봉사를 통해 나누는 방법과 도덕적 가치 기준들을 보는 법을 배우면서 애타봉사(愛他奉仕)의 삶을 살지 않았나하고 자위해 본다.

그렇다고 필자는 이대로 머물 순 없다는 생각에서 일과 어려운 인생과정을 겪으면서, 새로이 도전하여 2005년에 호서대학교 박사과정에 입학하고 2008년 3년 만에 정상적으로 경영학 박사학위를 취득하였다.(언제나 만학도 최고령이었음) 박사학위 취득과 동시에 겸임교수로 풋풋한 학생들과 교감을 나누기도 하였다.

도전정신은 나도 발전시키고 사회에도 보탬이 되리라 믿으면서…… 새로운 인생 제2막을 다시 설계하고 있다. 사람에게는 꿈을 가지고 '하면 된다'. '나도 할 수 있다'는 도전정신, 열정적인 삶이 필요하다.

필자도 이것저것 하다 보니 누가 알아주지도 않고 나는 이런 사람이다.라고 크게 대내·외적으로 내세울 것은 없지만, 어려운 가운데서도 꿈은 있었고, 끊임없이 도전하고, 정도(正道)를 지키며 부끄럼 없이 열정을 갖고 살았으며, 나름대로 자기만족과 매슬로우의 욕구 5단계에서의 자아실현의 욕구를 충족시키고 있다고나 할까?

서울대 행정대학원 졸업 50년이 지난 오늘을 바라보니 학창시절은 종착역이 아니라 항상 새로운 출발점이요, 통과의례로 학문과 인격 면에서 성장 가능하다는 것을 공인받는 단계라고 본다. 그러므로 후배들에게는 마음껏 공부하라. 운동하라. 놀 줄 알라. 소중한 인연들을 잘 간직하고 모든 것은 일체유심조(一切唯心造)다.라는 말을 남기면서…….

앞에서 언급하였듯이 학생회 활동으로 인하여, 동창회와 인연이 되어 한승수 국무총리(본원 동창회 제20대 회장, 필자의 은사님) 때부터 현재까지 필자는 서울대 행정대학원 총동창회 최장기 사무총장직을 맡게 되었으니 말이다.

동창들에게 아쉬움이 있다면 출신 학교가 어느 곳이 되었든 간에 모원에서의 추억은 잊을 수 없고, 이력서에 자랑스럽게 행정대학원 출신임을 표기한다면 모원과 동창회에 깊은 관심과 애정, 그리고 행사에 적극적인 참여와 협조가 무엇보다도 필요하다고 본다. 그런데 망각하는 소수의 동창들이 있는 것 같아 못내 아쉬움이 있고, 학교 입학 당시 어려웠던 시절을 언제나 처음처럼 늘 간직하고 동참해 주기를 간절히 바라면서 모원의 무궁한 발전을 기원하고 지면 관계로 꿈과 추억을 넘나들던 제15회 50년의 시간여행을 마치며, 모원과 15회 동문들의 무궁한 발전과 건강을 기원하고, 50주년을 진심으로 축하한다.

서울대 행정대학원 15회 동문들이여! 지구가 종말이 될 때까지 영원하라!

이 규 성

· 경북 경주
· 중앙대법학과
· 서울대 행정대학원
· 1978 ~ 2001 대우그룹 인사·노무, 영업담당 임원
· 2001 ~ 현재 한국지엠 서대구서비스(주) 대표
· 대우그룹 제2창업운동 경영혁신 대상
· 건설교통부장관 표창(2007)

# 짧은 만남 긴 여운

## 1. 원장님의 축사

1973년 5월 즈음에 입학동기생의 결혼식이 있었는데, 주례를 맡으신 박동서 원장님의 축사는, 결혼에 대한 학자적 관점의 해석과 관계용어들이 많아 참석자들에겐 한편의 특강 같은 의미를 주었을 것 같다.

식이 끝난 후 명동 근처의 한식당에서 동기생들과 함께 회식이 있었는데, 마침 박 원장님의 옆자리에 앉게 되어 사적인 대화를 나눌 기회가 있었다. 결혼선배의 입장에서 결혼상대를 결정하는 조건들이 있다면 어떠한 견해를 갖고 계신지 여쭈어 보았는데, 주저 없이 세 가지를 말씀하셨다.

우선순위를 정한다면 첫째 IQ, 둘째 건강, 셋째 성격이라고 하시고 유명 인사 중에 흔히 성격차이로 이혼한다고 얘기하는데, 서로가 작은 차이를 맞추어 가는 노력이 부족해서 생기는 궁색한 변명이라 질책하셨다.

졸업을 앞두고 취업을 희망했던 나를 면담하시고 졸업생 등 여러 인맥을 통하여 공기업, 정부기관에 직접 추천을 해 주시며 각별한 제자사랑을 베푸셨다. 당시 군 미필 신분 때문에 성사되진 못했는데, 이후 군복무를 마치고 20여 년 간의 기업체 근무를 하면서, 입학식 때 박 원장님께서 강조하셨던 당부말씀을 떠올려 보곤 했다.

박 원장님은 입학식에 참석했던 동기생 모두를 향해 지금은 각자의 출신전공과 성향들이 다양하겠지만, 앞으로 2년간의 수강과정을 마무리하는 졸업 무렵에는 모두가 "Changing Agent"로 거듭날 것임을 확신한다고 말씀하셨다.

박 원장님의 당부 말씀은 나의 짧지 않은 회사 조직생활과 기업 경영활동을 통하여 조직 환경 변화와 리더,로서의 주도적 역할을 잘 수행해 왔는지, 그 성과는 과연 어떠하였는지를 뒤 돌아보는 성찰의 시간을 갖게 했으며, 아울러 새로운 변화에 대응하는 용기와 태도를 점검케 하는 하나의 발전적 계기가 되기도 했다.

대우그룹 혁신대상 수상

## 2. 관계의 형성

사람들에겐 세 가지 유형의 불안이 있다 한다. 질병 · 죽음에 대한 공포심, 불확실한 미래 걱정, 관계의 문제에 대한 염려들이다.

좋은 관계의 형성에는 시간과 노력이 투자되어야 하는데, 특히 인간관계가 행복의 조건과 성공적 삶의 결과에도 중요한 영향을 끼쳤다는 미 대학의 연구결과들도 있다.

IMF사태 이후 많은 기업들이 어려움을 겪던 그 시기에 미국 애틀란트에서, 용역 업으로 큰 성공을 거둔 손아래 동서가 우리 가족의 미국 이주를 적극 권유하면서 현지 사업 참여까지 구상하였는데, 새로운 신분관계와 불확실한 사업성 때문에 결국 포기하였다.

한창 젊을 때도 아니고 투자자금도 변변치 않은 상태에서, 낯선 타지에서 새로운 생활을 개척한다는 것이 막상 기존의 친숙한 기반을 대체할 만큼 동기부여가 되거나 보상적이지 않았기 때문이다.

2001년 초 짧지 않은 직장생활을 마무리하고 관련 서비스 법인을 설립하게 되었는데, 회사설립에 필수적인 인력과 사업장은 확보되었지만, 막상 회사운영에 소요되는 초기자금 확보에 어려움이 있었다.

돈이 있는 부자들은 동업관계의 불편함을 이유로 투자참여를 꺼려했으며, 참여 가능자들은 대다수 투자할 현금 여력이 없었다. 기업하는 사람들은 우선 1차 금융기관을 잘 활용해야 하는데, 사업초기에는 매출실적도 없고 금융거래 실적도 없기 때문에, 담보 없이 신용대출을 받는 것은 매우 어려운 현실이다.

그동안 큰 기업의 울타리 안에서 가능했던 많은 것들이 리셋 되면서, 새로운 이해관계를 만들어 가는 과정은 인간적인 모멸감과 함께 제도상의 현실적 한계를 실감하는 힘든 시간들이었다.

마침 2007년 중반쯤 동기생 친구가 보증기관의 이사장으로 부임하였고 신임 이사장과 회원사 대표와의 간담회가 열리게 되었는데, 나도 회원사 대표로 초빙되어 많은 영접인사들이 대기하고 있던 식장 입구에서 나를 알아본 친구와 우연한 만남의 기회를 가졌다. 그동안의 안부와 동기생 소식까지 듣게 되었는데, 이를 지켜보던 지역 책임자들에겐 새로운 관심사가 된 모양이었다.

그런 연유에서인지 까다롭던 대출심사 태도가 많이 부드러워졌으며, 새로운 대출상품까지 안내받는 등 보증 관련 업무에 큰 도움이 되었다.

친구는 임기를 마치고 떠나갔지만, 지금까지 원만한 금융거래 관계를 잘 유지하고 있음이 대학원 시절의 오래된 친구 관계가 새로운 인맥으로 연결된 것 같아 다시 한번 감사의 마음을 전하고 싶다.

허범도

# 박동서 원장님과 발전행정론

필자는 대학 때 경영학을 전공하여 행정학에는 접할 기회가 없었다. 대학졸업을 앞둔 1972년 가을경으로 기억한다. 고등학교(부산의 경남고교) 때 같은 반 짝궁이었던 A친구(연대 재학 중)를 우연히 만나 대학졸업 후의 진로에 대해 서로 의견을 나누는 과정에서, 그 친구가 서울대학교 행정대학원 입학을 권하는 것이었다. 나는 행정학을 잘 모르고 더군다나 서울대 행정대학원은 나에겐 너무 먼 곳에 있는 것 같아 선뜻 응하기 어려워, 글쎄~하며 그곳이 무엇하는 곳이냐고 무식(?)하게 물어보았다.

그 친구 왈, 그곳은 대부분이 서울대 법대, 상대, 문리대를 포함 연고대 출신들이 졸업 전 각종 고시(행정고시, 외무고시)에 응시하다가 뜻을 이루지 못하고, 졸업하면 그간 연기되어온 軍에 入隊해야하는 상황에서, 대학원 입학으로 신검연기혜택을 받으며 계속해서 고시준비를 하는 곳이며, 특히 행대 교수진들이 행시 출제위원이 많아 합격률이 꽤 높은 그래서 인기가 좋은 대학원이라고 설명해주는 것이었다. 물론 학문적인 목적으로 입학, 계속해서 공부하여 교수나 박사로 진로를 잡아나가는 사람도 있었다.

나는 대학 졸업 후의 진로를 몇 가지 대안(취업 ,군 입대, 진학)을 두고 심사숙고 하였다. 결국 졸업 3개월을 남기고, 나는 학부 때 한 번도 강의를 들어본 적도 없고, 학원진학을 생각지도 않았던, 서울대 행정대학원(GSPA)에 Challenge 하기로 결심하게 된다.(인생 航路란, 이 얼마나 작은 일에서 비롯되는 것인지?) 남산도서관에 자리를 잡고, 친구가 안내해준 입학시험 교과서를 사서 읽기 시작한 것이 1972년 12월, 그중에 핵심으로 자리 잡은 책이 바로 박동서 교수의 "한국행정론". 행정학과 더불어 생소한 행정법, 사회과학, 경제학 등 시험과목을 약 삼개월간 열심히 통독하며, 벼락치기로 읽어나갔다. 서울대 행정대학원은 입학정원이 1,2부 100명 정원인데, 73년 우리가 입학하던 그해에는 1부 지망생이 많고 성적이 우수하여 2부(정부관료, 군 장성, 기업체대표)를 50명에서 40명으로 줄이고, 1부를 60명을 선발하는 바람에 필자는 그 덕에 겨우 입학의 끈을 붙잡은 것이 아닐런지? 그 덕분에 1973년 봄, 빛나는 우리의 행대원 동기생들을 만나고, 평생의 공직에의 길로 들어서지 않았나 하는 깊은 感懷가 있다.

들어가 보니, 얼마나 책상에 앉아 독서삼매 하셨는지 어깨가 일곱성 전향으로 되신 행정대학원 박동서 원장님을 만나게 된다. 그리고 그의 名著 한국행정론 저자 직강을 듣게 된 것이다. 사실 그때 받은 행정학 강의야말로, 필자의 공직30년 행정가로서의 임무와 사명을 깊게 刻印시켰으니 나로서는 평생의 스승임에 틀림없다.

교수님이 강조한 행정의 목표(그는 행정理念으로 표기하셨다)와 행정인(공직자)의 자세는 아래의 다섯 가지 가치체계로 구성되어 있다.

첫째, 합법성(Legitimacy) ; 행정부에서 하는 행정행위는 ,입법부에서 제정된 법률에 적합하게 수행되어야 한다.

둘째, 능률성(Efficiency); 행정을 추진할 때에는 비용대비 그 성과가 능률적으로 행하여져야 한다.

셋째, 효과성(Effectiveness); 행정은 효과 및 목표달성도가 커야 한다.

넷째, 합목적성 (Purpose); 행정이 추구하는 목표에 부합해야 한다(합법성과의 충돌에 유의)

다섯째, 절차의 민주성(Procedural democracy); 위 네 가지와 함께 행정의 절차의 민주성이 요구된다.

참으로 지금의 행정가(공직자)가 지침으로 삼고 행해야할 金科玉條가 아닐런지?

일찌감치, 대한민국의 日淺한 행정경험과 조직 Leadership의 결여를 간파하고, 나라 발전에 기여할 수 있었던 행정이념으로 그가 일관되게 주창한 "발전행정"은 젊은 Elite 행정가들을 양성시켜 우리나라 현대사에 국가발전과 경제성장을 담당함에 큰 기여를 했다고 믿는다.

졸업50주년을 맞은 우리 동기생들을 포함 행정대학원(GSPA : Graduate School of Public Administration) 졸업생들의 숨은 공로에 박수를 보내며….

# 1,000사 방문 대기록 축하

제가 1975년 제17회 행정고시로 공직에 들어선 이후 산업자원부(당시 상공부)와 중소기업청 근무 시, 실물경제와 현장 확인의 중요성을 절감하였습니다. 특히 중소 기업의 실상은 대차대조표나 손익계산서 등 서류에서보다는, 현장과 공장에서 그 답을 찾아야 한다는 철학으로 매일 한 공장씩 찾아가서 직접 부딪치고, 사장, 공장장, 공원과의 대화 그리고 외국인 근로자들의 숙소도 가보고, 진입로, 창고도 살펴보고, 공장의 lay-out과 청소 상태도 체크하고 공장의 전반을 몸으로 체득하였습니다.

그 결과 전국의 1,000개 공장을 다녀오게 되었고, 그때 발견한 이론이 바로 저의 박사학위로까지 발전된 TPM 법칙입니다.(기업이 성장하기 위해서는)

기술 Technology의 산 1,000m,

생산Production의 산 2,000m,

마케팅 Marketing의 산 3,000m를 정복해야한다는 이론(TPM Law)

2002년 당시 경기중소기업청장으로 일일일사공장방문을 열정적으로 하고 있을 때, 수원의 경인일보 이용식 경제부장이 그 상황을 알고, 아래 9행시를 작시하여 신문에도 보도하였고, 제게는 큰 액자에 넣어 보내왔습니다. 저로서는 공직의 하나의 조그마한 보람이었습니다.

## 1,000사 방문

경일일보 이용식 경제부장

천 개 기업가는 길이 험난하고 힘들어도
사시사철 한결같이 기쁨 안고 다녀왔네.

방문하는 기업마다 희망 심고 용기 주니
문 앞에서 손길 잡고 또 오시라 발길 잡네.

대안 찾기 때 거르고 힘 보태기 잠 설쳐도
기업인의 친구 되니 피곤한줄 몰랐어라
록을 먹는 목민관이 해야 할 일 마땅하니

축원하는 마음속에 중소기업 발전 담고
하소연에 멍든 가슴 땀방울로 씻었도다.

# 최치원 선생의 사당을 찾아

우리나라 역사상 최초의 해외유학자는 누구일까? 단연 신라시대 최치원선생이 아닐까한다. 사료에 의하면 그전에도 중국 당나라로 유학길에 오른 선각자들이 없진 않았지만, 11세의 어린소년시절(요즘의 초등학교 5학년 정도)에 부모와 정든 고향을 떠나, 그리도 멀고먼 당나라로 유학의 길에 오른 해운 · 고운 최치원선생의 일대기를 보면, 참으로 감탄을 금할 수 없다.

그는 당나라 양주(楊州)에 가자마자 중국학문에의 길로 일로매진하여, 6년간의 피나는 노력 끝에 당나라에서 시행하는 과거시험에 당당히 합격한 것이다. 그리하여 율수 현위(군수정도의 지방관직)로 첫 발령을 받게 되는데, 외국인에게도 문호를 개방하고 관직을 준 당시의 당나라의 개방정책(Open Policy)이 새삼 놀랍다.

선생이 일개 지방관서에서 전국적인 인물로 부각된 것은 당시 일어난 황소의 난이 계기가 된다. 중앙정부에까지 크게 위력을 떨치던 황소의 난을 평정하는 것이 당시 최대의 현안이었는바, 이때 최치원선생의 명문장과 화려한 필치가 그 빛을 발하는 것이다. 우리가 학교 때 배운바 있는 토황소격문(討黃巢擊文)이다. 그 문장이 얼마나 치열하고 정곡을 찔렀는지 정작 당사자인 황소가 그 글을 읽고 무서워 침상에서 굴러 떨어졌다고 한다. 또한 놀라운 사실은 중국 양주시에서 비록 외국인이지만, 그 기록과 문집을 사당(박물관)

으로 보존하고 있다는 점이다

그곳으로 가 최치원선생의 기록과 여정과 계원 필경을 만난 것은 2007년 중소기업진흥공단 이사장 시절이었다. 양국 간 중소기업 교류확대와 지원방안을 협의하는 일로, 공무출장의 일정을 마치고 귀국직전이었다. 떠나기 전 양주시장이 직접 내게 한곳에 갈 곳이 있다고 하는 게 아닌가? 그래서 가보자고 했더니, 사장이 직접 안내하여 함께 간 곳이 바로 시내에서 한 40여분 승용차로 간 최치원 선생의 사당이었다. 당나라로 온 뱃길여정과 공부한 벼루와 붓 그리고 계원 필경 등 작품집들로 가득 찬 소형박물관이었다.

당시 율수현위였던 신라 학자 최치원을 기념하기 위해 지어졌으며, 중국 내무부 외교부가 승인한 최초의 외국 유명 기념관으로, 기념관의 총 건축 비용은 약 2천만 위안이었으며, 프로젝트의 첫번째 단계는 2007년 10월 15일에 완료되었다고 한다.

감동적으로 보고 나오는데 양주시장께서 모처럼 오셨으니 방명록을 하나 써주면 좋겠다고 이야기한다.

잠시 생각하다가 날자와 이름만 써는 것보다는 무언가 기념될만한 글을 남기는 것이 의미가 있을듯했다. 그래서 평소 써둔 漢詩 중에서 하나를 선택하여 평소 가지고 다니던 붓펜으로 一筆揮紙하였다

待長遠

流水不爭先　(흐르는 물은 앞을 다투지 않는데
美花春爭先　아름다운 꽃들은 봄을 다투어 피누나
愚者取短見　어리석은 자는 짧은 소견을 취하고
賢者待長遠　현명한 자는 길게 멀리 기다리누나)

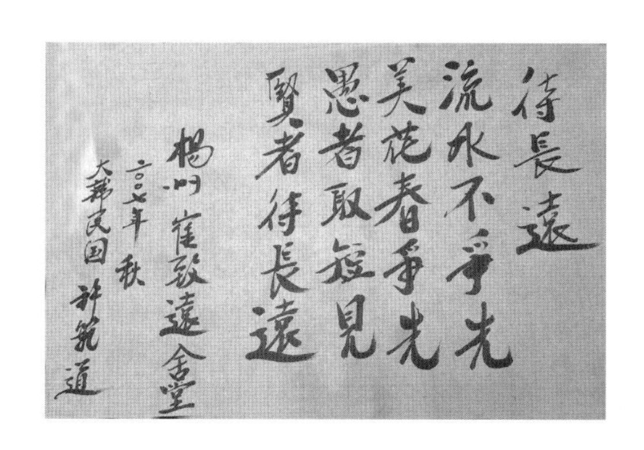


그렇게 하고 떠났는데, 그 후 몇 년이 흘렀을까?

그 글에 대해서는 까마득히 잊고 있었다.

마침 북경대학에서 강의하던 선배 한 분이 동료 교수들과 경관이 빼어난 양주에 관광차 왔다가, 최치원 선생의 사당까지 가게 된 것이었다. 쭈욱 둘러보다가 전시관 한곳에 눈이 멈추었단다. 바로 대장원이란 시가 유리전시관 안에 진열되어있고 끝에 許範道라고 적힌걸 보고는 아니 이 사람이 당나라 시대 사람인가 내가 알고 있는 한국의 허범도인가?

놀란 가슴으로 귀국하자마자 내게 전화를 걸어

"허박사!"

중국 양주에 다녀온 적이 있소" 하고 묻는 것이 아닌가?

"몇 년 전에 잠시 다녀온 적이 있습니다만, 어찌 그걸 알아요?"

"허참, 그게 맞구먼" 하며 자초지종을 이야기 하는 게 아닌가!

최치원선생의 사당에 내 글이 전시되어 있다고…

나로서는 깜짝 놀랄 수밖에 없었다. 아니, 나의 하잘것없는 글이 최치원선생 박물관에 전시되어 있다니! 이점에 우리는 두 가지 사항에 주목할 필요가 있다.

첫째는 우리의 경우 대개는 하잘것없는 방명록은 다 차면 없애 버리고 새로 갖다 놓을 텐데, 중국은 그곳에서 그 시를 발견해내는 실무자들의 관찰력과 태도가 돋보이고. 둘째는 그것을 그 전시관에 보관. 진열하는 중국인들의 기록문화의 중요성을 발견할 수 있는 것이다.

BC 3,000년경 메소포타미아, 이집트, 인더스문명과 함께 4대 문명의 발상지로 꼽히는 중국 황하문명의 기원과 그 의미를 다시 한 번 느껴보는 새로운 계기가 되었다. 아! 그곳을 다녀 온지 어언 20년이 다되어 가는 구나.

기회를 만들어 중국 양주 여행이나 한번 떠나볼까!

봄 되면 아름다운 양주를 찾던 이태백의 시를 읊조리며…

煙花三月下楊州 (연화삼월하양주)

꽃 피는 봄 삼월에 양주로 내려간다. - 이백-

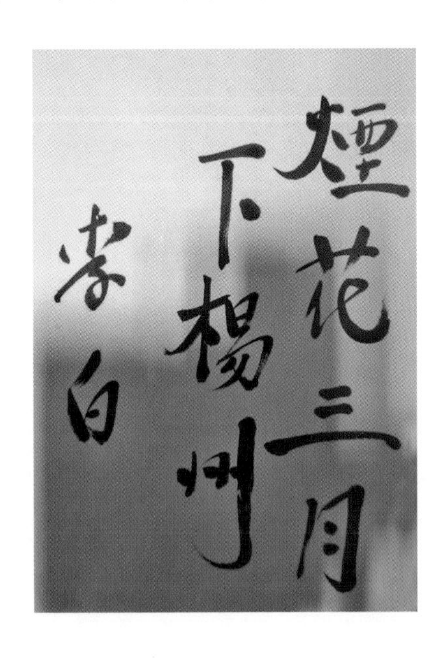

심재 김석준

# 학창 시절 산악회 활동

나는 1973년 서울대학교 행정대학원에 진학하면서부터 '모범생'의 길을 걸었다. 학부 시절 '운동권'으로서 고난의 세월을 보내다가 행정대학원을 결심한 후 두 달 동안 독서실에서 밤을 새워 공부한 덕분에 공대 출신에게는 전혀 생소한 분야이던 행정학과 경제학을 시험과목으로 선택했음에도 우수한 성적으로 합격했다. 게다가 장학생으로까지 뽑혀 동창회 장학금까지 받게 된 것이 나를 새롭게 출발하게 했다.

행정대학원은 나와 같은 일반학생들은 1부생이고 행정공무원이나 군인 등 현직자들은 2부였는데 나는 15회 1부 A반에 편성되고 학생들로부터 직선에 의해 반대표로 선출되었다. 그것이 계기가 되어 행정대학원 유일의 써클인 'GSPA 산악회'의 회장으로도 뽑혔다. 당시 1부생들이 주로 행정고시에 주력하여 행정대학원은 학문을 연구하는 대학원이라기보다는 행정고시를 준비하는 예비공무원집단과 유사했다. 강의도 50여 명의 대학원으로서는 찾아보기 어려운 대형 강의였고 수업내용도 암기식이 많았다. 그래서 학생들 사이에는 행정대학원을 '행정고등교'라고 자조적으로 불리기도 했다. 이 때문에 많은 학생이 일상에서 탈피하여, 한 달에 하루는 자유를 만끽하려는 경향이 있었으나 고시준비생 가운데에는 누가 앞장서서 시간을 투입할 사람이 없었다.

이러한 특수 상황이 대학원에 학생써클인 산악회를 만들게 했다. 행정고시를 통해 공무원이 되기보다는 교수나 연구직을 진로로 선택하여 고시생에 비해 비교적 자유로운 대학원 생활을 하던 학생들이 주축이 되어 만든 것이 산악회였다. 당시 14회의 배태영(경북대 교수), 정원익(전 해수부 근무), 오거돈(전 해수부장관), 허중경(방통대 교수), 김완주(전북지사) 등과 15회의 허범도(18대 국회의원), 최홍기(사업), 홍종덕(전 KIST 행정실장), 박준(전 감사원 국장), 이종윤(전 보사부 차관), 이성구(홍익대 교수), 이준웅(동창회 사무총장), 이규성(사업), 노옥섭(전 감사원 사무총장), 김석준(17대 국회의원), 고 서삼영(전 한국전산원장) 등이 주요 멤버였고 회원은 매년 40여 명 정도였었다.

산악회는 거의 매월 정기산행을 했다. 주로 서울 근교의 도봉산, 북한산, 관악산, 불암산 등과 경기도 천마산, 춘천의 삼악산 등 수도권의 주요 산들을 다녔다. 가끔씩은 특별 프로그램으로 산행을 다른 대학 여학생 산악반과 함께하기도 했다. 그럴 때에는 참가 회원들이 두 배로 늘어나기도 했다. 특기할 일은 그런 특별 산행의 결실로 몇몇 커플이 결혼으로 골인하여 행복한 가정을 꾸리기도 했다는 점이다.

산행할 때마다 반드시 허경의 나훈아의 노래와 배태영의 배호의 노래는 회원들의 요구로 유흥시간에 빠질 수 없었던 프로였다. 특히 여학생들에게는 인기 프로가 되기도 했다. 가끔은 오거돈의 클래식 발표회도 흥미를 돋우기도 했다. 오거돈은 그 뒤 부산시 부시장과 해수부 장관 때 가곡 독창회를 여러 차례 열고 가곡 CD를 취입하기도 했는데 그때 실력이 아마 밑거름이 되었을 것이다.

산악반의 지도교수로는 고 김운태 교수님과 한승수 교수님(현 국무총리)이셨고 두 분은 거의 매월 산행에 동참하셨다. 강신택 교수님도 나중에 몇 차례, 등산을 함께 하기도 했다. 특히 기억에 남는 것은 김운태 교수님께서는 사모님을 동반하는 경우가 많았는데 힘들게 산행한 뒤 거의 정상 근처에서는 빠트리지 않고 홀로 냉수마찰을 하셨던 일이다. 심지어 여학생들과 합동 산행을 한 경우에도 예외가 아니어서 처음에는 의아해하는 학생들도 있었다. 그러나 나중에 사연을 들은 뒤로는 모두가 수긍하게 되었다. 김운태 교수님께서 건강에 유념하시는 이유가 수년 전 위암 수술을 하여 건강을 새롭게 의식하고 중시하게 되셔서 등산이나 냉수마찰 등에 노력을 기울이신다는 것이었다. 그 덕분에 김 교수님께서는 건강도 되찾으시고 학문연구도 더욱 열성적으로 하셔서 '조선왕조행정사', '미군정' 등 행정사 연구의 독보적인 업적을 남기시고 장수를 누리실 수 있었던 것 같다.

실제 학생들에게 많은 지도와 편달을 해주신 분은 당시로서는 젊으신 선배 교수님이셨던 한승수 교수님이셨다. 한 교수님은 젊은 학생들과 잘 어울리셨고 인기도 많으셨다. 특히 등산을 마치고 하산하여 한 교수님과 가지는 뒤풀이를 모든 학생이 기다리곤 했다. 사모님께서 사립고등학교의 교장님이셔서인지는 모르지만 한 교수님은 후배 학생들에게 재정적으로도 매우 너그럽게 많이 베푸셨다.

여러 가지 많은 사례가 있지만 가장 기억나는 일은 1973년 첫눈이 왔던 늦은 가을 어느 날 천마산 산행을 했던 일이다. 미처 눈 올 것에 대비하지 않은 학생들이 천마산을 등산한 후 하산하여 기진맥진한 채 산골 주막에서 국말이밥과 막걸리로 허기진 배를 채웠으나 눈은 더욱 펑펑 내렸다. 기다리던 시외버스는 오지 않고 서울로 돌아올 길이 막막한데 그때 한 교수님께서 택시를 몇 대 잡아 모든 학생이 교수님과 함께 서울로 편히 올 수 있게 되었다. 서울에 도착한 후 청량리에서 2차 뒤풀이가 있었고 푸근한 마음으로 한 교수님과 함께 여유로운 시간을 즐길 수가 있었다.

돌이켜보면 행정대학원 시절 산악회 활동은 우리가 졸업 후 사회에 진출하여 각 분야에서 일하는 데 큰 도움을 준 것 같다 바쁜 일상생활에서 벗어나 자연을 벗하고 큰 꿈을 키울 수 있게 한 '호연지기'를 길러주었다. 동료들이나 선후배의 풋풋한 정을 나누면서 학창 생활은 물론 사회에서도 서로 튼튼한 네트워크를 이루어 흔들리지 않고 국가와 사회에 공헌할 수 있게 버팀목의 역할을 해주었다. 특히 지도교수님이셨던 고 김운태 교수님, 한승수 교수님, 강신택 교수님은 일생을 두고 제자들을 지도, 격려해주셨다.

이 외에도 회원들은 대학원을 졸업한 후 나름대로 각계에서 큰 일꾼으로 역할을 하게 되었다. 이들이 사회에서 큰일을 할 수 있게 된 것은 산악회 지도교수님들의 특별지도 외에 박동서, 유훈, 김해동, 조석준, 서원우, 안해균, 최종기, 오석홍, 김광웅 교수님 등 여러 교수님의 학문적인 지도나 인격적인 가르침에 큰 은혜를 입은 결과이다. 이 때문에 지금도 만나면 회원들은 다른 대학원과는 다른 행정대학원만의 스승님들의 가르침과 배려에 깊이 감사하는 마음을 나누곤 한다. 이미 많은 스승님이 고인이 되셨는데 이 자리를 빌려 명복을 빌고, 아직도 건강하게 왕성한 활동을 하고 계신 스승님들의 만수무강을 기원한다. 당시에는 '행정고등학교'로까지 힘들어했지만, 전인교육에 가까운 행정대학원에서의 2년간의 학창 생활과 산악회 활동은 우리들의 삶을 바로 세우는 데 매우 자랑스럽고 넉넉한 기억으로 살아있다.

행정대학원 산악회(1979년 졸업 앨범에)

김 의 수

· 충북 음성 출생
· 연세대 행정학과
· 서울대행정대학원 행정고시
· 듀크대학 대학원경제학 석사
· 재경부 경제자유구역 지원국장 지역특구 기획 단장
· 기술보증기금 전무이사

# 역경의 축복, 승자의 저주

아직 현직에 있을 때 영어공부 삼아 구독하던 외국신문의 해설 기사가 생각나서, 인터넷으로 검색해 보았더니 쉽게 찾을 수 있었다. 자원이 부족한 것을 한탄하던 나라의 국민으로서 석유, 천연가스, 구리, 다이아몬드 등(이하 '석유'로 통칭) 천연자원이 풍부한 나라는, 바로 그 자원으로 인해 빈곤하다는 내용이 오래 기억되었기 때문이다. (Moisés Naím, "Oil can be a curse on poor nations", Financial Times, August 19, 2009) 물론 자원부국이라도 발전된 민주주의, 투명하고 효율적인 공공행정이 존재한다면 안정적 거시경제, 건전재정, 침체기를 대비한 해외투자, 그리고 적절한 환율관리에 의한 산업다양화를 통해서 이 같은 자원의 저주를 벗어날 수 있고, 실제 그런 사례는 미국과 노르웨이라고 한다. 그러나 자원이 발견되기 전에 성숙한 민주주의와 발전된 행정을 구비하지 못한 빈곤 국가들은 이러한 대처가 불가능하다고 한다. 그 이유는 ①첫째, 산유국 등 자원부국(이하 '산유국'으로 통칭)들은 과도한 고환율로 인해 대외경쟁력이 없고, 따라서 농업, 제조업 등 석유 이외의 산업개발이 불가능하다, ②둘째, 산유국들의 경제에서 석유가 차지하는 비중은 80%가 넘는 경우가 많으나, 해당 부문의 고용은 10% 미만이므로 경제적 불평등의 해소가 불가능하다, ③셋째, 산유국 정부는 국민에게 막대한 세금을 부과하지 않아도 되므로 납세자인 국민의 요구를 무시할 수 있고, 결국 국민들은 정부에 의존적인 관계를 갖게 된다. ④넷째, 산유국 정부는 막대한 석유수출 대금으로 조성된 현금자원의 분배 기능을 갖게 되므로 정부의 부패는 필연적이다. ⑤끝으로, 산유국 정부는 국력에 비해 과도한 군대를 보유하는 경향이 있고, 엄청난 공적자금을 정적 제거에 사용하므로 정권교체가 어렵고, 민주화도 기대할 수 없다는 등이다. 이 정도면 가히 '자원의 저주'(Resource curse)라고 할 수 있다는 필자의 주장을 수긍하지 않을 수 없다.

그렇다면 사실상 천연자원이 전무한 우리나라는 오히려 축복받았다고 할 수 있지 않을까? 참기 어려운 고통을 수반하는 역경이 오히려 축복이 되는 것은 아닌가?

우리나라는 지난 20세기가 시작되면서, 오랜 옛날부터 교류를 유지해 왔던 이웃나라 일본의 식민지가 되었다. 국가적인 수치이고, 역사의 비극이지만 식민지 시기를 통해서 민족의식이 고양되고, 나라의 소중함을 깨닫게 되고, 수많은 우국 지사의 희생적인 독립운동을 통해서 지금까지도 나라의 기강이 되고, 국민들이 자부심의 원천을 마련한 것은 불행 중 다행이 아닐 수 없다. 일본의 식민통치 자체도 가혹하고 차별적이어서 당시 우리 국민들은 말할 수 없는 고통을 겪었지만, 그러한 차별과 수탈로 인해 독립의 의지가 더욱 높아졌고, 그 결과 일본의 영원한 2등 국민으로 고착되지 않은 것도 여간 다행스러운 일이 아니다. 수십 년의 식민지 기간을 끝내고 독립은 되었으나, 나라는 남북으로 분단되고, 이어진 동족상잔의 전쟁으로 수많은 인명과 재산을 잃고, 더 나아가서 지금까지 남북의 형제들이 분단의 고통을 매일 감수하는 현실은 그야말로 통곡할 일이다. 그러나 우리나라가 분단 되지도 않고, 걱정거리가 없는 평화로운 시간을 살았다고 한다면 지금의 10대 경제대국 대한민국이 존재할 수 있었을까? 북한이라고 하는 적을 눈앞에 두어 긴장하고, 부패를 자제하면서, 가난을 극복하려는 노력이 없었다면 아마 대한민국은 지금쯤 제3세계 어느 나라 정도의 수준에 머물렀을 것으로 보인다. 분단되지 않은 한국은 분단의 괴로움은 몰랐겠지만, 상호존중의 예의도 모르는 공산당 지배의 중국의 영향권에서 서방과는 멀리 격리되어 민주주의도 시장경제도 훨씬 낙후된 상태에 있었을 것으로 보인다. 전쟁을 통해서 공산주의와 북한의 실체를 국민들이 몸으로 겪어보지 않았다면, 좌우의 이념대립과 체제논쟁은 피할 수 없었을 것이며, 민주주의와 시장경제에 대한 확고한 신념도 기대할 수 없었을 것이다.

전쟁의 참화를 겪으면서 다소간에 남아 있던 신분제적 사회구조와 인식이 깨어지면서 보편화된 능력 위주의 사고, 그리고 교육에 대한 거국적인 관심이 우리나라 경제개발의 중요한 동력이었던 것은 누구도 부정할 수 없을 것이다. 전쟁이 끝나고 북한은 소련을 위시한 동구권 제국의 엄청난 경제원조로, 영국의 어느 여류 경제학자가 지적한 북한판 '코리안 미러클'을 실현하였고(Joan Robinson, "Korean Miracle", Monthly Review, January 1965), 당시 다수의 일반국민은 이러한 상황을 잘 몰랐지만 돌이켜 생각하면, 이 역시 자유 대한민국에게는 위기의 시간이었다. 당시 미국의 잉여 농산물로 연명하던 대한민국이 북한을 추월한 것은 물론, 중진국의 과정을 거쳐 경제적 번영을 이룬 것은 그때의 위기와 극심한 빈곤이 정부와 국민을 자극하고, 노력하도록 '강제하였기' 때문이 아니겠는가? 경제개발 과정에서 민주화에 대한 갈망이 없었던 것은 아니지만, 만약 그때 정치적 민주화가 완성되어 활발한 정권교체가 이루어졌더라면 아마 한국정치의 대중 선동형 포퓰리즘은 훨씬 더 빨리 발생하였을 것이고, 지금과 같은 정도의 경제적 복지는 가능하지 않았을 것이라고 본다면 이 역시 역경의 축복이 아닐 수 없다.

흔히 경매과정에서 경쟁을 통해 낙찰을 받은 기업이 대상물의 실제가치보다 더 많은 금액을 지불하거나, 낙찰 후 기대했던 수익이 실현되지 않아 경영상 어려움을 초래하는 경우를 승자의 저주(Winner's curse)라고 한다고 하지만, 현실생활에서는 치열한 경쟁의 승자가 오히려 손해를 보는 경우를 말하기도 한다. 왜 이런 경우가 발생하는 것일까? 승자가 자신이 이룩한 성공의 가치를 과도하게 평가하여 지나치게 호화로운 생활을 하거나, 성공에 도취되어 추가적인 노력을 중단하기 때문일 것이다. 사람들이 선망하는 대학에서 우수한 성적으로 졸업한 사람이 자기의 능력만을 믿고, 새로운 환경에 적응하기 위해 필요한 추가적인 노력을 게을리 하여 사회의 패자가 되거나, 부유한 가정의 자녀가 제대로 된 동기부여가 미진하여 방탕한 문제아가 되는 경우가 있다면 이 역시 승자의 저주에 해당하지 않을 가 싶다. 위에서 언급한 북한의 성공은 해외원조, 그리고 경제발전 초기에 존재하는 인력 등 유휴자원의 활용에 의한 일회적인 것에 불과하였으나, 이를 공산주의 체제의 우월성을 입증하는 것이라고 보아 개혁과 개방을 거부하고 아직도 구시대적 동원 체제와 방식에 집착하는 북한의 경우도 승자 저주의 국가적 사례이다. 반면 한국은 50년대 3년간 전쟁으로 거의 모든 산업시설이 폐허가 된 상태에서 시장경제 및 사유재산의 원리와 수출주도형 성장전략을 통해 이른바 '한강의 기적'을 실현하고, 1988년 서울올림픽을 개최하고, 1996년에는 선진국들의 모임인 경제협력개발기구(OECD)의 회원국이 되었다. 1997년 아시아 금융위기를 거치면서 시련을 겪기도 했으나, 이후 경제규모의 확대와 생활수준의 향상, 그리고 민주주의의 완성은 전 세계 개도국의 모범이 되었고, 이제는 승자의 노래를 불러도 되지 않을 가 한다.

그러나 잠깐! 우리는 그 동안의 성공을 과대평가하고 있는 것은 아닌가? 성공에 도취되어 과도하게 호화로운 생활을 하고 있는 것은 아닌가? 목표를 잃고 방탕으로 빠져들고 있는 것은 아닌가? 우리의 경제력을 무한한 것으로 간주하고 무분별한 세금과 복지를 남발하고 있는 것은 아닌가? 성장은 도외시하고, 분배를 가장한 '나라곳간 헐기'에만 관심을 기울이는 것은 아닌가? 우리나라에는 '다행히도' 자원의 저주를 초래할 특정한 천연자원이 존재하지 않으므로 비교적 다양한 산업을 일구어 온 것 같지만 아직은 반도체, 자동차 등 몇몇 분야에 편중되어 전천후 적 능력을 발휘하지 못하고 있으며, 대부분 중산층 가계의 자산도 거주하는 주택의 형태로 보유하고 있어 매우 부실할 뿐 아니라, 국민경제 전체적인 축적자산도 경쟁국에 비해 근소한 실정이다. 빈번한 정권교체로 민주화도 많이 진전된 것처럼 보이지만, 사회적 갈등과 대립을 정책으로 묶어내는 정치능력은 극히 취약하고, 민주주의 제도는 집단 이기주의에 압도당하고 있는 것이 현실이다. 특히 분단국으로서, 극빈상태에서도 광기를 버리지 못하고 있는 북한과 머지않은 장래에 통일을 이루고, 2,500만 북한 주민과 동포의 정을 나누면서 살아가려면 상당한 경제능력이 필요하다는 점에서 본다면 우리는 아직도 갈 길이 멀기만 하다.

88년 올림픽이 끝나고 각계에서 일어났던 욕구폭발에 대해 한때 '샴페인을 너무 빨리 터뜨렸다'는 말이 유행하기도 했지만, 이 말은 우리 경제가 승자의 저주에 빠지지 않기 위해서는 지금도 유효한 경구이다. 아직은 성장과 분배의 균형을 중시하면서, 복지는 필요한 사람에게 필요한 방식으로 제공하여 사회적 통합력을 제고하되, 정치적 동기에 의한 과도한 재정 확대는 단연코 배제하여야 한다. 근로자의 건전한 근로의식을 권장하고, 중산층을 보호하며, 정부와 기업의 협력을 강화하여 내외국인의 국내투자를 촉진하여야 한다. 개인의 창의와 기업의 자유를 존중하여 혁신을 생활화하여야 한다. 강력하고 효과적인 출산 장려를 통해서 국가의 노쇠화를 막고, 교육의 혁신을 통해서 국민 인적자원의 가치를 극대화하여야 한다. 인위적인 지방이전과 분산 대신에 지역특성에 맞는 개발과 보호를 통해 지방의 소멸을 막고, 국가와 지방의 경쟁력을 동시에 높일 수 있어야 한다. 확실한 안보와 국방을 강화해서 국민들의 우려와 근심을 해소하고, 적극적인 대북정책, 특히 북한주민과 다양하고 효과적인 소통을 확대하여 통일을 앞당겨야 한다.

21세기 첫 번째 4반세기를 70대의 나이로 살아가는 한국인이라면 해방 이후의 혼란과 전쟁이 진행되는 소란한 상황에서 출생하여 너나없이 가난한 어린 시절을 보내고, 스산한 전후의 풍경을 목격하면서 성장하였으나, 나라가 재건되고 경제가 빠르게 성장하는 역동성을 경험하면서 몸은 고달프지만 마음은 오히려 행복했던 시기를 보냈다고 생각된다. 빠른 성장과 변화에 힘입어, 학교를 졸업하면 큰 어려움 없이 원하는 직장에서 장래를 설계할 수 있었고, 개인적인 굴곡은 있었겠으나 대체로 어제보다 나아지는 오늘을 경험하면서, 발전하는 국가의 일원으로서 자부심과 자랑을 느끼며 살았다. 지나친 일반화는 경계할 일이지만 이러한 발전과 성공은 오래 전부터 우리를 짓누르던 역사와 현실의 역경이 작용한 결과라고 보아도 별 이견은 없을 것이다. 낙후와 빈곤을 배경으로 성장과 발전을 목표로 해서 경쟁과 노력의 동기 부여가 존재하지 않았다면 결코 가능하지 않았을 현재를 우리는 누리고 있다. 그러나 우리가 처해 있는 현실은 결코 만족스러운 것이 아니다. 이제까지 성공적인 경로를 지나온 것은 분명하지만 목표지점에 도달한 것은 아니다. 계층 간의 단절과 갈등은 그 어느 때보다 심각하고, 희망을 잃은 젊은이들은 결혼과 출산이라는 지극히 정상적인 삶을 당연한 것으로 보지 않고 있으며, 장기적으로 나라의 존립마저 위협 하고 있는 실정이다. 자유민주주의의 혜택을 받아 안락하고 품위 있는 인생을 영위 하면서도 나라의 체제와 이념을 부정하는 사람들이 곳곳에서 활동을 그치지 않고 있다. 강대국 간의 갈등에서 어느 쪽도 내놓고 지지할 수 없는 약소국의 입장에는 변화가 없으며, 핵무기를 개발하여 우리의 생사를 주도하려는 북한의 위협에 대비하여야 하는 것은 물론이고, 남북의 모든 동포에게 항구적인 평화와 행복을 보장하기 위하여 필수적인 통일이라는 이 시대의 대과제가 눈앞에 버티고 있다.

우리의 역사에서 '역경의 축복'의 원리가 반복해서 실현되고 입증된 것처럼 우리가 현재에 만족하고 방심한다면 '승자의 저주' 역시 필연적일 수 있다. 불완전하지만 이제까지 이룬 성공을 바탕으로 자신감을 갖고, 아직도 계속되는 역경을 극복한다는 목표를 세우고, 계속해서 앞으로 나아가는 노력이 어느 때보다도 절실하게 필요하다.

* 이 글은 2023년 3월 연세대학 졸업 50주년 기념문집에도 게재됨

김 의 제

- 충남 예산 출생(1947.9.2- 2020.3.3.)
- 서울대행정대학원 제15회 행정고시
- 미국 하버드대학교 케네디스쿨 과학기술정책학
- 미국 밴더빌트대학교 경제학 석사
- 독일 잘란트대학 경제학 박사
- 경제기획원 및 재경부
- 과학기술부 대전광역시 정무부시장
- 근정훈장
- 저서: 중편소설 〈큰얼〉『시인의 나라』, (소설)『논술은 생각하는 힘』 (수필)『마음의 산책』『Walk of Mind』, 『Waiting for Utopia』 (희곡) 『The World of Happiness』(논설) 등 다수

# 고향의 향기

고향 길을 걸으면 무수한 상념이 떠오른다. 고향을 찾는 이유도 고향이 주는 푸근한 정이 있기 때문이리라. 이웃사람들이 베푸는 풋풋한 인정, 순박한 정은 별다른 꾸밈이 없는 것이어서 도회의 그것과는 전혀 다르다. 고향은 어머니의 마음처럼 늘 아늑하고 푸근하다. 고향에는 아련한 추억이 있다. 어릴 때 함께 놀던 검둥이, 촐랑이, 깜찍이, 순뎅이가 그립고 진달래, 원추리 꺾어 주던 복실이도 그립다. 원두막 할아버지가 참외 서리한 악동들에게 벌씌우며 안겨주시던 잘 익은 참외도 꿀맛이었고 냇물에서 잡은 송사리, 미꾸라지로 끓인 매운탕도 별미였다.

노란 물감을 푼 듯 민들레가 활짝 웃으면 나비와 함께 꽃놀이 즐겨했고 민들레 흰솜털이 하늘을 날 때면 동심과 더불어 두둥실 떠나가고 싶었지. 멍멍이와 함께 한 낮잠을 민들레 동산에서 자다가, 엄마와 누나가 찾아 부르는 소리에 깨곤 했어. 장딴지를 걷어붙이고 동무들과 우렁이 잡던 논, 달콤한 삐비의 솜털이 솜사탕이라며 뽑아먹던 언덕, 물속에 누가 오래 있나 시합하며 파래진 입술을 떨던 방죽, 종달새, 멧새의 집을 맡아 놓고 아기 새의 보숭보숭 한 모습을 그려보던 동산, 뻐꾸기 둥지에 올라갔다가 뻐꾸기의 집단시위에 못 이겨 물러섰던 오동나무, 풍뎅이를 잡아 뒤집어 놓고 날개 치며 빙빙 도는 모습을 즐기던 언덕 바위, 장날 아버지의 손에 들린

사탕을 받아 들며 좋아라 뛰던 장 고개, 하얀 운동화를 처음 신고 가는 길에 흙 묻을까 맨발로 가던 학교 길, 누님이 시집가며 울고 넘던 고갯길… 이 모두가 어린 시절 함께 했던 아련한 추억이다.

고향은 언제나 옛 추억을 솔솔 풀어내어 주는 이야기 단지다. 그래서 고향친구를 만나면 반갑고 즐겁다. 검둥이, 촐랑이, 깜찍이, 순뎅이, 복실이 모두 지금 고향에 없지만 고향은 그들과의 풋풋하고 정겨운 추억을 생각나게 한다.

고향 길을 걸어가면서 늦여름의 고향공기를 마음껏 마신다. 고향 사람들의 땀 냄새가 배어 있는 공기, 꿀꿀이 돼지가 풍기는 퀴퀴한 냄새도 섞여 있고, 송아지가 길섶에 몰래 놓아준 거름 냄새도 스며든 고향의 공기라서 더욱 좋다.

이른 봄에는 아지랑이가 달래, 냉이, 꽃다지, 버들강아지, 진달래, 개나리…… 상큼한 향기를 모락모락 싣고 오고, 한 봄에는 민들레 솜털이 자운영, 토끼풀, 씀바귀, 철쭉, 아카시아, 싸리, 밤나무… 진득한 향기를 솔솔 띄워오며, 늦봄에는 노랑나비가 호박꽃, 박꽃, 감꽃, 대추꽃, 밀꽃, 보리꽃… 향기를 너울너울 날아온다. 철마다 고향 공기는 향기가 다르다.

초여름 저녁 타작마당에 동네 일꾼 보리타작 끝내고, 땀 밴 등걸이 위에 앉은 보릿 꺼럭 잡기 위해 피우던 보릿대 타는 연기도 풋풋하고, 한여름 밤 멍석 위에 동네 남정네, 여편네 할 것 없이 모두 둘러앉아 감자, 옥수수, 참외, 수박 나눠 먹으며, 모기 손님 싫다고 피워놓은 쑥대 타는 연기도 구수하며, 늦 여름밤 동산에서 동네 처녀 총각 둘러앉아 견우직녀 사랑놀이 핑계 삼아 첫사랑 고백하며, 피우던 싸릿대 타는 연기도 달콤하다. 어느 하나 정겨운 고향의 냄새가 아닐런가.

초가을 하늘을 수놓으며 훨훨 나는 고추잠자리의 빨간빛이 애잔하고, 한가을 초가지붕 위에 연 두렁 박의 하얀빛이 은은하며, 늦가을 들녘에 고개 숙인 채로 물결을 이루는 벼이삭의 황금빛이 포근하다. 고향의 가을빛은 순박한 아낙네의 보물 주머니 같은 것이다.

초겨울 타작마당에 장정들 들러붙어 절구통에 볏단 메어치며 부르는 풍년가가 흥겹고, 한겨울 방죽에 동네꼬마 앉은뱅이 썰매 씽씽타며 부르는 설 노래가 즐거우며, 늦겨울 들창문의 창호지가 게으름뱅이 동장군을 물리치며 부르는 대춘가(待春歌)가 애절하다. 고향의 겨울노래는 들판에 홀로 서서 바람 따라 팔 흔들며 흥겹게 노래하는 허수아비의 노래 같다.

고향 길을 걸으며 계절마다 맛깔 나는 향기와 냄새, 그리고 빛깔과 노래를 생각하는 재미도 솔솔 하다. 모두가 어울려 고향의 그윽하고 포근한 정취를 자아낸다. 그래서 고향 길을 언제나 정답고 그립다.

고향은 마음을 늘 포근하게 한다. 눈을 감으면 솔솔 풀려 나오는 어린 시절 추억이 그렇고, 오순도순 정 나누며 살아가는 이웃사촌이 그러며, 뒷동산에 불타오르는 진달래가 그렇고, 앞들 판을 가로지르며 돌돌 구르는 개울물이 그렇다. 저녁노을 짙어갈 때 어린 소년에 이끌려 가며 큰 눈망울로 송아지를 부르는 어미 소가 그렇고, 이른 봄 냇가에서 버들피리 불며 첫사랑을 고백하는 떠꺼 머리 총각이 그러하며, 정자나무 아래 멍석 깔고 막걸리 한잔 기울이며 시조창을 주고받는 늙은이가 그렇다. 아침마다 말쑥한 옷차림을 하고 반가운 소식을 맑은 노래로 부르는 까치가 그렇고, 뒷동산 풀 섶에 둥지를 틀고 예쁜 알을 번갈아 품으며 사랑노래 부르는 종다리가 그러하며, 때까치 둥지에 몰래 자기 알을 숨겨 놓고 멀리서 지켜보며 능청스럽게 노래하는 뻐꾸기가 그렇고, 깊은 겨울 별들도 잠든 밤에 홀로 외로움을 달래며 슬피 우는 소쩍새가 그렇다.

한여름 불볕더위를 식혀주는 참매미 소리가 시원하고, 산골짜기를 돌돌돌 구르며 흐르는 석간수가 차가우며, 솔잎사이로 솔솔솔 부는 바람이 서늘하고 눈 내린 초가지붕을 밤새워 비춰주는 달님이 고요하다.

# 시인의 마음으로

서로가 사랑한다는 것은 참으로 아름답고 귀하다. 사랑하는 마음은 무쇠라도 녹일 수 있는 강렬한 열정이며 어떠한 고난도 이겨내는 강인한 인내이고, 차디찬 가슴도 뜨겁게 달구는 용광로인 것을. 눈감으면 그토록 먼 곳의 연인이 한순간에 다가와 귓가에 사랑의 속삭임을 들려줄 것 같은 감정으로 일생을 살아갈 수만 있다면 얼마나 좋을까? 다정한 마음을 가져다가 꽃가루처럼 얼굴에 뿌려 주며 뜨거운 입김으로 사랑의 솜사탕을 만들어 입에 넣어주는 연인이 있다면 얼마나 좋을까?

이른 봄날에 눈을 들어 태양을 우러러 보라. 저 하늘의 태양, 그 빛이 있으므로 해서 이 땅위의 모든 생명체는 살아 숨 쉬고 있다. 내가 지금 이 자리에 앉아 태양을 우러르며 무엇인가 생각할 수 있는 것도 저 태양이 있기 때문이다. 눈을 살며시 감아 보라. 태양의 잔영이 눈앞에 아른거릴 것이다. 그 잔영은 커다란 물체로 변하기도 하고 무슨 둥근 꽃처럼 피어나기도 할 것이다. 눈을 뜨고 발아래를 굽어보라. 발아래에 새싹이 돋아나면서 땅거죽을 밀어내고 자그마한 싹을 틔울 것이다.

시인은 새싹들의 노래를 가슴으로 들을 수 있다. 태양이 새싹들에게 주는 사랑을 몸소 깨달을 것이다. 봄 동산에는 온갖 새싹이 그 순하고 가냘픈 모습을 드러내고 태양을 향하여 조그만 손길을 앙증맞게 뻗쳐보는 순간을 놓이지 않고 포착할 것이다.

'새 생명의 탄생은 신비로운 자연의 섭리이며
태양이 펼치는 사랑의 결과이리라.
태양이여, 나의 태양이여.

나에게도
그 아름답고 고귀한 사랑을 베푸소서.
새 생명의 환희와 축복을 노래하게 하소서.

저 풀꽃이 가지는 당신을 향한 감사와 노래와 춤을
이 몸도 함께 즐기도록 하소서.
이 세상에 존재하는 모든 것은 당신의 선물인 것을.'

시인은 자연과 인간을 보는 혜안을 지니고 있다. 그리고 작은 것으로부터도 커다란 깨달음을 얻는 지혜를 가지고 있다. 연못가에 둘러 핀 수선화 꽃잎의 흔들림에서 바람의 아름다운 장단을 듣고 가을에 지는 가냘픈 낙엽에서도 우주의 법칙을 깨닫는 것이다. 시인은 가슴에 시혼을 가꾼다. 그 시혼이 봄과 여름 그리고 가을과 겨울에 자연 속으로 나들이 가면 한 폭의 아름다운 자연경이 붓끝에서 실타래를 풀어놓고 그 시혼이 낮과 밤이 교차하고 정밀과 소음이 교차하는 인간사회로 가면 가난한 사람의 손발이 되어 그들을 희망과 용기가 넘치는 세상으로 인도할 것이다.

시인은 놀라운 감수성을 지닌다. 달빛에 흔들리는 연못에서도 물과 빛의 춤을 연상하며 달무리에 젖어있는 작은 별에서는 아기별과 엄마별의 애틋한 사랑의 눈물을 생각하고, 저녁 바람에 흔들리는 들국화 꽃잎에서도 기러기에게 보내는 작별의 춤을 떠올리며 소나무 위에 덮여있는 눈덩이에서는 새색시의 면사포속의 수줍은 얼굴을 그려낸다.

나도 시인이고 싶다. 작은 풀잎의 상처까지도 애처로워 할 줄 아는 그런 시인이고 싶다. 시인이 되는 것은 그저 아름다운 글자를 엮어 놓는 것이 아니라 마음속에 뜨거운 사랑을 늘 간직하여야 하리라. 내가 이러한 시인이 될 수 있을 까? 부끄러운 생각에 그저 고개를 떨구는 것은, 아직 시혼이 내 가슴에 살지 못한다는 자각일까?

해강 김 한 진

# 백만 송이 장미

길 가다가 좁은 골목 양옥집 담장 넘어 핀 빨간 장미꽃, 사람들은 누구나 좋아한다. 그럼요. 좋아하지 않는 사람은 아무도 없다. 눈이 부시도록 장렬하게 빛나는 장미꽃, 누구나 좋아한다. 꽃 중의 꽃이라고 불리는 장미, 한 송이도 아니고 백만 송이 장미꽃이라면 두말할 필요도 없다.

그럼 찔레꽃도 장미꽃이라면, 사람들은 믿을까요? 믿거나 말거나 찔레꽃 노래 들으며, 나의 유년 시절을 회상해본다. "찔레꽃 붉게 피는 남쪽 나라 내 고향, 언덕 위에 초가삼간 그립습니다." 고향에 대한 그리움을 담은 백난아(본명 오금숙)의 찔레꽃 노래는 이렇게 시작한다. 백난아의 고향인 제주 한림읍 명월리에는 찔레꽃 노래비도 있고, 최근에는 폐교한 초등학교를 활용한 기념관도 만들었다. 지난 8월 6일 소낙비가 쏟아지는 가운데 백난아기념관에 갔다. 1940년대 레코드 판과 사진이 진열되어 있었다. 마치 옛날로 돌아온 기분이었다. 요새 라인댄스 주제곡이 되다시피 한 찔레꽃 노래가 싱그럽게 들리는 것 같다. 가수는 죽어서도 노래를 남기고, 기념관을 남긴다. 백난아도 우리 기억 속에 영원히 남겨질 것이다.

찔레꽃 노래 들으면 들을수록, 나는 고향이 눈물겹도록 그리워진다. 어색한 타향살이에다, 옆집 사람도 알 수 없는 아파트 생활 때문이다. 누구나 고향은 그립다. 보리가 익어가는 오뉴월이면, 내 고향 산천 여기저기 하얗게 핀 찔레꽃이 널려 있다. 노래가사에는 '찔레꽃이 붉게 피는'이라는 말이 있는데 좀 이상하다. 난 어렸을 때 하얀 찔레꽃만 봐서 그런 것 같다. 찔레꽃도 장미꽃이라 하니, 붉은 찔레꽃도 어디인가에 있겠지. 찔레꽃 노래 듣고 있노라면 산과 들 넘나들며, 찔레 순 꺾어 먹고 흥얼거리던 유년 시절이 눈앞에 아롱거린다.

찔레꽃은 장미꽃에 비하면 엄청 작지만, 다 같은 장미 속이다. 그런 하얀 찔레꽃 청순하게 보여 너무 좋다. 가을엔 팥같이 작은 빨간 열매 따 먹으면 달콤하다. 재미있는 것은 찔레꽃이 장미처럼 줄기에 가시가 총총히 박혀있다는 거다. 아마도 찔레꽃이 자기도 장미처럼 곱다고 생각해서, 얄궂은 뭇 사람으로부터 몸을 보호하려 생긴 것 같다. 그것도 모르는 난 어린 시절 찔레꽃을 마구 꺾어버렸다. 그러다가 가시에 찔리기도 했다. 지금 생각해보니 후회가 막심하다, 그냥 보기만 할걸.

서울에서는 찔레꽃을 보기란 쉽지 않다. 오뉴월에 옛 기와집들이 즐비하게 남아 있는 북촌 골목을 걷는다. 그럴 때면 되레 빨간 줄장미꽃이 담장 위로 어깨를 쭉 내밀고는, 예쁜 모습을 드러내 보인다. 그래서 장미꽃이 담장에 보이는 집은 어쩐지 우아하고 고풍스럽게 보인다. 그런지는 몰라도, 역시 장미는 담장을 타고 피는 줄장미가 보기에 제격인 거 같다. 나는 산과 들 덤불이나 담벼락에 핀 찔레꽃이 생각나서 더욱 그런가 보다. 이따금 공원에 가면 탐미적인 관목 장미도 형형색색 꽃이 피어 있는 모습 너무 보기 좋다.

장미를 제대로 보기 위해서, 아내랑 같이 관악산 호수공원에 있는 장미정원에 가보았다. 오뉴월이 지났는데도 장미정원에는 아직도 장미로 가득 차 있다. 장렬하게 빛나는 태양을 좋아하는 빨간 장미꽃, 볼수록 아름답다. 아무래도 젊음을 상징하는 꽃 중의 꽃이라서 그런 거 같다. 장미노래도 찾아보았다. '사월과 오월'이 부른 듣기 좋은 장미노래는 이렇게 시작된다. '당신에게선 꽃 내음이 나네요. 잠자는 나를 깨우고 가네요.' 그럴듯하다. 불현듯 더 늦기 전에 장미꽃 한 송이라도 더 봐 두고 싶다는 생각이 들었다.

그래서 여기저기 장미원을 네이버에 검색해보았다, 그러다가 우연히 '백만 송이 장미원'을 발견하였다. 지금이 유월 말이라 장미꽃 보기에는 너무 늦은 거 같아서, 내년에 가 볼까 하다가 내친김에 백만 송이 장미원에 달려갔다. 길눈이 어두워 내비에 의존하는 아내의 운전 솜씨로 춘의역 근처 이곳저곳을 헤맸다. 겨우 찾아간 장미원, 실망스러우면 어쩌나 걱정이 되기도 하였다. 아닌 게 아니라 장미원에는 사람들이 별로 보이지 않았다.

백만 송이 장미원은 춘의산(105.6m) 산비탈에, 예상보다도 큼직하게 자리 잡고 있었다. 하지만 아쉽게도 장미꽃은 지고 있었다. 이곳저곳 장미원을 둘러보니, 오늘이라도 잘 왔다는 생각이 들었다. 빨간 장미, 노란 장미, 하얀 장미 크기도 색깔도 각양각색이다. 오래간만에 보는 백만 송이 장미 너무나 아름답다. 장미원에 장미가 활짝 필 때쯤이면 백만 송이 아니 천만 송이는 될 것 같다. 늘 그런 거지만 어김없이 이곳에서도 인증 샷을 찍었다. 아내는 아직도 청춘인 양팔을 활짝 벌리고, 몸짓까지 하며 포즈를 취한다.

"장미 향기 맡아봐 너무 진하게 나네."

"……"

나이 탓인지 내게는 향기가 나지 않았다. 장미를 앞에 두고도 그

고운 향내를 못 맡으니 속으로 서글프기만 하다. 장미원 한편에 자그만 한 게시판에, 하얀 글씨로 '장미의 가시가 생긴 이유'를 써 놓았다.

옛날 그리스의 코린트란 마을에, 절세의 미모로 소문난 '로오 단테'라는 아가씨가 살고 있었다. 어느 여름날 로오 단테가 한꺼번에 쫓아온 구혼자를 피해 어느 신전에 숨어 갔었는데, 이들은 그곳까지 들어와서 로오 단테를 괴롭혔다. 그때 하늘을 지나던 태양의 신 아폴로가 이를 보고 노해 태양 빛을 로오 단테의 발밑에 쏘자, 그녀는 순식간에 장미나무로 변했다. 그러나 절개가 굳은 로오 단테는, 뭇 남성들이 자신의 몸을 함부로 만지지 못하게 하기 위해 가시를 생기게 하였다 한다.

그러고 보니 장미는 스스로도 예쁘긴 예쁘다는 걸 알고 있는가 보다. 진달래, 철쭉, 능소화, 벚꽃도 예쁘기로는 저리 가라는 나무 꽃인데, 가시만은 없다. 그렇다고 잘 꺾어 가지도 않는다. 하지만 장미만큼은 다르다. 장미를 보면 누구나 꺾고 싶은 마음이 생겨서다. 사람들은 장미꽃 한 송이는 사랑이 증표라 하고, 백만 송이 장미는 100% 사랑이라 해놓고는, 꺾으려고 달려든다. 그게 여의치 않으면 돈 주고라도 사려 한다.

그러니 단테 장미가 돼서도 자기 몸 보호하기 위해, 날카로운 가시를 생기게 한 것은 맞는 것 같다. 남자건 여자건 가시 돋친 장미를 유독 좋아하는 사람도 있다. 아마도 자기가 로오 단테라고 생각해서 그런 거 아닌가 싶다.

그런데 재미있는 것은 우리가 먹는 산딸기도 장미에 속한다고 한다. 산딸기나무에도 가시가 줄기에 달려 있다. 딸기는 따먹되 줄기는 꺾지 말라는 것 같다. 오직 채소처럼 키우는 장미인 딸기만은 가시가 없다. 딸기는 아낌없이 달콤한 빨간 자기 몸을 내준다. 그러니 장미는 꺾지 말고 달콤한 채소 딸기를 많이 따먹어요. 예쁜 장미꽃은 다른 사람도 보게, 감상만 하는 게 좋겠죠. 나는 유년 시절의 찔레꽃 꺾던 추억이 생각나서 그런지. 내게는 백만 송이 장미는 너무 과분하고, 담벼락에 핀 빨간 줄 장미 한 송이가 더 좋은 것 같다.

# 재상봉 하이라이트

1973. 3월이면 서울대학교 행정대학원 졸업 50주년이 되는 해이다. 몇몇 대학원 동기들이 모여 기념문집도 만든다고 한다. 아직은 졸업 재상봉행사에 대한 별 다른 소식은 없다. 한번 가면 돌아오지 않는 졸업 50주년인 만치, 동기들이 한자리에 모여 그동안의 감회를 나누는 자리를 만들 것이라고 생각된다. 여기서는 대학 졸업 50주년 재상봉행사관련 수필을 한편 올려 본다.

작년 5월 13일, 내가 다녔던 연세대 졸업 50주년 재상봉행사에 참석했다. 그날 우리 정치외교학과 참석자는 동기생 65명 중 7명과 부인 3명이 전부였다. 나도 모르게 대학본부에서 나를 정치외교학과 연락책임자로 지목되어, 나는 정치외교학과 행사추진위원장을 맡아서 후배들에게 줄 장학금을 마련하는데 온 힘을 기울였다. 장학금기부자는 31명이나 됐다. 그런데도 마지막 재상봉행사인데 우리 동기생 참석자가 너무 적어 아쉬웠다. 하기사 저 세상에 먼저 간 동기들도 있고, 연락이 불통인 동기도 외국에 거주하는 동기도 있었지만, 20명은 참석할 줄 알았다. 우리 동기들은 독자 생존하는 스타일이라 슬쩍 부인도 참여해도 좋다는 아이디어까지 내었다. 그러나 목표대로 이루어지진 않았다.

재상봉행사는 먼저 정치외교학과 후배들에게 장학금 전달식부터 진행하였다. 후배들에게 장학금을 전달할 때에는 정말 가슴이 뿌듯

했다. 이 자리에는 신기하게도 같은 과 출신 후배 조화순 여교수님이 학과장을 맡고 있었다. 우리가 다닐 때만 해도 여학생은 한 명도 없었는데, 언제 여학생이 들어와서 교수까지 하다니 참으로 놀라운 일이다. 세상이 변해도 한참 변했구나! 그 여교수님은 연대 로스쿨에는 정외과 출신이 제일 많이 들어간다고 자랑한다. 참 기쁜 일이다. 연대 법학과는 정차외교학과에서 분리 탄생했고 지금은 로스쿨로 개편됐으니, 그럴 만도 하다.

하지만 그날 정말 드라마틱한 장면은, 총장공관 앞뜰 오찬장에서 있었다. 우리 동기들은 우리가 앉은 자리가 총장 자리인 줄도 모르고, 식사준비 중이었다. 연대 정치외교학과엔 우리가 다닐 때까지만 해도, 여자는 한 명도 없었다. 그런데 우리 자리에 한 여자가 찾아와서, 한마디 한다.

"여기 정외과 동기생 자리죠?"

"예 맞아요?"

"저 김경화 동기 부인예요."

정외과 오찬장에 고 김경화(고 포스코 박태준 회장 비서실장) 동기 부인이 찾아온 거다. 아무도 예상하지 못한 일이다. 동기들 모두가 일어서서, 반갑게 악수하며 박수를 친다. 그 부인은 멀리 제주도에서 살고 있다. 제주도는 내 고향이기도 하다. 언젠가 내가 고향에 갔을 때, 그분이 운영하는 한림읍 당근 케익점에도 찾아 갔었다. 우리 어머니가 제주에서 돌아가셨을 때는 문상도 왔었다.

김경화 동기가 갑작스레 암으로 세브란스 병원에 입원했다가, 돌아 간지도 몇 년이 지났다. 나는 그때 갑작스러운 병환과 죽음에 대한 두려움 때문에, 문병도 문상도 제대로 못했다. 고 김경화 부인을 여기서 만나고 보니, 나는 너무 미안하고 죄송스러웠다.

나는 경화 동기가 포스코 미국 지사에 근무할 때, 만난 적이 있다. 내가 워싱턴에서 철강자율규제 실무협상 한다고 미국에 출장 갔을 때다. 경화가 못처럼 대서양 볼티모어 바닷가 수산물 시장에 나를 데리고 갔다. 그곳에서 삶은 꽃게를 한 바구니 사줘서 같이 먹었다.

연대 동기회 회장 문동문은 연락 못해서 미안한 듯, 경화 부인에게 말을 건넨다.

"연락도 안 했는데, 고 김경화 동기 대신 와주셔서 고맙네요?"

부인은 머리가 백발이 다 됐다. 그 부인은 사실 연대 가정대를 나와 미국 뉴욕 한인방송국 아나운서였고, 김대중 대통령과 인터뷰도 했었다. 세월이 구름처럼 흘러간다고 하던가, 여인의 머리마저 흰 구름이 되었다. 김경화 동기 얘기하며 동기들 모두가 눈시울이 붉어졌다.

벌써 연대 졸업50주년 재상봉행사를 한지도 1년 3개월이 지났다. 그런데도 그때 일이 지금도 내 머릿속에 지워지지 않고, 또렷이 남아 있는 것이 하나 있다. 바로 재상봉행사에 부인이 그것도 죽은 남편을 대신해서 참석하였다. 그거야 말로 고 김경화 부인이 아니면, 어느 누구도 할 수 없는 용기 있는 행동이었다. 재상봉행사에 참석 못해서, "미안하다"는 말 한마디가 구차한 변명보다 더 아름답게 보이는 일이기 때문이다. 그래서인지 올해 고향에 갔을 때, 얼굴 한번 보러 한림읍 "아우스레서피 당근케이크"가게에 가기도 했다. 연고도 없는 제주에서 권여사는 여전히 나보고 남편의 정외과 동기들에게 안부 전해주라고 한다. 역시나 마음씨 고운 미망인다운 모습이었다.

오후에는 재상봉 하이라이트 재미있는 프로그램이 있었다. 뜬금없는 응원연습이다. 지금 모교 재학생 응원단장은 여자였다.

현재 재학생 응원단장과 단원이 단상에서 응원시범을 보여주며, 재상봉행사 참석자들은 따라 한다. 손 흔들며 야! 야! 목청 터져라 외쳐 된다. 나는 재학시절에도 안 해본 응원연습이다. 웬걸 예상과 달리, 25주년 재상봉 참석자보다 50주년 재상봉 참석자인 70대 중반 노인네들이 더 열심히 따라한다. 내가 70대라서 그렇게 보였는지도 모른다.

'지금 응원 연습해서, 뭐하라는 건지?'

나는 응원연습을 열심히 따라하다가 불현듯, 50년 전 학창시절 E여대 정외과와 S여대 정외과 축구시합이 생각났다. 당시로서는 아무도 생각할 수 없는 여대 간 아마추어 여자축구시합이다. 새로 정외과 동기 학회장 변승목이 폼 잡으려고, 한국의 유명 여자대학 E여대 정외과와 S여대 정외과 간 축구시합을 주선했다. 축구시합 준비는 학과 섭외부장인 내가 했고 심판은 K가 봤다.

나는 축구시합을 준비하면서 관중으로부터 주목을 받겠나하면서 망서렸다. 웬걸 경기장인 백양로 옆 지금의 공대 자리에 있던 대운동장에, 시합도 하기 전에 하나 둘 학생들이 발걸음을 멈춘다.

그런데 E대 정외과 팀은 상대 팀을 얕봐서 그런지, 옷도 대충 입고 나왔다. S대 정외과 팀은 청바지를 사 입고, 연습도 좀 하고 나온 거 같았다. 당시로서는 우리나라 남자 축구도 동네 축구 수준인 시절이다. 국내에 여자축구팀도 없었다. 나는 그때까지만 해도 여자가 축구한다는 말조차 들어본 적이 없었을 때다.

화려한 여자축구 시합한다는 소문은 어디서 들었는지, 학생 관중들이 벌떼처럼 모여들었다. 관중들은 호기심에 웅성거린다. 화려한 여자축구의 경기 시작을 알리는 호루라기 소리가 울리자, 관중들은 양편으로 갈라졌다. 관중들은 환호성과 박수로 운동장이 떠나갈 듯하다.

"E대 이겨라, S대 이겨라"

경기는 점점 뜨거워지고 열기를 더한다. 경기가 시작하자마자, S팀 열 명이 공을 E팀 골대로 몰고 가서, 한 골 넣었다. 환호성과 박수 소리가 요란스럽다. 경기가 진행되면서 공이 선수를 몰고 가는 건지, 선수가 공을 몰고 가는 건지 알 수가 없다. 공 따로 선수 따로다. 헛발질에 넘어지고 똥 볼 차고 웃는다. 그게 오히려 관중들을 즐겁게 한다.

공은 E팀 골대 쪽으로만 들어간다. 결국 6;0으로 경기는 끝났다. 관중들은 환호하고 아쉬움 속에 한참 동안 운동장을 뜨지 못한다.

아무리 아마추어 경기일지라도 상대방을 얕보아 철저히 준비하지 않으면, 질 수밖에 없다. 이겼다고 운동장에서 폼 잡는 S여대생, 져서 초라하게 고개 숙이고 물러서는 E여대생 너무나 대조적이다. 부모 DNA 물려받아 암기 잘해서 좀 나은 대학교 가듯. 축구도 잘할거다. 그건 아니다. 그러면 얼마나 좋겠나마는 축구도 별도로 연습을 해야 한다.

그건 그렇다 치고 이번 축구 경기가 지고이기는 것만이 능사는 아니다. 당시 데모에만 앞장섰던 연세대 정외과가 보란 듯이 화려한 여자축구시합을 주선하여, 학생 관중에게 웃음거리를 선사한 거다. 지금도 50년 전 그때를 생각하면, 내 마음이 뿌듯하다. 웬걸 나도 오늘 인생의 마지막 재상봉행사 때 배운 응원 연습 한번 써먹으러, 후배들 운동시합에라도 가 볼까? 하는 생각이 든다. 졸업 50주년행사가 끝났으니 앞으로는 아무런 행사준비도 없다. 그래도 아무도 안 한다는 동기생 회장을 두번째로 추대 받아 건강 트래킹 건강당구 모임도 새로 구성하였다.

인생의 50주년 행사는 고교 대학 고시 다 지나갔고, 내년에 대학원 행사만 남았다. 나는 대학원졸업 50주년 기념문집 편집위원장을 맡아, 마로니에 서울대 행정대학원 시절의 옛 우정을 함께 나누는 작품을 편집하기기에 바쁘다. 아무튼 졸업은 끝나는게 아니라 새로운 시작이고. 무언가 남기는 것이 되었으면 하는 마음을 독백처럼 읊어본다.

*문학서초28호(24.12)에도 게재

서 성 원

· 충남 부여
· 대전고 명지대행정학과
· 서울대 행정대학원 프랑스파리2대학 행정학 박사
· 명지대 행정학 교수
· (현) 명예교수 학교법인 인권학원교육 이사
· 학교법인 명지학원이사장 직무 대행
· 옥조훈장 수훈

# 정성과 최선을 다하는 거룩한 삶

오늘 이 시간에는 "무엇이든지 남에게 대접을 받고자 하는 대로 너희도 남을 대접하라"는 성경말씀 (마태 7:12)을 묵상하면서 "거룩한 삶은 최선을 다하는 삶, 정성을 다 하는 삶"이라는 제목으로 주님의 말씀을 나누고자 합니다.

황금률(Golden Rule)이라고도 일컬어지는 성경의 말씀인 "무엇이든지 남에게 대접을 받고자 하는 대로 너희도 남을 대접하라"는 이 말씀은 중국에서는 같은 의미이지만, 그 부정적인 면을 부각하여 "내가 하기 싫은 일은 남에게도 시키지 말라(己所不慾 勿施於人)"고 하기도 합니다. 주님의 이 말씀은 결국 우리가 남을 대접한 대로 남으로부터 대접을 받는다는 말씀과 같습니다. 이 말씀은 물리학에서 설명하는 작용과 반작용, 경제학에서 말하는 급부와 반대급부, 일반적으로 과학에서 사물을 분석할 때 동원하는 원인과 결과의 관계로 풀이할 수도 있다고 봅니다. "무엇이든지 남에게 대접을 받고자 하는 것"은 "우리가 남을 대접"한 것, 즉 작용, 급부, 원인에 대응되는 반작용, 반대급부, 결과로 볼 수 있습니다. 하느님께서는 우리 인간의 속성을 너무나 잘 아시기 때문에, 우리 인간의 입장에서 쉽게 생각할 수 있도록 아주 구체적으로 그 수단과 방법을 말씀해 주시고 계십니다. 우리는 원인 없는 결과, 급부 없는 반대급부, 작용 없는 반작용을 생각할 수 없기 때문입니다.

우리는 왜 다른 사람에게서 대접받기를 원하는 것입니까? 그것은 아마도 다른 사람들로부터 대접을 받는 것이 자신의 존재를 인정받는 것이며, 이로써 행복감을 얻기 때문일 것입니다. 그렇다면 다른 사람들로부터 인정받기 위해서 우리는 어떠한 삶을 살아야 하는 것일까요? 자신만의 이익을 구하여 심지어 이웃을 무시하거나 짓밟기까지 하는 이기적인 삶은 순간적인 이득을 가져다 줄지 모르나, 더불어 살아야 하는 인간사회에서 결코 진정한 행복을 가져다주는 방법은 아닙니다. 함께 나누고 돕는 삶, 즉 봉사의 삶 속에서 이웃도 함께 기뻐하고 만족하는 모습을 볼 때 우리는 진정한 행복을 누리게 되는 것입니다. 이러한 봉사의 삶은 바로 하느님께서 우리 인간에게 명하시는 가장 으뜸가는 계율인 이웃을 사랑하라는 말씀과도 통하는 삶이라 할 수 있을 것입니다. 말하자면 하느님과 올바른 관계를 유지하는 삶이라 하겠습니다. 하느님과의 관계에서 정상적인 올바른 관계가 깨지는 순간 우리는 죄에 떨어지고 그 결과 어두움 내지 영적인 죽음 상태에 빠지게 됩니다. 그러나 우리가 하느님과 올바른 관계를 유지할 때 우리는 생명이 넘치는 거룩한 삶을 살 수 있는 것입니다. 그것은 우리가 주님과 함께 성령과 함께 생활하기 때문입니다.

우리가 주님과 동행하는 생활, 말하자면, 성령과 함께 하는 생활을 한다는 것은 우리가 기도를 통해서 하느님과 일치를 구하고 하느님의 뜻 가운데 모든 일이 실현될 수 있도록 최선을 다하고 정성을 다하는 삶을 살아가는 것입니다. 이웃과의 관계에서 그리고 자신에게 주어진 일에 최선을 다하고 정성을 다하는 삶을 살 때 하느님과의 관계가 올바르며 정상적인 관계가 되고 마침내 거룩한 행복한 삶을 살 수 있는 것입니다.

최선을 다하는 삶, 정성을 다하는 삶은 일차적으로 모든 사람들에게 믿음을 가져다 줍니다. 이와 같은 믿음이 쌓이면 마침내 다른 사람들의 사랑을 받게 됩니다. 사랑은 심지어 잘못까지도 관용으로 이해하고 용서를 가져다줍니다. 마침내 우리는 위에서 말씀드린 정성(최선)과 믿음과 사람의 기초 위에서 봉사나 일을 할 수 있는 것입니다. 우리 인간은 결국 이러한 봉사와 일을 통한 삶을 통해서 하느님으로부터 내려오는 만족감, 행복을 느끼며 살 수 있는 것입니다.

따라서 우리 삶 가운데 행복에 이르는 순환과정을 다음과 같이 상정해 볼 수 있습니다.

"정성(최선) → 믿음 → 사랑 → 봉사(일) → 행복," 또는

"정성(최선) → 봉사(일) → 믿음 → 사랑 → 행복"

의 도식이 되는 것입니다. 즉, 최선을 다하는 정성이 쌓이면 믿음 내지 신뢰가 쌓이고 믿음이나 신뢰의 구축은 사랑(용서)을 낳고, 이러한 정성, 믿음, 사랑의 기반 위에서 이루어지는 봉사나 일은 마침내 하느님으로부터 오는 행복에 이르게 하는 것입니다. 또한 순서를 달리해서 우리가 온 정성을 다하며 최선을 다하여 일이나 봉사를 할 때 이러한 활동을 통하여 믿음이 쌓이고 사랑이 쌓여 결국 우리는 하느님께서 내려주시는 행복을 느끼며 살 수 있다는 말씀입니다.

여기서 우리는 정성을 다하는 삶이나 최선을 다하는 삶의 반대급부, 반작용, 또는 결과가 행복이라는 것을 확실히 알 수 있습니다.

온 정성을 다하는 삶, 최선을 다하는 삶이 아니고는 우리는 행복한 삶에 이를 수 없는 것입니다. 우리가 우리의 만남이나 우리에게 주어진 일에 임하여 모든 정성을 쏟고 최선을 다할 때 한편으로는 행복을 느끼며 다른 한편으로는 관련된 이웃들에게 믿음과 신뢰를 갖게 해 줄 것입니다.

우리는 남에게 믿음을 준만큼 행복한 것이며, 또한 믿음을 주지 못한 만큼 불행한 것입니다. 사랑은 용서할 수 있을 때 진정한 사랑이라 말 할 수 있습니다. 주님은 "원수를 사랑하라" 하십니다. 정말 원수까지도 사랑하는 사랑은 용서할 수 있는 사랑을 뜻합니다. 사랑을 재는 척도는 용서할 수 있는 마음에 있다고 하겠습니다. 따라서 우리는 남을 사랑하고 용서할 때 행복을 느끼고, 반대로 남을 사랑하지 못하고 용서하지 못할 때 불행을 느끼게 됩니다. 모든 것을 참고 인내하며 이웃의 실수나 잘못을 용서해 주는 사랑의 마음에서 진심어린 봉사가 가능하며 이로써 하느님의 뜻을 따르는 거룩한 삶을 살 수 있고 행복한 삶을 살 수 있을 것입니다.

우리 모두가 목표로 하고 있는 행복한 삶, 거룩한 삶을 살기 위해서는 끊임없는 묵상과 기도로 하느님과 일치를 구하며, 하느님의 뜻을 언제나 염두에 두고 우리가 하는 일을 통하여 하느님의 뜻이 실현될 수 있도록 최선을 다하고 정성을 다 하며 살아가야 할 것입니다.

# 손수건 같은 만남

오늘의 복음 묵상 글입니다. 한가위(추석, 루카 12,15-21)

찬미, 예수님 사랑합니다. 추석명절을 맞이하여 기쁨과 평화가 충만한 날 되시길 기원합니다. 오늘은 무엇보다도 감사하는 날입니다. 하느님과 조상님들, 부모 형제 친지들을 기억하고 서로의 만남을 감사하는 날입니다. 우리 그리스도인은 오늘의 나를 있게 한 혈육의 조상뿐 아니라, 천상의 삶에 눈을 뜨게 한 신앙의 조상들도 기억하며 만남을 이룹니다. 특별히 우리보다 앞서 세상을 떠난 이들을 기억합니다. 천상에서 영원한 생명을 누리시길 기도합니다. 부모와 친지, 이웃에 감사하는 마음을 주고받는 가운데 행복한 명절 보내시길 바랍니다.

정채봉 프란치스코 시인은 만남을 5가지로 표현했습니다. 1. 가장 잘못된 만남은 '생선'과 같은 만남입니다. 만날수록 비린내가 묻어오니까. 2. 가장 조심해야 할 만남은 '꽃송이' 같은 만남입니다. 피어있을 때는 환호하다가 시들면 버리니까. 3. 가장 비천한 만남은 '건전지'와 같은 만남입니다. 힘이 있을 때는 간수하고, 힘이 닳아 없어질 때에는 던져 버리니까. 4. 가장 시간이 아까운 만남은 '지우개' 같은 만남입니다. 금방의 만남이 순식간에 지워져 버리니까. 5. 가장 아름다운 만남은 '손수건'과 같은 만남입니다. 힘이 들 때는 땀을 닦아주고 슬플 때는 눈물을 닦아주니까. 명절에 만나는 한 사람 한 사람과의 관계가 손수건 같은 만남으로 이어지길 기도합니다. 서로에게 위로와 희망, 기쁨이 되어주길 간절히 바랍니다.

오늘 복음을 보면, 예수님께서 어떤 부유한 사람의 비유를 말씀하십니다. 혼자 속으로 고민하고 궁리한 끝에 곡식과 재물을 모아두기로 작정합니다. 그런데 그날 그의 생이 끝나는 날이 되었습니다. 그러니 그가 모은 재산이 무슨 소용이 있겠습니까? 그가 혼자 궁리하지 않고 자기를 지으신 분을 기억하고 그분과 함께 의논했더라면 그런 잘못은 하지 않았을 것입니다. 눈에 보이는 것만 보고, 귀에 들리는 것만 들으면, 누구나 어리석은 부자처럼 될 수 있습니다. 그러므로 우리는 무슨 일을 하든 주님과 함께해야 합니다. 기도하며 주님의 말씀에 귀 기울여야 합니다. 주님이시라면 과연 어떻게 하실까? 생각해야 합니다. "믿음으로써, 우리는 세상이 하느님의 말씀으로 마련되었음을, 따라서 보이는 것이 보이지 않는 것에서 나왔음을 깨닫습니다."(히브11,3). 보이는 몸은 보이지 않는 영적인 몸이 이끌어야 합니다.

우리는 추석 명절에 미사를 봉헌하며 세상을 떠난 이들을 특별히 기억합니다. 유교적으로는 제사를 올립니다. 제사에 대한 오해를 풀어야 하겠습니다. 한국천주교 사목지침서에는 "제사의 근본정신은 선조에게 효를 실천하고, 생명의 존엄과 뿌리의식을 깊이 인식하며, 선조의 유지를 따라 진실 된 삶을 살아가고, 가족공동체의 화목과 유대를 이루게 하는 데 있다"(제134조1항)고 규정하고 있습니다. 우리나라는 다종교 사회이므로 종교의 신념을 표현하는 '제례 방법'이 다릅니다. 그 다름을 인정해야 하겠습니다. 모처럼 만난 가족, 친지 이웃이 서로 자기의 신념을 강요한다면 갈등만 커질 것입니다. 서로를 인정하고 다름에 대해 배려하는 가운데 성숙한 사랑이 넘쳐나길 희망합니다.

우리는 우리 생명의 근원이신 부모의 은혜에 대한 보은에 남다른 정을 가지고 있습니다. 그런데 우리 조상들은 부모에 대한 효의 실천은 세 가지 양상으로 생각하였는데, 첫째가 부모로부터 받은 신체를 잘 보전하여 후손에게 길이 전해야 한다는 것이고, 또 하나는 벼슬길에 올라서 부모의 이름을 드높여 부모에게 영광을 돌리는 것입니다. 그리고 부모를 정성껏 봉양하고 공경하는 것입니다. 특별히 부모님을 정성껏 봉양하고 효도함은 돌아가신 후에도 제사를 통해서 계속되었습니다. 그것은 죽음으로써 생이 끝나는 것이 아니라 어떤 형태로든지 생이 계속됨을 믿었고, 살아계실 때와 같이 가족공동체와 계속적인 유대 관계를 유지한다는 생각을 지니고 있었기 때문입니다.

따라서 제사는 죽은 이들을 계속 공경함으로써 효도를 이어가는 방법이며 결국 제사의 의의는 은혜를 갚음에 있는 것입니다. 그렇다면 "부모에게 효도하라"는 하느님의 계명과 아무 마찰이 있을 수 없습니다. 그러므로 부모님이나 조상을 공경하는 마음으로 절을 하고 예를 드리는 것은 신앙에 위배되지 않습니다. 이는, 죄나 우상숭배가 아닙니다. 존경과 사랑으로 인사 방법입니다.

김수환 추기경님께서 살아계실 때 성균관'에서 명예박사학위를 받게 되었는데, 매스컴은 추기경님께서 과연 성균관의 예법에 따라 절을 할 것인가? 에 관심을 두었습니다. 그런데 추기경님께서는 서슴없이 절을 하셨습니다. 공경하는 마음으로 예를 갖추었다면 그게 우상숭배가 될 수는 없습니다.

사실 우리 천주교는 제사문제로 박해를 받았습니다. 조상공경에 대한 이해부족으로 우상숭배로 판단하였기 때문에 조상제사를 철폐하였고, 이는 부모의 은덕을 망각하는 인륜을 저버린 짐승만도 못한 무리라고 하여 천주교신자는 죽어야 된다는 결론에 이르게 하였기 때문입니다. 1939년 12월8일에 이르러서야 교황청은 "조상의 제사는 우상숭배가 아닌 조상에게 효성을 표시하는 미풍양속이며 민족의 훌륭한 유산이므로 수용해야 하고 토착화해야 한다."는 평가를 내리게 되었습니다. 이렇게 문화의 차이에서 오는 아픔이 컸습니다.

그러나 우리가 제사를 지냄에 있어서 유의할 점이 있습니다. 첫째로 신주 문제입니다. 신주는 밤나무로 만들었는데 구멍이 뚫려있습니다. 그 신주에는 조상의 혼이 머물러있다고 생각했습니다. 죽음은 혼백(넋)의 갈림길이라고 믿었고, 이 혼이 의지할 곳이 없어서 떠돌아다니는데, 떠돌아다니게 그냥 두는 것은 자식의 도리가 아니라고 생각했습니다. 그래서 이 혼이 머무르도록 하기 위한 안식처를 만들어 주었는데 이것이 바로 신주의 형태로 나타난 것입니다. 그리고 제사 때는 바로 그 신주를 모셨습니다. 신주를 모신 것은 돌아가신 이를 섬기기 위해서는 볼 수 있는 상이 필요했고 신주는 바로 돌아가신 이의 상이었습니다. 그것을 통해 돌아가신 이를 만나는 하나의 장이 되었습니다.

그러나 사람이 세상을 떠났을 때는 그 영혼이 돌아다니는 것이 아니라 하느님 앞으로 가는 것입니다. 성경 말씀대로 "사람은 단 한 번 죽게 마련이고 그 뒤에는 심판을 받게 됩니다."(히브9,27). 그리하여 천국이나 지옥, 아니면 연옥에 가게 됩니다. 이것이 우리의 믿음입니다. 따라서 죽은 이의 혼이 떠돌아다닌다는 것은 우리의 믿음과 근본적으로 대치됩니다. 만약 죽은 이의 혼이 떠돌아다닌다면 세상은 난리판이 될 것입니다. 그 말은 곧 지옥으로부터의 탈출이기 때문입니다. 만일 이런 일이 가능하다면 하느님은 더 이상 하느님이 아니십니다. 그렇게 허술한 하느님을 누가 하느님으로 인정할 수 있겠습니까? 살아있는 사람이나 죽은 사람이나 다 하느님의 권능 안에 속해 있습니다. 그러므로 신주를 모시는 것은, 잘못입니다. 위패를 만들지 않습니다. 이번은 제대 앞에 기억하는 분들의 이름을 봉헌하였습니다.

두 번째는 제사 날에 세상을 떠난 사람이 음식을 잡수시러 온다는 사상과 조상들을 잘 공경하면 조상이 복을 준다는 사상은 바꿔야 합니다. 만약 여러분이 돌아가신 분들이 음식을 잡수러 오시기 때문에 음식을 차렸다면 신앙과 위배 되는 것입니다. 다만 그분이 좋아하셨던 음식을 차리며 기억하는 것입니다. 돌아가신 분은 음식을 잡숫지도 않고 그럴 필요도 없습니다. 생전에 좋아하셨던 음식이나 못해 드린 음식을 차려 대접함으로써 부모를 공경하는 마음을 표현하고 기억하는 것이지 조상이 와서 잡숫는다고 생각하는 것은 잘못입니다. 그리고 복을 주고 안 주고는 조상이 하는 것이 아니라 하느님의 손에 달려있습니다.

그러므로 혼을 부르고 음식을 차리고 거기에 복을 기원하고 하는 것은 바람직하지 않습니다. 오히려 우리가 그분들이 천상에 들지 않았다면 천상에 오르시도록 기도해야 합니다. 물론, 천상에 계시다면 그분들이 우리를 위해 전구해 주심을 믿습니다. 제사의 핵심은 효요, 웃어른을 공경하는 마음을 표현하는 것이라는 것을 기억하시기 바랍니다.

그렇다면 우리 천주교회의 전통적인 제사는 무엇입니까? 미사입니다. 예수님께서 당신 자신을 하느님 아버지께 온전히 바치신 십자가의 죽음을 제사로 받아들이셨습니다.

# 사랑의 순교자

성 김대건 안드레아와 성 정하상 바오로와 동료 순교자 대축일 (루카 9,23-26) 묵상 글입니다.

찬미 예수님, 사랑합니다. 오늘은 특별히 한국의 순교자들을 기억합니다. 우리교회는 백여 년 동안 신유, 기해, 병오, 병인등 4대 박해를 통해 만 명 이상이 순교를 하였습니다. 그 순교자의 피가 오늘의 신앙의 씨앗이 되었습니다. 이 시간 순교의 삶을 묵상하는 가운데 우리의 믿음을 새롭게 해 주시길 바랍니다.

일반적으로 순교라는 말은 신앙과 믿음을 증거 하기 위해 목숨을 바치는 것을 말합니다. 한국 천주교회사에는 무수한 순교자들이 등장합니다. 순교자들에게 최고의 가치는 그리스도 예수님을 따르는 것이었습니다. "순교자들은 모두 그리스도를 위하여 살고, 그리스도를 위해서 죽었습니다." 그들은 하느님께 대한 믿음을 고백하면서 그 믿음의 가르침을 사랑으로 실천하였습니다. 지혜서의 말씀을 보면 "주님을 신뢰하는 이들은 진리를 깨닫고 그분을 믿는 이들은 그분과 함께 사랑 속에서 살 것이다. 은총과 자비가 주님의 거룩한 이들에게 주어지고, 그분께서는 선택하신 이들을 돌보시기 때문이다"(지혜3,9).라고 적고 있는데 바로 순교자들을 두고 하신 말씀으로 받아들일 수 있습니다.

사실 순교자들을 바라보는 시각은 그들의 행동이 바보처럼 보였습니다. 그러나 성경은"어리석은 자들의 눈에는 의인들이 죽은 것처럼 보이고, 그들의 말로가 고난으로 생각되며 우리에게서 떠나는 것이 파멸로 여겨지지만 그들은 평화를 누리고 있습니다. 사람들이 보기에 의인들이 벌을 받은 것 같지만 그들은 불사의 희망으로 가득 차 있습니다."(지혜3,1-9).라고 적고 있습니다. 순교자들의 삶을 세상은 어리석게 보았지만 주 하느님 눈에 들었고 주님께서는 그들에게 하느님 나라를 차지하는 영광의 특권을 허락하셨습니다.

김대건 안드레아 신부님은 죽음을 눈앞에 두고 "나는 하느님을 위하여 죽으니 내 앞에는 영원한 생명이 시작할 것입니다." 하고 하느님을 위한 죽음이 곧 영생이라는 믿음을 지켰습니다. 김성우 안또니오는 박해 속에서 "나는 천주교인이요, 살아도 천주교인으로 살고 죽어도 천주교인으로 죽을 것이오."하면서 죽음을 선택했습니다. 이순이 누갈다는 옥중 수기에서 "앉거나 눕거나 구하는 바는 오직 치명의 은혜"라고 고백하고 있습니다. 우리나라 순교성인 중 가장 나이 어렸던 유대철 성인은 1814년 기해박해 당시에 스스로 포도청에 찾아가 천주교 신자라고 밝혔고 옥리들이 담뱃대를 불에 달구어 쇠끝으로 그의 살을 지졌지만 태연자약하게 이 고통을 이겨냈습니다. 그러자 화가 난 옥리들이 화젓가락으로 벌건 숯불을 집어 올려 그의 입에 갖다 대는데 유대철이 입을 크게 벌리자 깜짝 놀라 숯불을 바닥에 떨어뜨렸다고 합니다. 최해성 요한은 배교하면 한 고을을 통째로 주겠다는 회유를 거절하였습니다.

순교자들은 예수님을 따를 것인가 아니면 세상을 따를 것인가 중에서 하나를 선택해야만 했습니다. 박해를 각오해야 했고 재산과 땅, 특권과 명예, 모든 것을 포기해야 했습니다. 그러나 바오로 사도의 말씀처럼 '주님외의 모든 것을 쓰레기로 여기고 오직 주님만을 얻고자 했으며'주님과 고난을 함께하고 그분과 함께 죽기를 원했습니다. 아무것도 예수님의 사랑에서 그들을 떼어놓을 수 없었습니다. 환난도, 역경도, 박해도, 굶주림도, 헐벗음도, 위험이나 칼도 결코 그리스도의 사랑에서 갈라놓을 수 없었습니다(로마8,35-39).

그들이 박해와 시련 속에서도 꿋꿋할 수 있었던 것은 하느님을 굳게 믿고 영원한 생명에 대한 약속을 확실히 믿었기 때문입니다. 시편 126장에서는 "눈물로 씨 뿌리던 이들 환호하며 거두리라. 뿌릴 씨 들고 울며 가던 이, 곡 식단 들고 환호하며 돌아오리라"하고 노래합니다. 지금 받는 수고와 땀은 후에 받을 축복에 비하면 아무것도 아니라는 말입니다. 따라서 시련과 역경, 고통 속에서도 하느님의 축복을 보는 눈을 가져야 하겠습니다.

100여년의 엄청난 박해 속에서 신자수가 늘어갔고 감옥에 갇히고 처형당하면서도 하느님께 대한 충성을 지켰습니다. 그 힘은 바로 죽어가는 순교자들의 모습에서 하느님을 보았기 때문입니다. 죽어가면서도 평화롭게 하느님을 찬미하고 기도하는 모습을 보면서 하느님을 체험하게 된 것입니다. 우리는 "하느님께서 이 땅에 이룩하신 위대한 일들을 기억하며, 선조들에게서 물려받은 신앙과 애덕의 유산을 보화로 잘 간직하여 지켜"나가야 합니다. "우리가 순교자들의 모범을 따르면서 주님의 말씀을 그대로 받아들여 믿는다면, 우리는 순교자들이 죽음에 이르도록 간직했던 그 숭고한 자유와 기쁨이 무엇인지 마침내 깨닫게 될 것입니다." 우리는 그들의 삶을 기억하고 이제 그 삶을 살아야 할 때입니다.

우리 선조들이 처음 신앙을 접하게 된 때에는 성직자나 수도자가

한 사람도 없었습니다. 선교사도 없었습니다. 성경도, 기도서나 묵주, 신심서적도 없었습니다. 그럼에도 스스로 자발적으로 공부하며 진리를 찾았습니다. 그에 비하면 오늘날은 무엇이든 풍족합니다. 그런데 주님 체험은 많지 않습니다. 그야말로 '풍요 속의 빈곤'입니다. 은총은 많은데 담을 그릇이 없는 탓입니다. 복음에서 보듯"누구든지 내 뒤를 따라오려면, 자신을 버리고 날마다 제 십자가를 지고 나를 따라야 한다."고 하셨지만 버리지 못하고 십자가를 짊어지지도 않기 때문에 그만한 은총을 누리지 못하는 것입니다.

"오늘날 우리는 매우 자주 우리의 신앙이 세상에 의해 도전받음을 체험합니다. 우리는 헤아릴 수 없이 많은 방식으로, 우리의 신앙을 양보해 타협하고, 복음의 근원적 요구를 희석시키며, 시대정신에 순응하라는 요구를 받게 됩니다. 그러나 순교자들은 그리스도를 모든 것 위에 최우선으로 모시고, 그다음에 이 세상의 다른 온갖 것은 그리스도와 그분의 영원한 나라와 관련해서 보아야 함을 우리에게 상기시켜 줍니다. 순교자들은 우리 자신이 과연 무엇을 위해 죽을 각오가 되어 있는지, 그런 것이 과연 있는지를 생각하도록 우리에게 도전해 옵니다."(교황 프란치스코).

버린다는 것은 비운다는 것입니다. 비운다는 것은 새로운 것을 받아들일 자리를 마련한다는 의미입니다. 그렇다면 자신을 버린다는 것은 지금까지 마음에 가득 차 있는 것을 덜어내야 함을 말합니다. 내가 좋아하는 것을 행하고, 하고 싶은 것만 하는 나의 취향과 성격, 나의 계획 등 모든 것을 자기중심으로 살아온 삶이었다면 이제부터는 예수님 중심으로 살아가는 삶으로 바뀌어야 한다는 것입니다.

자기 울타리 안에 갇혀 있지 말고, 더 크신 예수님에게로 나오라는 말씀입니다. 그 대표적인 모델로 바오로 사도를 기억해 봅니다. 그는 "나는 이스라엘 민족으로 베냐민 지파 출신이고, 히브리 사람에게서 태어난 히브리 사람이며, 율법으로 말하면 바리사이입니다. 열성으로 말하면 교회를 박해하던 사람이었고 율법에 따른 의로움으로 말하면 흠잡을 데 없는 사람이었습니다. 그러나 나에게 이로웠던 것들을, 나는 그리스도 때문에 모두 해로운 것으로 여기게 되었습니다. 그뿐만 아니라, 나의 주 그리스도 예수를 아는 지식의 지고한 가치 때문에 다른 모든 것을 해로운 것으로 여깁니다. 나는 그리스도 때문에 모든 것을 잃었지만 그것들을 쓰레기로 여깁니다. 내가 그리스도를 얻고 그분 안에 있으려는 것입니다"(필리3,5-8) 라고 그리스도를 따르는데 장애가 되는 것들을 철저하게 버리려고 노력하였습니다.

자기 자신을 버리려고 할 때, 당연히 따라오는 것이 자기가 지고 가야 할 십자가입니다. 지금까지 자기 자신을 위한 삶에 익숙해져 왔는데 그런 것을 버리고, 주님께서 원하시는 삶을 살아가는 것이 곧 십자가를 지는 것입니다. 십자가를 지는 희생과 아픔이 없이는 절대로 자신을 버릴 수 없습니다. 또한 자기를 버리지 못하면 자기 십자가를 질 수도 없습니다. 바오로는 "나는 수고도 더 많이 하였고 옥살이도 더 많이 하였으며 매질도 더 지독하게 당했으며 죽을 고비도 자주 넘겼습니다. 수고와 고생, 잦은 밤샘, 굶주림과 목마름, 추위와 헐벗음에 시달렸습니다."(2코린 11,23.27).하고 고백합니다. 결국, 십자가를 지는 것은 힘들게 고생하며 따라오라는 것이 아니라 순간마다 자기의 뜻을 비우면서 따라오라는 말씀입니다. 나의 구원만이 아니라 다른 사람도

# 둘이 아니라 한몸이다

연중 제27주일(마르코10,2-12) 오늘의 복음 묵상 글입니다.

찬미예수님. 사랑합니다. 주님은 사랑이시고 우리를 사랑으로 지켜 주십니다. 그리고 사랑은 모든 것을 하나로 만들어 줍니다. 이 시간 사랑으로 하나가 되는 혼인의 관계에 대해 생각하는 가운데 사랑의 마음을 일깨워 주시길 바랍니다. (군인주일을 맞아 기도와 더불어 물질적 후원에도 관심을 기울여 주시기 바랍니다.)

이런 이야기가 있습니다. 하느님께서 아담에게 하와를 만들어 주시자, 아담이 너무 마음에 들어 끔찍이 사랑했습니다. "내 뼈에서 나온 뼈요, 내 살에서 나온 살이로구나. 남자에게서 나왔으니 여자라 불리리라."(창세2,23)하며 좋아했습니다. 그러다가 하느님께 감사하면서 물었습니다. "하느님, 어떻게 제 아내를 저렇게 아름답게 만드셨습니까?" 그러자 하느님께서 "그래야 네가 사랑할 것 아니냐?"하고 대답하셨습니다. 아담이 "감사합니다! 그런데 어떻게 저리 착하게 만드셨습니까?" 하고 다시 물었습니다. 그러자 하느님께서 "그래야 네가 아껴줄 것이 아니냐!" 하셨습니다. "그런데 하느님! 가만히 보면 재가 좀 맹한 데가 있습니다. 그건 어떻게 된 것입니까?"하고 아담이 물었습니다. 하느님께서 웃으시며 말씀하셨습니다. "그래야 재가 너 같은 애를 사랑할 거 아니냐?"

하느님께서 창조의 시작부터 남자와 여자로 만드셨다는 것은 바로 남자만으로도 그리고 여자만으로도 혼자서는 완전하지 못하다는 것을 말해줍니다. 각각 나름대로 아름답고 독특한 개성이 있지만 자기 혼자만으로는 채워지지 않는 부족함이 있고, 반드시 상대방의 도움이 필요한 존재라는 것입니다. 아무리 잘 났어도 모자라는 것이 있는 법입니다. 따라서 남녀의 관계는 욕심을 채우기 위한 소유와 지배의 대상이 아니라 서로의 부족함을 채워줘야 할 동반자입니다.

생각해 보십시오. 누가 소유 당하고, 지배당하는 것을 좋아하겠습니까? 우리는 똑같은 무게, 똑같은 권리, 똑같은 의무를 지니며 서로 존경하고 사랑 받아야 할 고유한 하느님의 작품입니다. 그리고 만물의 영장이라고는 하나 피조물임에 틀림이 없습니다. 그러므로 부족함을 탓하기보다 서로 나를 위한 맹한 것에 감사해야 하겠습니다.

오늘 복음을 보면 "남자는 아버지와 어머니를 떠나 아내와 결합하여 둘이 한몸이 될 것이다"(마르10,7)라고 혼인에 대해 말하고 있습니다. 여기서 혼인의 요건을 보면 먼저 "떠난다."는 것입니다. 부모님을 통해 오늘의 내가 되었다는 것은 감사할 일입니다. 그러나 때가 되면 부모에게 의지 않고 자기 짝을 만나 독립된 자기 생활을 위해 부모를 떠나야 합니다.

다 큰 자식이 자기 생활도 감당하지 못하고 부모에게 손을 벌인다든지 얹혀사는 것은 불효이며 미성숙한 모습입니다. 그리고 부모도 자식을 놓아줄 줄도 알아야 합니다. 때로는 자식이 자립할 수 있게 되어 부모의 손길을 필요로 하지 않게 될 때 배반당했다고 느끼고 비관하는 어르신도 계신데 그것은 잘못입니다. 부모를 떠난다는 것은 정신적으로 독립해서 살 수 있을 만큼 성숙해졌다는 것을 의미합니다. 서로에게 큰 기쁨을 주기 위해서는 서로 "떠나야 할 때 떠나고, 떠나보내야 할 때 떠나보내야" 합니다.

그리고 떠남은 자기 짝과의 결합을 위한 것입니다. 혼인 서약을 보면 "나 000은 당신을 내 아내(남편)로 맞아들여 즐거울 때나 괴로울 때나 성할 때나 아플 때나 일생 신의를 지키며 당신을 사랑하고 존경할 것을 약속합니다."라고 되어 있습니다. 이 계약은 참으로 중요합니다. 특별히 괴로울 때, 아플 때가 그렇습니다. 그때 참사랑의 마음이 드러납니다. 그리고 계약의 충실성이 드러납니다. 계약의 충실성 안에서 한 남자가 한 여자와 결합하여 한몸을 이루는 것은 두 사람이 가꾸어가야 할 과제이며 의무입니다. 한몸을 이룬다는 것은 서로의 부족함을 채워 줌으로써 하느님을 닮은 완전한 사람을 만든다는 의미로 받아들일 수 있습니다. 성경은 서로의 부족함을 채워줄 배우자를 "거들 짝"(창세2,18)으로 표현하고 있습니다. 거둘 짝을 만나는 것이 혼인입니다. 그리고 그 안에서 비로소 하느님의 창조사업에 직접 참여하는 자녀의 출산과 교육의 의무를 지니게 됩니다.

그런데 결혼 생활을 하다 보면 많은 어려움을 겪기도 합니다. 그도 그럴 것이 서로가 살아온 삶의 양식이 달랐고 지향하는 바가 다르기 때문입니다. 한 통계를 보면 결혼을 해서 부모를 떠나는 기분이 남자는 1. 책임감이 앞선다(27%). 2. 자랑스럽다(18.9%). 3. 어른이 된 느낌(16.2%) 4. 기타 (37.9%)의 순입니다. 그에 비해 여자는 1. 섭섭하다(41.9%) 2. 어른이 된 느낌(16.1%) 3. 책임감이 앞선다(12.9%) 4. 기타(29.1%)로 조사 되었습니다. 그리고 배우자를 고려하는 사항을 보면 남자는 1. 성격(27.3%) 2. 외모(22.8%). 3. 가정환경(21.4%) 4. 사회적지위(16.5%) 5. 종교(12%). 그리고 여자는 1. 사회적 지위(25.6%) 2. 성격(24.2) 3. 가정환경(19.3%). 4. 외모15.7%) 5. 종교(15.2%)로 나타났습니다.

어떤 사람은 "남자는 전혀 걱정 없이 살다가 결혼하고 나서 걱정이 생긴다."고 합니다. 반면 "여자는 결혼할 때까지만 미래에 대해 걱정한다"고 합니다. 그러므로 결혼 생활에 있어 서로 다름을 인정해 주는 것이 중요합니다. 서로의 다름을 인정해주지 못할 때 많은 문제를 일으킬 수 있고 일방적인 자기 요구만을 강요하면 행복한 결혼 생활을 할 수 없습니다. 서로 다른 아름다움을 서로 '너와 나는 이것이 틀리다.' 고집해서는 안 되겠습니다.

그리고 한몸을 이루었으면 죽기까지 그 신의를 지켜야 합니다. 서로의 짝을 만나게 해준 것은 하느님이 하신 일이기 때문입니다. 따라서 하느님이 맺어주신 혼인을 인간이 갈라놓아서는 안 됩니다. 어르신들이 하시던 말씀이 있습니다. "한 번 시집가면 그 집의 귀신이 되라." 이 말씀은 혼인을 했으면 절대로 갈라지지 말라는 말씀입니다. 우리는 흔히 짝을 만나는 것을 인연이라고 하는데 인연은 우연히 이룰 수 있는 것이 아니라 어떤 힘에 이끌림을 받는다는 것입니다. 그 많은 사람 중에 한 사람을 만나 서로의 구원을 위해 이끌림을 받은 것입니다.

상대를 통해 나의 부족함을 채우기도 하지만 상대를 위한 수고와 땀, 희생의 봉헌을 통해서 나도 구원을 얻게 되고 상대방도 구원하는 것입니다. 따라서 혼인은 신중해야 하며 신의와 사랑이 없는 혼인은 해서도 안 되며 하더라도 원인 무효입니다. 그러므로 한번 엮어진 이상 사랑을 더해 행복하시기 바랍니다.

바오로 사도는 말합니다. "남편 된 사람들은 자기 아내를 자기 몸처럼 사랑하고, 그리스도께서 교회를 사랑하셔서 당신의 몸을 바치신 것처럼 아내를 사랑하십시오" (에페5,25). 아내 된 사람은 자기 남편을 존경해야 합니다. 주님께 순종하듯 순종해야 합니다."(에페 5,22.33). 결국 서로 사랑하고 존경해야 복된 가정을 이룰 수 있는 것입니다. 그러므로 말씀에 충실하여 행복한 날 이루시길 빕니다. 섬김과 봉사의 삶을 새롭게 시작해야 하겠습니다.

사실 마르코 복음 사가는 이 혼인의 이야기를 통해서 하느님과 우리 인간의 관계를 지적하시는 것입니다. 하느님의 자녀로 태어났으면 끝까지 그 믿음을 지켜야 하고 일상 안에서 그 사랑의 관계를 잘 유지해야 한다는 것을 가르쳐 주고 있습니다. 이사야 예언자는 하느님과 우리의 관계를 신랑과 신부로 표현하고 있습니다. "정녕 총각이 처녀와 혼인하듯 너를 지으신 분께서 너와 혼인하고 신랑이 신부로 말미암아 기뻐하듯 너의 하느님께서는 너로 말미암아 기뻐하시리라"(이사62,5). 하느님과의 관계, 부부간의 관계, 자녀와의 관계, 이웃 간의 관계를 새롭게 하는 한 주간이 되시기 바랍니다. 더 큰 사랑으로 사랑합니다.

**손 홍**

· 서울 출생
· 서울대 사회학과
· 서울대행정대학원 행고시15회
· 정보통신부정보통신위원회 상임위원
· 홍조근정훈장 수훈

# 천진대학 할아버지 유학생

## 여권과 돈 가방 잃고

제가 中国天津外国语大学에 금년 9월 입학 후, 딱 1주일 만에 저의 护照(여권)과 현금이 들어 있는 손가방을 잃어버렸던, 저에게는 끔찍한 사고가 발생했습니다. 그런데, 제 머리로는 어디서 어떻게 잃어버렸는지, 도대체 기억이 나지를 않았습니다. 저 스스로에 대한 신뢰가 완전 무너져 맨붕 상태가 됐습니다. 아무 생각 없이, 그저 어서 빨리 아내가 있는 서울 집으로 돌아가고만 싶었습니다.

공포의 하루 밤을 지내고 새벽부터 북경 소재, 한국대사관에 쫓아가서 조기귀국 수속을 끝낸 후에, 天津에 돌아온 바로 그날 오후 2시 무렵, 잃어버린 손가방을 고스란히 찾았다는 기쁜 소식이 奇迹(기적)같이 날라 왔습니다.

제가 귀국 직전에야 겨우겨우 알게 된 이름 李昀峰(이윤봉), 일본어 전공 中国大学生이 여권과 현금이 들어있는 손가방을 그대로 찾아 학교 당국에 신고하였다고 합니다.

다시 찾은 여권과 현금은 이전 모습 그대로였습니다. 저는 그의 善行이 만든 奇迹으로부터 원기를 회복, 中国语 공부에 热情的으로 몰입하여 참 좋은 성적도 얻었고, 젊은이의 공간 대학 Campus에서 할아버지 大学生으로, 꿈같은 시간도 즐겼습니다.

저는 적지 않은 현금과 감사 인사를 다양한 경로를 통하여, 여러 번 그에게 전하려했으나 그 学生은 사람의 당연한 도리를 했을 뿐이라며, 한사코 저와의 만남마저도 아예 거절했습니다. 제 주위의 대부분 中国 教授와 学生들은, 高尚한 人格의 意见은 언제나 尊重되어야 한다는 见解였습니다. 学生의 이름조차도 알려주지 않으며, 더 이상 이 学生을 힘들게 하지 않는 것이 中国式 礼仪라고 저에게 助言했습니다.

제가 귀국해야 할 시각은 재깍 재깍 닥아 오고 있었습니다. 이 学生의 의연한 善行이 없었다면, 저의 Bucket List 1번인 中国语 练修는 중도에 포기되었을 것입니다. 저의 마음속 恩人인 이 学生에게, 제가 고맙다는 말 한마디도 전하지 못한 채, 天津을 떠날 수는 없다고 생각했습니다.

매번 거절당하는 현금 대신, 솔직한 심정으로 그에 대한 경탄의 마음을 感谢书信에 담아, 손 편지에 황망스레 적어 써 내려갔습니다. 저의 고마운 마음을 반드시 전달해야만 했습니다. 그때가 귀국 2일 전, 서서히 먼동이 터오는 새벽녘이었습니다.

## 감사편지

李昀峰 学生에게

저는 중국어를 배우기 위해 금년 9月 14日 천진外大를 찾아온 76세의 한국의 男姓입니다. 지난 9月 21日 저는 여권과 현금 1800元이 들어있는 손가방을 잃어버렸다는 사실을 알게 되었습니다.

엄청난 충격에 빠졌습니다. 그 충격으로 원래의 모든 계획을 포기하고 조속히 서울로 돌아가기 위하여, 9월 22일 아침 일찍부터 北京에 所在한 韓國大使馆과 협의를 마치고 천진으로 돌아온 그날 오후에 喜消息을 들었습니다.

제가 잃어버렸다는 손가방을 찾았다는 消息이었습니다. 제가 다시 찾은 손가방"을 직접 확인했습니다. 여권과 현금 1800元이 원래 모습 그대로 들어있는 손가방이었습니다.

아! 이것은 저에게는 기적입니다. 사고무친의 중국 땅에서 일어날 수 없는 기적입니다. 저는 이 기적으로부터 원기를 회복했고 그 원동력을 바탕으로 원래 일정대로 중국어 공부를 순탄하게 끝낼 수 있었습니다.

저에게 엄청난 기적을 선사한 학생에게 적지 않은 현금과 감사함을 전하기 위해 여러 경로를 통하여 만남을 요청했지만, 학생은 모두 거절하면서 응당하여야 할 일을 했을 뿐이라는 담담한 반응을 보였습니다.

저는 12월 11일 비행기 타고 귀국해야 합니다. 저는 손천 교수에게 도움을 요청했습니다. 손 교수는 제가 쓴 이 감사의 서신을 중국어로로 번역해 주신다고 수락하셨습니다. 당연한 도리를 했을 뿐이라며 물질적 보상은 물론 감사 인사마저 거절하는 의연한 그대에게, 경탄의 마음으로 감사함을 전하고자 이 붓을 들었습니다.

대단히 감사합니다!

2023年 12月 9日 孫泓 올림.

## 중국 사람을 다시보다

金诗人 安博士 徐博士 好！

제가 제출했던 손 편지에 세 분께서 좋은 인상 받으셨다니, 고맙습니다!

사실, 뜻밖의 여권분실 사건은 중국인에 대한 저의 편견과 저의 배움이 아직도 너무도 일천함을 체득하게 했던 소중한 경험이었습니다. 서울에서 이런 일이 일어났다면 잃어버린 물건이 돌아올 수도 있다고 기대하며, 적어도 하루 이틀 며칠은 喜消息이 오지는 않을까 기다렸을 겁니다.

그러나 中国天津에서의 소생은 조금도 망설임 없이 조기귀국하기 위해서 필요한 수속을 곧바로 시작했습니다. 당시, 제 머리 속의 중국에서는 잃어버린 여권과 현금을 다시 찾을 수 있을 거라고 단 한 번도 긍정적으로 생각해 본 적이 정말로 없었으니까요. 中国人 李윤봉 대학생은 제가 주려했던 사례금은 물론, 감사 의 인사도, 담담하게 거절했습니다. 做人的道理(사람이라면 응당 하여야 할 도리)를 했을 뿐이라며, 그는 소위 제가 생각하는 善行을 저에게 베푼 것이 절대 아니라는 것이 그의 기본 생각입니다.

배고풀 때 밥 먹고, 추울 때 옷 더 껴입듯, 남의 물건 보았을 때 주인에게 돌려주는 것, 그 일은 家常便饭(집에서 집밥 먹듯이 당연한 일)처럼 자연스럽게 이루어진 일이라는 태연한 자세입니다. 자신의 善心을 동원하여 피해자인 저에게 특별한 善行을 베푼 것이 아니라는 태도입니다.

각각 개인의 생각에 아무리 거슬린다 해도, 高尚한 意见이라면 어떠한 경우에도 尊重되어야 한다는 생각을 中国人 모두 의심할 여지없이 똑같이 공유하고 있다는 사실을 제가 발견하고, 제 몸으로 느꼈을 때 너무 깜짝 놀라 전율을 느꼈습니다.

이에 반해 아무리 그 견해가 고상하더라도 힘 있는 사람, 혹은 대다수의 사람의 인정을 받지 못하면 존경 받기는 커녕, 폄훼되어도 무방할 수도 있다는 저의 생각과 너무 다른 精神世界이었습니다. 国家共同观念의 작은 차이가 终局에는 国家间 엄청난 차이를 만듭니다. 배움은 끝이 없어, 내 머릿속의 지식은 한주먹거리도 안됨을 알게 해주었던, 잊지 못할 경험이었음을 고백합니다.

공자님 가라사대,
活到老，学到老。
늙을 때까지 살고,
늙을 때까지 배우자.
재삼, 세 분께 감사드립니다!
세 분 항상 건강하십시오.

## 열공 중

崔先生 好.

가을이 맛있게 익어가는 좋은 계절에 안녕하신지요? 天津으로 떠날 때, 별도 인사드리지 못했는데, 격려와 함께 안부 전해주시어 감사드립니다.

숙제도 제때 제출해야하고, 방 청소도, 빨래도 해야 하는 등등으로 회답을 늦게 드리게 되어 죄송합니다. 4년 전에 약 10여일 가량 이곳 天津 外国语大学에서 똑같은 기숙사와 똑같은 강의실에서 中国语练修 경험 있었기에, 낯설지는 않았습니다.

날씨도 서울과 흡사하고 美国에서의 연수 때와는 달리, 나를 닮은 황인종이 대부분이라, 외국이라는 소외감은 특별히 없었습니다. 한 학기 16학점 기준으로 일주일에 16시간 수업하고 숙제도 해야 합니다.

한국 학생이 적지 않습니다만, 우리 반에는 저 말고는 한국 학생이 없습니다. 20대의 젊은 학생들이 주류라서 교실 구석구석이 청춘열정으로 가득 가득합니다. 휴가 기간과 주말에는, 宿舍食堂, 食堂宿舍, 两点一线的 生活을 지속하면서, 高试生처럼 공부만 열심히 하고 있습니다. 저는 뜻밖에 热情老师를 만나, 中国语发音을 다른 각도에서 배우고 있습니다. 어렵고도 재미있습니다. 老年이지만 진짜진짜 잘 왔다.라고 생각합니다.

인생 살면서 세상을 그냥 그렇게 불평하기보다는, 궁금한 걸 풀어가며 사는 것이 더 재미있다는 스페인 속담이 생각나는 通通의

天津日常生活 단면을 말씀드렸습니다. 자상한 내용은 뵙는 자리에서 보고 드리기로 하고, 崔 先生의 넓은 이해 당부합니다.

항상 항상 건강하시옵소서!

多谢了！您.

## 시험성적 1등

이국형 반장님 好！

세월은 벌써 한겨울로 접어드는데, 반장님 안녕하신지요. 본업은 본업대로 충실하신 奔忙한 生活 중에도 学汉语 关联资料 찾는데 三万里를 찾아가야 한다고 해도 이를 不辞하시니, 에이요! 소생은 반장님을 존경하지 아니할 수가 없습니다.

无法不尊敬！ 您.

天津外国语大学 할아버지 대학생으로 쪽팔리지 않도록 처신하려니 쪼까 힘이 드네요. 허나, 最高龄이라고 해서 결코 나쁜 것만은 아니었습니다.

陈法春 大学总长은 李迎迎 사무처장을 대동하고 소생을 오찬에 초대하여, 저를 欢待해 주시고 激励해 주셨습니다. 고령으로 인한 저의 건강 상태를 염려, 저만을 위한 별도의 후견인도 지정해 주시고, 그로 하여금 매일매일 소생의 건강과 일상 상황을 Check 하도록 조치하셨습니다. 天津大学의 이러한 절친한 배려 하에 소생, 지금까지 아무런 문제없이 공부 잘하고 있습니다.

지난주를 마지막으로 이 大学 学期中间考试가 모두 끝이 났습니다. 그런데, 시험 성적 일등이 소생이라면 믿을 수가 있으시겠습니까?

ㅎ, ㅎ, ㅎ.

## 우수학생으로 중국여행

소생은 우수학생으로 선정, 中国政府 초청으로, 南宋 시대의 首都, 아시아게임 개최지, 马云의 야심찬 Alibaba 본부가 있는 중국 항조우(杭州)에서 인상 깊은 경험을 누리고 있습니다.

전통에 빛나는 朱家가문의 계승자 큰며누리에게 차 잎 따는 방법을 경험 받고난 후, 기념사진, 찰깍!

송나라 황제의 부마驸马(사위)에게 10만평 규모의 땅위에 호화 저택을 짓고, 사치와 영화를 누리게 했던 복부마 저택 내에 있는 아방궁 호텔에서 하루밤 보냈습니다

같은 세월 겪어가며, 인생도 또한 익어가는 벗님네들! 왜소한 소생, 격려해 주시어 매우 매우 감사드립니다.

송근원

# 할아버지와 손자의 입씨름

## 1. 100점 맞으면 안 되능겨!

"할아버지 나 오늘도 100점 맞았다."

"100점 맞으면 안 되는디……"

"왜 안 되는디요?"

"다 맞춘다는 건, 니가 뭔가 잘못한 거거든."

"뭘 잘못 했는디유? 지는 그냥 아는 대로 동그라미만 쳤는디."

"실수한 겨. 실수. 100점은 하느님의 영역잉께 하느님의 영역을 니가 침범한 것이여, 하느님은 전지전능하신디, 니 전지전능이 뭔지 아냐?"

"전지전능이 뭐래유?"

"하느님은 모든 걸 알고, 뭐든지 할 수 있다는 뜻이지."

"근디 지가 100점 맞는 거랑 무슨 상관이래유?"

"니가 100점 맞는 건 하느님처럼 다 알고 있다는 뜻잉께, 하느님 영역을 침범항 겨. 니가 하느님이니?"

"아니유."

"거 봐, 니는 하느님이 아닌디, 100점 맞으면 하느님이 좋아하시겄냐?"

"하느님이 왜 안 좋아하시는디유?"

"니는 다른 놈이 100점 맞으면 좋으냐?"

"아니유. 지만 100점 맞고, 다른 애는 100점 안 맞아야지 좋아유."

"거 봐라. 하느님도 마찬가지여. 100점은 하느님 껀디, 니가 자꾸 100점 맞아봐라. 하느님이 기분 나쁘지. 하느님은 인간이 주제넘게 시리 하느님처럼 되는 걸 싫어하신단다. 그렁께 너처럼 계속 100점 맞으면, 하느님이 화가 나겄어, 안 나겄어?"

"생각해봉께 내가 하느님이라도 화 나겄네유."

"하느님이 화나면 어떻게 될까?"

"막 벼락도 때리고 번개도 치고 그러겄지유. 뭐~."

"니가 100점 맞은 게 잘못인디, 다른 사람들이 벼락맞고 막 그러면 되겄냐?"

"100점 맞은 지 잘못이니, 맞아두 지가 맞아야지유."

"그렇지! 그렇지만 니가 벼락맞고 그러믄 이 할애비가 좋겄냐? 싫겄냐?"

"전혀 안 좋아하실거구만요."

"그렁께 하느님 화나게 하덜 말어. 물론 실수로 100점 맞을 수도 있지~. 니가 똘똘헝께. 허지만 매일 100점 맞는 건 실수가 아녀!"

"예, 할아부지. 앞으로는 그런 실수는 하지 않을 거랑께유"

## 2. 100점 맞으면 안 되능겨!

"사람은 완전하면 안 도ㅑ."

"왜 안 돼유?"

"너무 완벽하면 매력이 읎어."

"왜 매력이 읎시유? 1등하닝께 다 날 좋아하는 것 같은디…"

"좋아하는 것 같아도 가까이하기에는 너무 먼 당신이 되능겨. 사람이란 누구나 자존심이란 게 있거덩. 그래서 1등을 빼앗긴 애는 속으로 널 미워할 수도 있지 않컸냐?"

"그렇지만 공부 못하는 애들은 다 날 부러워 하구, 나랑 놀고 싶어 허는디…"

"고건 그렇지, 근디 그런 애들 말고 좀 잘 나가는 애들하고는 어울리기가 쉽지 않응겨. 견제와 질시 때문이지. 그렁께 1등 하덜 말고 그냥 10등쯤만 혀! 아니 20등쯤 혀도 도ㅑ."

"근디유, 그게 어디 맘대로 되남유? 시험 보면 그냥 1등인디…"

"허긴 니가 똘똘항께 1등 안 하기도 증말 어렵긴 하겠다만, 그래도 노력 좀 혀 봐."

"야, 할애비 말처럼 노력해볼 게유."

"공부 1등보다는 친구들과 잘 어울려 노는 것이 더 중요헝께, 공부는 지발 좀 양보하고 노는 걸 연구혀."

"왜 노는 게 중요혀유? 학교에선 전부 공부, 공부허는디~."

"공부두 중요허지, 허지만 노는 게 더 중요혀. 사람은 잘 놀아야 혀. 공부한다고 놀지 못한 사람들은 진짜 불행한 사람들이여. 평생

공부만 허다 죽으면 무슨 재미로 살겄냐?"

"걱정마셔유. 지는 노는 것두 1등인디유. 뭐~"

"우리 쏭쏭이는 공부도 잘 혀, 운동도 잘 혀, 노래도 잘 혀, 그림도 잘 그려. 못하능 게 없잖여. 그렇지만 뭐든지 1등은 절~대 하덜 말어. 너무 완벽하면 친구들이 별로 안 모여드능겨."

"안 모여들면 어뗘유? 모여들든 안 모여들든 내가 1등인디… 노는 것도 1등, 공부도 1등."

"사람이 완벽하면 매력이 없는 거거든. 사람은 사람다워야 허능겨!"

"사람다운 게 뭔디유?'

"니 하느님 알지? 하느님은 완벽하지만, 사람은 불완전혀야 하능겨. 조금은 불완전해서 빈틈이 있어야 사람다운 거지."

"그런디 학교에선 무조건 잘 해야 한다고 허는디…"

"물론 잘 혀야지. 잘 혀는 게 못하는 거보단 낫잖여. 그렇지만 너무 잘 혀면 안 도ㅑ. 적당히 잘 혀야지."

"어떻게 혀야 적당히 잘 혀는 겨유?"

"1등은 절대 하덜 말고, 올백(all 100)도 안 도ㅑ., 조금씩 틀리고 그래야 하능겨."

"어떻게 틀려유? 시험 치면 그냥 올백인디…"

"그건 니가 똘똘한 데다가, 열심히 공부허니께 그냥 올백이 되는 거지. 그렁게, 적당히 공부허고, 적당히 틀려야지. 그냥 올백, 그게 잘못됭겨. 사람이 그러면 못쓰능겨. 조금은 못하는 게 있어야 혀."

"알았시유. 이제 적당히 틀릴거랑게유."

"그려, 그려~. 사람이 빈틈이 있어야 여유로워 보이능겨. 도화지에 빽빽하게 빈틈없이 그려놓으면 그 그림은 재미가 읎지. 여백을 잘 살리는 그림을 그려야 되능겨."

"여백이 뭔디유?"

"으음, 여백이란 그림에서 도화지에 꽉차지 않고 남겨진 부분을 말하능겨. 특히 한국화에선 산을 그리고 산 위는 그냥 비워두잖여. 그게 여백이여. 이제 알겄냐?"

"예, 할아부지…"

"여백이 있으면 평화로움이 거기에 깃들지만, 빽빽하면 답답하기만 허지. 그치? 안 그러냐?"

"맞어유. 도화지에 그림이 꽉 차 있으면, 쬐끔 답답하구만유."

"그래서 비워 놓은 부분을 여백이라고 허는디, 여백은 여유를 뜻하고, 여유는 관용과 상생을 뜻하능겨. 니 관용과 상생이 뭔지 아냐?"

"잘 모르겄는디유."

"관용은 사랑과 용서를 말하능겨. 조금 잘못해도 눈감아주고 보듬어 줄 수 있는 마음이 관용이고, 상생은 서로 잘 살자능겨."

"그렇지유, 어제 친구가 조금 잘못해도 모른 척 했는데 내가 관용한거구먼유. 상생하려구 그런 거지유?"

"관용한 게 아니라 관용을 베풀었다고 해야 맞능겨. 그 말이 어려우면 그냥 봐줬다고 하면 되능겨."

"알았시유. 내가 어제 그러닝게 관용을 베풀었구만유. 서로 잘 살려고~"

"근디, 완벽한 사람은 대개 관용이 없지."

"왜 그런디유?"

"완벽하기 위해서는 여유를 저버리게 되는 까닭여. 다시 말혀서 완벽하려 하면 할수록 여유는 없어지고, 여유가 없으니 다른 것을 생각하지 못하는 거지. 그러니 완벽한 사람에게서는 관용이나 평화를 기대할 수 없는 게야. 넌 완벽한 게 좋다고 생각허냐?"

"아니유, 완벽한 건 나쁜 거구만유."

"아니 그렇게 많이 나쁜 건 아니지만, 조금은 빈틈이 있는 게 훨씬 더 좋은 거여. 그렁께 넌 완벽해지려고 하덜 말어. 시험도 가끔 틀리고, 실수도 가끔 해야 허고."

"예 할부지, 아픙론 가끔 실수도 허고, 시험도 가끔 틀릴 게유."

"그리고 사람은 함께 살아야 허능겨. 아까 상생이라고 혔지? 함께 사는 게 상생이여. 그러면 함께 살려면 우찌해야 할까?"

"할애비 말처럼, 공부는 10등~20등 정도만 하구유, 좋은 건 친구들에게 무조건 양보하구유, 같이 재미있게 놀면 되어유. 그리고 어울릴 때에는 조금은 어수룩한 데가 있어야 허지유."

"그렇지, 그래야 사람들이 진정으로 널 좋아하게 된당께. 가끔 속아두 주구, 바보처럼 보여도 괜찮응겨."

"바보처럼 보이는 건 싫은디유."

"원래 싫은 걸 할 수 있는 사람이 진짜 위대한 사람잉겨."

"근디 지는 이해가 안 돼유. 왜 바보처럼 어수룩해 보여야 해유?"

"고건, 니가 워낙 똑똑헝께 그렇지, 너무 똑똑하면 다른 사람들이 볼 때 재미가 없능겨. 친구끼리는 좀 속아도 주구, 하자는 대로 하는 맛두 있어야지. 니가 똘똘하다구 니 말만 앞세우면 다른 애들이 좋아하겄냐?"

"그러면 어떻게 해야 어수룩해진 돼유?"

“그냥 다른 애들 말을 들으면 ‘그래, 그래’하고 맞장구도 쳐주고 하자는 대로 하면 되능겨. 절~대 니 맘대로 하덜 말구.”

“왜 그래야 돼유?”

“아까도 말혔지만, 사람은 함께 살아야 허능겨. 함께 어울려 사능겨. 잘났든 못났든. 그러닝께 니는 너무 똘똘하면 안 된다 그런 말이지.”

“알었시유. 이제부터는 공부도 1등 안 허구, 노는 것도 1등 안 헐거구만유.”

“역시 넌 똘똘한 내 새끼여~.”

# 소풍 나온 삶

어느덧 70도 훌쩍 넘겨 망팔(望八)을 바라보는 나이가 되었다. 후배들에게 이 세상 살아나가는데 필요한 말 한마디를 꼭 남겨야 한다면, "하늘(하느님)의 뜻대로 살아라."는 것이다. '하늘의 뜻을 따르면 잘 살게 되고, 하늘의 뜻을 거스르면 망한다[順天者存, 逆天者亡]'는 맹자님 말씀도 있지 않은가!

그렇다면 하느님의 뜻은 어떻게 알 수 있을까? 하느님의 뜻은 늘 우리 곁에 있다. 우리 선대 성현님의 말씀이 그것이다. 예수는 사랑을, 부처는 자비를. 공자는 인(仁)을 말씀하시지 아니하였던가! 사랑이나 자비나 인(仁)이나 모두 같은 말이다. 우리가 살아나가는데 정말 중요한 한 가지를 꼽으라면, 바로 '사랑'이요, '자비'요, '인(仁)'이다.

사람은 혼자 사는 것이 아니다. 함께 살아야 하는데, 함께 살아가는 데 가장 필요한 것이 바로 사랑이이요, 자비요 인(仁)이기 때문이다. 한편 다른 사람들과의 관계가 아니라, 나 자신의 구체적 삶에 대한 하늘의 뜻은 무엇일까?

예컨대 내가 이루고자 하는 일이 있다면 물론 나 나름대로 성실히 열심히 노력을 하겠지만, 그것이 하늘의 뜻이 아니라면 결코 이루어지지 않는다. 하늘의 뜻은 하늘에 있으니! 그래서 사람들은 실망한다. 그렇다면 내가 이루고자 하는 일, 간단히 말해서 나의 욕심에 대한 하늘의 뜻은 무엇일까? 무슨 일이든 내가 하고 싶다고 해서 이루어지는 것은 아니다. 그래서 진인사대천명(盡人事待天命)이라는 말이 나온 것 아닐까? 이루고자 하는 일이 이루어지는가 아닌가는 나에게 달려 있는 것이 아니다. 내가 이루어낸 일은 하늘을 대신하여 내가 열심히 행한 결과일 뿐이다. 하느님이 나를 통해서 그 일을 이루는 것이지, 오로지 나의 의지와 나의 노력에 의해서 일이 이루어지는 것은 결코 아니다. 그러니 욕심이 있다면 노력하되 그 결과는 하늘에 맡기는 것이다.

'그렇다면 이루어지지 않을 일을 욕심내어 노력할 필요가 있는가?'

이루어지지 않을 일이라는 하늘의 뜻을 미리 안다면 노력할 필요는 없을 것이다. 물론 하늘의 뜻을 모른 채 시도하고 시도하다 보면, 하늘이 가상히 여겨 그대가 원하는 바를 줄 수는 있을지는 모르겠다. 그렇지만 그럼에도 불구하고 만약 이루어지지 않는다면 노력한 시간과 정력을 헛되이 낭비한 것이 아닌가? 물론 그 과정이 내 인생에서 중요한 것이라고 생각한다면 그것은 그렇게 생각하는 사람의 인생이니 뭐라 할 수는 없다. 그렇지만 이루어지지 않는 일에 매달려 짧은 인생을 허비하는 것은 본인으로서나 그걸 바라보는 사람으로서나 참으로 안타까운 일이 아닐 수 없다.

문제는 "내가 이루고자 하는 것이 이루어질지 여부에 대한 하늘의 뜻을 어찌 알겠는가?"에 있다. 알 수 없다. 단지 내가 원하는 일이 이루어질 수 있는지는 일단 하느님께 기도하며 여쭈어보는 수밖에 없다. 그러면 하느님의 응답이 있을 것이다. 간절히 기도하면 하느님은 반드시 그에 대해 응답을 해 주신다. 응답이 안 온다고?

그럴 리 없다. 하느님은 기도하면 반드시 응답을 주신다. 하느님은 늘 우리에게 응답을 주시지만, 때로는 우리가 그걸 알아듣지 못하는 것이다. 그것은 때로는 우리가 마주하는 사람들의 입을 통해서 전달되기도 한다. 그러니 주변 사람들의 말을 경청하라! 듣기 싫은 이야기라도 하느님이 그들을 통해 내게 말씀해 주시는 것이라 생각하고 받아들여라. 정 그렇게 생각이 안 된다면, 다시 기도하라! 그렇지만 하느님의 응답에 대해서 스스로 속단하지는 말라.

그동안 살아오며 나도 모르게 내 생활신조랄까 뭐 그런 것이 저절로 생겼는데, 그것은 '늘 기도하라', '늘 감사하라', '늘 즐거워하라' 세 가지이다. 흔히 성경 말씀에 나오는 말이어서 내가 독실한 신앙인으로 오해받을지 모르겠다. 그렇지만 난 신앙인이 아니다. 이 성경 말씀은 우연히 내가 살아나가면서 접하게 된 것이지만, 성경 말씀은 역시 성경 말씀이다. 이처럼 우리 삶에 필요한 말도 없으니!

기도는 하늘과 나의 교통함이다. 기도를 게을리 하지 마라. 늘 기도하고 간구하라. 신앙심 깊은 어떤 이는 "하느님, OOO 일을 이루게 해 주소서", "아프지 않게 해 주소서", "돈 좀 벌게 해 주소서"라고 비는 것은 잘못된 기도라고 말한다. 기도는 그저 하느님을 찬양하고, 사랑하고, 감사하는 기도여야 된다고 한다.

그렇지만 내 생각은 다르다. 하느님은 완벽하고 전지전능하신 분이다. 다 가지신 분이다. 하느님의 능력으로 안 되는 것은 없다. 반면에 인간은 불완전한 존재이다. 짧은 생애 동안 불완전하게 살다 간다. 그러니 불완전한 인간이 완전한 하느님께 간구하는 것이 당연한 것 아닌가? 다 가지신 분이, 사람을 창조하신 분이, 사랑을 설파하시는 분이 '간절히 기도하면' 안 들어 주실 리 없다. 원하는 바를 간절히 기도하라! 간절히 기도하면 들어주신다.

그리고 늘 감사하라! 지금까지 살면서 느끼는 것은 내가 내 자신의 힘으로 살아온 것이 결코 아니라는 것이다. 그러니 내가 불완전한 삶이나마 살아올 수 있었던 것에 감사하라. 나의 아내나 가족은 물론, 이웃이나 친구 등 나에게 도움을 준 주변 사람들뿐만 아니라, 나에게 서운하게 했던, 나에게 위해를 가했던 사람들조차도, 때가 지나니, 다 나의 성장을 위해 존재하는 것임을 느낀다. 하루하루 우리가 취하는 먹거리조차도 나를 위해 희생하는 것들 아닌가! 저 들길에 피어있는 아름다움 꽃뿐만 아니라 길거리에서 밟히며 꿋꿋이 살아가는 저 잡초까지도 나를 위해 존재하는 것이다. 그러니 이 세상 모든 것들에게 감사하지 않을 수 있겠는가?

이 세상의 모든 것이 감사하다. 그렇지만 우리는 감사함을 느끼는 순간은 잠깐이고 곧 잊어버린다. 그러니 감사함을 느끼는 순간순간 그것에 대해 감사하라. 생각날 때마다 감사하라. 나는 왜 이 세상에 내던져졌을까? 내 자유의지로 이 세상에 태어난 것이 아니라면 이 세상에 날 보내준 삼신할미는, 하느님은 나에게 무엇을 원하는 것일까?

내가 태어나고 싶어 태어난 것도 아니고, 죽고 싶어 죽는 것도 아니다. 그렇지만 나를 이 세상에 내보낸 하늘의 뜻이라 할까 삼신할미의 뜻이라 할까, 그 뜻은 분명 있을 것이다. 그러니 그 뜻을 제대로 헤아려 행하는 자만이 현명한 삶을 누릴 것이다.

그렇다면 하늘의 뜻은 정녕 무엇인가? 무엇 때문에 이 세상에 내가 존재하는가?

존재하는 것은 무엇이든 다 이유가 있다.

내가 이 세상에 태어난 것은 무엇인가 하늘이 나에게 기대하는 소명이 있을 것이다.

그 소명은 하늘이 내게 준 재능에서 찾을 수 있다. 하늘이 나에게 부여한 재능은 오로지 나를 위해 주어진 것이 아니다. 물론 나 자신이 하늘로부터 받은 재능을 나를 위해 사용하는 것이 나쁜 것은 아니다. 그러나 그것으로 그쳐서는 안 된다. 그 재능은 본인뿐만 아니라 다른 사람들을 이롭게 하는 데 써야 하는 법이다.

그러니 비록 재주가 많은 자 그만큼 삶이 고달플 수 있겠으나, 그걸 고달프다 생각하지 말고 세상을 이롭게 한다고 생각하며 즐겨라. 어차피 살아야만 하는 한 세상 즐기며 사는 것이 좋지 않은가? 재능이 있든 없든, 하늘은 우리에게 고생하며 울고 지지고 볶고 서로 싸우라고 삶을 준 것이 아니다. 스스로 즐거워하며 다른 사람들을 즐겁게 살도록 하기 위해 서 삶을 주신 것이다. 무엇보다도 자신이 즐거워야 남들도 즐거워하는 법이니 스스로를 즐겁게 만들며 살아야 한다.

즐겁게 살아라. 삶과 죽음은 나의 소관이 아니다. 그러하다면 사는 동안 어찌 살아야 할까? 나는 천상병(千祥炳) 시인의 시 귀천(歸天)에 그 해답이 있다고 생각한다.

> 나 하늘로 돌아가리라
>
> 새벽빛 와 닿으면 스러지는
>
> 이슬 더불어 손에 손을 잡고,

나 하늘로 돌아가리라.
노을 빛 함께 단 둘이서
기슭에서 놀다가 구름 손짓하며는,

나 하늘로 돌아가리라
아름다운 이 세상 소풍 끝나는 날,
가서, 아름다웠다고 말하리라……

이 시인의 말처럼 이 세상 소풍 나온 것인데, 즐겁게 살다 가야 하느님도, 삼신할미도 좋아하시지 않을까?

*좌담회 글이 길어 수필로 옮김

신 수 범

· 서울 출생

· 중앙대 서울대 행정대학원

· 전)기획재정부 부이사관

· 서울과학기술대 IT정책전문대학원 정책학 박사

· 한국외국어대학외래교수(행정학 정책학)

· (현) 판교청춘오케스트라(2022.4.1. 입단) 바이올린연주자

· 홍조근정훈장 수훈

# 음악과 더불어 사는 인생

나는 노년에 음악으로 취미활동을 하고 있다. 판교청춘오케스트라(2022.4.1 창단)에 입단해서 바이올린을 켜고 있다. 지휘자(이병준), 단장(오미주) 외 40여명으로 구성되어 있다. 연습은 일주일에 한번 월요일에 한다.

인생2막을 악기를 통하여 새로운 활기와 희망을 가지고 열심히 활동하고 있는 오케스트라이다. 현재 오케스트라는 바이올린, 첼로, 콘트라베이스, 플롯, 클라리넷, 트럼펫, 드럼, 피아노 등으로 단원이 구성되어 있다.

판교청춘오케스트라는 자체 공연뿐만 아니라 2022년 10월 성남아트센터에서 장애인과 함께 하는 '아름다운 동행' 연주를 필두로, 2023 장애시설인 '예가원' 봉사연주, '여주소망교도소 방문 연주' '성남시장장애인체육회 축하연주', '성남시 어린이집 연합회 0100 사랑 나눔 꿈을 잇다' 축하연주, 성남문화재단 '사랑방 오케스트라 연주' 등을 통하여, 아름다운 하모니로 지역사회에 폭넓게 봉사활동을 펼치고 있다. 연주회에 가서 보면, 무대 위의 멋진 모습에 감탄하여 나도 연주하고 싶다는 욕망에 시작했지만 실제 내가 연주해 보니 인내와의 싸움이었다. 연주자들의 노력과 땀과 화합 없이는 이룰 수 없다는 것을 새삼 느낀다.

처음 성남아트센터 무대에 설 때 설레임이 컸다. 가족과 친구가 응원해 주려고 와서 힘을 솟구치게 하였다. 연주회가 끝나고 친구는 내게 물었다. 대답을 못하고 머뭇거리고 있는 동안 묻어가고 있지 않니? 하고 되물었다. 그건 사실이었다.

무대에 서기 전에는 많은 연습이 필요했다. 연습하는 시간은 가족들에게 시끄러움을 주었다. 장애인도 무대에서 연주하고 장애인 가족들도 자리를 함께 해 주었다. 여기서 공연된 곡들은 다음 카페(LUNA 하사모)와 유튜브 및 (사)코리아 뮤직 소사 이어티 www.art8832.com에 올라가 있다.

그동안 판교청춘오케스트라에서 여러 차례에 걸쳐 연주한 곡들과 판교 청춘 오케스트라 연혁과 주요 활동을 살펴보면, 2022년 4월 판교노인 종합복지관과 (사)코 리아뮤직소사이어티가 경기복지재단 '어르신 즐김터' 사업에 선정됨으로, 판교 노인종합복지관을 주축으로 창단된 오케스트라이다. 만 60세 이상 성남시 거주 어르신들이 주축이 되어 결성된 오케스트라다.

성남아트센터에서 연주된 곡은 마술피리, 당신의 소중한 사람, 신세계 교향곡 9번, 여인의 향기, 아리랑, 아름다운 나라(굿거리 장단), 내 곁에 있어 주(Stand by me), Imagine, 어느 소녀의 사랑 이야기, Tchaikovsky Symphony No.5 Finale, sing sing sing, 강남스타일이다.

판교노인종합복지관 송년연주회(2022.12)에서도 위 곡들 중 일부가 연주되었다.

히말라야 장애인 감사행복원정대 발대식에서도 연주회(2023.8.23)가 있었다. 연주된 곡들은 카르멘 서곡, Eres Tu이다.

어르신이 행복한 성남 우리는 청춘음악회 연주(2023.9.19)에서는 Baby Shark Song, Any Dream Will Do를 연주하였다. 판교노인종합복지관 가을축제 연주회(2023.10.18.)에서는 The Whole Nine Yards, Heart and Soul, Summer, 그리움만 싸이네를 연주하였다.

판교노인종합복지관 제1회 정기연주회 연주(2023.12.8)에서는 라르고(헨델), Jesu(바흐), Joy of Man's Desiring, 바다가 들려주는 할아버지의 첫사랑 이야기, Eine kleine Nacht Music(모짜르트), 할아버지의 11개월, 피아노 협주곡 21번 2악장(모짜르트), 교향곡 9번 4악장 환희의 송가(베토벤)를 연주하였다.

판교노인종합복지관 제2회 정기연주회(2024.5)에서는 마술피리 서곡, 사랑하는 나의 아버지, 가브리엘 오보에(Gabriel's Oboe), 오페라의 유령, 천둥과 번개, 오블라디 오브라자를 연주하였다. 특히 "사랑하는 나의 아버지" 곡은 무대에서 영화 촬영에 쓰인 곡이기도 하다.

소망교도소 봉사 연주회(2024.7)에서는 파헬벨 카논, 사랑의 묘약 중 남몰래 흘리는 눈물, 네슨 도르마, 돌아오라 쏘렌토로, 바다가 보이는 마을, 러브 어브 마이 라이프(Love of my life), 가을 우체국 앞에서, 비창(소나타 8번 2악장), 바이러스소나타 8번 3악장(베토벤)를 연주하였다. 특히 비창은 베토벤 3대 소나타 중 하나다. 그밖에 오솔레미오, Over the rainbow, 베르디의 "축배의 노래"와 "히브리예 노예의 합창"을 연주하였다.

그 외에 하모니카, 드럼, 우크렐라, 기타, 가야금, 거문고, 아코디온, 피아노 등 악기를 다루어 보았다. 방안에는 여러 악기들로 가득 채워져 아내의 잔소리를 들어가며 욕구를 채워갔다. 그리고 마지막에 바이올린으로 오케스트라 단원이 되어 연주회까지 하게 되었지만, 끝이 없고 고난의 연속이었다. 그러나 연주를 통한 음악 봉사 활동은 나 자신은 물론 음악을 듣는 사람들에게 심적 안정과 정신적 치유 효과를 가져다주었다고 생각되니 위안이 되었다.

사람들은 보통 "행복의 요건으로 인격, 재산, 명예, 건강을 든다. 그 중에서도 건강을 우선 순위로 둔다. 재산 중에 우리들을 행복하게 해 주는 것은 마음을 명랑하게 갖는 것이라고 하였다. 본질적으로 명랑함이 건강에 커다란 공헌을 하는 것이다. 이득, 영예, 학문을 위해서도 건강을 헤쳐서는 안 된다."라고 하였다.(쇼펜아우어의 인생론).

좋은 추억(여행 등)을 많이 남기며 명랑하게 취미생활(음악 등)을 하면서 지내면 건강에 좋다. 어릴 적에 집 뒤뜰 앵두나무에서 앵두 한 웅큼 따서 먹던 기억이, 닭장에서 계란 꺼내 주머니에 넣고 놀다가 터져 버린 기억이, 누이들의 사랑을 듬뿍 받으며 자랐던 기억이 난다. 누이가 직장에서 월급 타면 불러내 맛있는 거 사주고 내게 잘 어울리는 옷도 사 주었다. 군대 갔을 때 산 위에서 근무하고 있는 곳까지 면회 왔었다. 비상약도 많이 챙겨주었다. 동숭동 캠퍼스에서 수업 마치고 인근 탁구장에서 학우들과 탁구 치던 때가 그립다. 계룡산으로 신혼여행 가서 자매 탑 근처 아래서 라면 끓여 먹던 추억이 새록새록 하다.

칠순 기념으로 간 동유럽 여행은 생기를 불어 넣어 주었다. 오스트리아, 체코, 헝거리, 특히 오스트리아에서는 모차르트 생가를 둘러보았다.

그는 당구 스리 쿠션을 돌리면서 악상을 떠올렸다고 한다. 오스트리아 비엔나 BAROCK & KLASSIK LIVEKONZERT 음악회에도 가

보았다. 위 사진은 모차르트 생가와 음악회 전경이다.

학창시절 친구들이랑 캠핑을 갔다. 시골 길을 걷다가 시내 물가 돌 위에 걸터 앉았다. 잎사귀 하나가 나무에서 떨어져 흘러 내려갔다. 이 잎사귀는 흘러서 어디로 가는 걸까를 연상해 보았다. 잎사귀가 시냇가로 흘러가서 강물을 거쳐 바다 절벽에 부딪쳐 산산조각이 나면 죽음이라는 것을 머리에 떠올렸던 것이 바로 "여로"라는 시이다. 하모니카 부는 지인이 째즈 풍으로 나의 시에 곡을 붙여 주었다. 자연의 느낌을 음악으로도 표현할 수 있다는 것을 알게 되었다.

여로

갈 길 멀어 시간 흐르고
골짜기 물 여울소리 남기며
끝없이 흐르네.

바랜 낙엽 자취 감춰선
또다시 푸르러라
낙엽은 바다 위 표류한 배처럼
그저 물 흐르듯 뒤 따라 가네.

남기고 싶은 말은 "온유한 자는 복 받는다(마태복음)"이다. 그동안 얻은 교훈은 다음과 같다. 서로 다름을 인정하고 강요하지 않아야 다툼이 일어나지 않는다. 자기얘기보다 남의 얘기에 경청하여야 원만한 대화가 이루어진다. 남이 싫어하는 행동은 언쟁을 야기한다. 남을 시키지 말고 스스로 한다. 자신이 하지 못하는 것을 남에게 시키지 않는다.

"인간은 세상에 내 던져진 존재다.(키에르케고르)". 세상에 나와 무엇을 위해 살 것인가? 사랑과 평화와 세계동포의 연민의 정을 위하여 산다.(버트란트 러셀).

나는 남은 삶을 어떻게 마무리 할 건가? 남은 삶은 음악으로 봉사하고, 매사 감사하는 마음으로 살기를 다짐해 본다.

[별첨] 碑文(비문)

거창 신(愼)씨의 시조 수(修)는 중국 개봉(開封)에서 태어나 송(宋)나라 진사(進士)를 지내다. 고려 문종 22년(1618년)에 우리나라에 와서 수도사(守司徒) 좌복야(左僕射)를 지내다.

서령공, 신도공, 양간공 세 파 중 양간공파 17대손 신익성과 방재남(인숙) 사이에서 4남 4녀 중 막내(신수범, 호 계수 桂樹)로 태어나다(1950. 4. 8)

신수범(秀範)은 서울대학교행정대학원을 졸업(1978. 2. 27)하고 재무부에 입사하다. 졸업식 날 오수근(嗚壽根)과 결혼하여 1남(신용우) 1녀(신용은)를 두다. 기획재정부에서 부이사관으로 정년퇴직(2010. 6)하고, 錄條勳章(녹조훈장)을 수상하여 공적을 선양하다. 서울과학기술대학교 IT정책전문대학원에서 정책학 박사학위(2007. 8)를 받고, 한국외국어대학교 행정학과 외래교수(2007~2009)가 되어 행정학 정책학 한국정부론 등 가르치며 후진양성에 힘쓰다.

신용우(鏞宇)는 김해 김씨 김종각과 서영애 사이에서 태어난 김지현(金智賢)과 결혼(2018. 2. 4)하여 1남 신이준(怡儁)[2020. 8.20 오전 7시 38분 출생]을 두다.

아들 신용우는 한전 차장이요 며느리 김지현은 사법고시에 합격하여 변호사이다. 딸 신용은(鏞恩, Cellin) IT 전문가이고 인공지능 회사에 다니다.

안상균

· 경북 김천시 개령면

· 기독교

· 김천中 · 高

· 국민대 행정학과

· 서울대 행정대학원

· 고려화학 대림산업 학원 운영

· 現) 김천 개령 광천 '명품포도농장' 경작

# 어쩌면 다시 못 오를 북한산 등산기

서울 생활 40년

나의 서울 생활 처음 4년은 인왕산이었고. 도봉산(반년 정도 절에서 하숙) 정릉(북한산 절 하숙 1년) 마지막 20년은 미아동, 수유동- 북한산 진달래 능선, 대동문 보국문 칼바위능선 타며 산에서 신문 읽고 점심 먹고 출근했으니, 고향 생각나듯이 가끔 북한산이 그리워진다.

고향에 와(5~14년간) 부모님 건강할 때, 같이 밥 먹고 한방에 자기도 하며 TV도 보고 찬송도 불렀으나 그래도 아쉬운 마음뿐이다.

2020년 대 농촌사회학개론

이번 여름은 9월 말까지 삼복더위가 계속되었다. 열대야로 모두가 잠을 설쳐야 했다. 나는 60세에 귀향한 뒤 아버지 어머니 순리대로 하늘나라로 돌아가시고, 명절을 맞이하는 세시 풍속도 크게 바뀌어가고 있다. 우리 마을은, 400년 전 인조반정 후 '이 괄'의 외조부로, 멸문지화를 피하여 낙동강 지류 감천들에 터 잡은 선조의 후손들이 60~70 가구 살고 있다.

교회 새벽 종소리 들으며 일어나, 동네 한 바퀴 걷기 달리기 하면 집집의 사정을 모두 알 수 있는 마을이다. 젊은이는 다 떠나고 부모 세대는 돌아가시니 빈집이 20호가 넘는다. 농촌사회학, 도시 집

중화, Rural exodus, 인구 구조변화, 노령화, 늙어가는 농촌의 을씨년스러운 정서가 공간에 짙게 드리어져 있는 듯하다.

포도농사

고향마을 10년 선배들이 들에서 포도밭을 만드는 소리가 한겨울, 마을 가장 앞쪽에 있는 우리 집까지 들려서 나도 70세가 되면 포도밭을 만들어 줄 것을 아내에게 말했다. 71세에 문전옥답을 흙을 돋우어 1,000평 거봉 포도밭을 만들었고 3년 뒤 집 옆 700평 논을 메워 샤인머스켓 포도밭을 만들어, 배워가면서 농사짓는다. 나는 아웃 사이드로 빠져서, 시키는 일만 한다. 주로 윗가지 전지, 옆순 따기, 약 줄 100m 짜리 끌고 다니며 약 치기, 20kg들이 유기질 비료 300포 정도를 외발수레에 싣고 나무 밑에 골고루 펴기, 전지한 포도 가지 파쇄하기, 배수로 흙 고르기, 괭이질, 갈키 질이 내 일이고, 기술적인 문제-물주기, 약 타기, 비료 선정 구입, 화수 받이, 알 솎기, 열매 맺는 가지고르기, 싹틔울 가지 전지하기, 과일 수확, 봉지 씌우기, 포장, 택배발송 판매는 아내가 다 한다. 놀고먹는 남자, 나쁜 남자로 소문났고 교회와 시내까지 소문났다. 동네 아낙네들에게도 찍혔다.

77세를 지나며 신체변화 체력저하를 실감한다.

나도 몇 년 전부터 자녀 3명이 있는 서울에서 명절을 보낸다. 그때마다 '이번에는 꼭 북한산을 오르리라!' 수년 동안 '죽기 전에 꼭 해야 할 일'의 첫 손가락에 꼽히는 희망 사항이었다. 상당한 기간 동안에 걸쳐서 아내를 설득했다. 사실 나는 77세를 지나며 신체 변화 체력 저하를 실감한다.

첫째, 생밤 생고구마 족발 등 아무거나 잘 씹어 먹었으나, 이제는 아니다. 잇몸 치아뿌리 저작 능력 약화로 음식준비에 손이 많이 간다.

둘째, 운전 면허갱신에도 애로가 생겼다. 시력이 떨어져 안경을 새로 맞춰 써야 했다. 치매안심센터에서 잔뜩 겁을 먹고 인지 치매 검사를 받았다. 친구 중 한둘은 '경도인지장애' 판정으로 올해 말까지 다시 검사를 받아 운전면허를 갱신해야 한다고 한다. 토지평가사로 전국을 운전해 다니는 동갑친구가 경부고속도로 가까이 사는 내 집을 방문하고, 우리 부부와 같이 '9월말 포도 따기 삶의 체험'을 하며 사진을 찍어줄 때 들은 이야기다. 또 한 사람, 고향 마을 교회를 지키며 40년 시무한 은퇴 장로 친구도 운전면허 갱신을 걱정하고 있다.

셋째, 몸 균형 잡기, 특히 밤에 깨어 침대에서 일어날 때 넘어지고 비틀거린다. 김천 혁신도시 율곡천 길을 오랫동안 걷고 뛰고 했는데… 정강이에 상처가 여러 번 났다. 목욕탕에 가면 상처가 눈에 잘 띈다.

(그래서 헬스장 다니게 되었고, 1년이 넘었다. 러닝머신에서 시속10km 속도 10분씩 2회 달리기도 한다. 척추측만증, 허리, 등이 굽어서 아내의 권유로).

나의 북한산 백운대 오르기, 칼바위 타기를 이번 기회에 꼭 해보고 싶은 이유를 이렇게 장황하게 적은 이유이다. 더 늙기 전에 어쩌면 마지막일지도 모른다는 생각이다.

북한산에 등산하던 날

9월 15일 일요일이지만 아내를 강권하여 등산길에 나섰다. 뚝섬역 성수역을 거쳐 우이동 행 도시전철을 타니 35도 혹서예보에, 추석 이틀 전이지만 등산 가방을 맨 반바지 젊은이, 청바지 등산복 차림의 중 노년들로 북적였다. 인천서 온 30대 청년들, 동남아 외국인들과 잠시 명절과 북한산 등산 이야기를 나누었다. 등산로에 따른 소요시간까지 나에게 알려 주었다.

도선사 조금 못 가서, 소나무 한 그루 주위에 둥글게 나무 의자가 설치되어 있었 고, 그 아래 3층 널빤지 계단도 있어, 거기에 앉아 베트남 청년이 주는 바나나를 같이 먹고 쉬다가, 모두 출발한 뒤 나도 일어서려는데 핸드폰이 보이지 않았다. 아내 전화기로 나에게 전화했으나 소리가 들리지 않았다. 조금 전 올라간 외국인을 의심하기도 했다. 찾으려고 아내 핸드폰으로 내 전화기에 전화를 하면서 도선사 입구에서 북한산 등산로 입구 안내소까지 달려서 내려갔다가, 찾지 못하고 다시 올라오느라 논산훈련소 완전 군장 행군보다 힘들었다. 분실 신고를 해야 하나 생각하고 허탈하게, 쉬고 있었던 곳으로 와 내가 앉았던 널빤지 계단에 앉으며, 평면으로 개방되어 있는 계단 뒤쪽으로 손을 넣어보니 그곳에 핸드폰이 떨어져 있었다. 아~ 찾았다! 뒷주머니에 넣고 다니다 앉을 때 의자 뒤로 빠진 것이었다.

북한산 등산을 하기 위한 워밍업을 제대로 했다

아까는 등산객들의 왁자지껄한 소리와, 우이 5계곡의 물소리에 전화 소리가 들리지 않아, 올라올 때 계곡으로 떨어졌다고 생각하고 가파른 도선사 가는 도로를 승용차를 피해가며 뛰다 싶이 내려

갔다가 실망하여 올라오는 30분 동안에 진을 다 뺐다

더위에 약한 아내와 보조를 맞춰 우이동 입구를 지나→ 손병희 묘소→ 도선사 경내를 지나 소귀천 끝자락으로 등산코스를 잡아, 용암문 쪽으로→ 대동문→ 보국문→ 칼바위→ 신익희 묘소→ 영락기도원, 한신대역에서 도시전철을 탔다. 오늘 등산에서 북한산 정상 백운대는 보국문에서 통행금지였다. 폭우로 낙석 위험이 있어 보수 공사를 하고 있었다.

지난겨울 혼자 북한산을 아이젠을 차고 오르려고 했으나 혼자 북한산 칼바위는 안 된다고 등산객이 충고하고, 나 또한 등산 추락사고 뉴스를 자주 들은 것이 생각나 중도 포기했다. 비로소 오늘 지금 아내를 보호자로 삼아 20년 만에 같이 북한산에 올랐다. 나는 강북구 삼양동에서 20년 가까이 학원을 운영하며 살았고, 교회도 잠실과 삼양동에서 각 20년 씩 다녀서, 진달래 능선 대동문 보국문 소귀천 칼바위능선 빨래골 4 · 19 묘지 솔밭공원 독립유공자 묘지 등으로 20년 가까이(헤아려 본 적은 없지만) 수천 번은 올랐었다.

그래서 80세 되기 전에 꼭 북한산에 오르고 싶었다. 정든 그곳 나의 Resort, 기도처, 힐링 장소, 신문 읽는 곳, 점심 도시락 먹는 곳. 땀 알레르기에 민감한 아내를 설득해 '내 평생소원은 이것 뿐'이라고 노래를 불렀다. 비록 아내의 운동화가 문제가 생겨 오른쪽 엄지발가락이 부상을 입고 추석 전 날 병원은 고사하고, 약방 찾기도 쉽지 않아 걷기 곤란한 아내와 같이 뚝섬 성수동을 헤맸었다. 나와 아내는 많은 등산객과 함께 2만보 이상 걸어 북한산을 오르고 내려왔다는 자부심이 들었다.

또 무더운 날씨에 70대 부부에게는 힘든 하루였음을 말하고 싶다.

# 다른 버킷리스트 2가지 해보기

올해 추석에 서울 와서 죽기 전에 꼭 해보고 싶은 첫 번째 버킷리스트는, 9월 17일 추석날에 젊음의 열기로 가득 찬 홍대거리로, 우리 노부부가 나들이 나가는 거였다. 40세 미혼인 아들 집에서 할 일 많은 아내를 부추겨, 오후에 공짜로 2호선 타고, 우리 생에 처음 홍대 거리로 나갔다. 신촌에는 이대, 연대, 서강대도 있는데 하필이면 홍대가 있는 곳이 젊은이 거리라니…, 홍대거리에서 많은 외국 젊은이를 보면서, 아내와 같이 추석 풍광을 구경했다. 우리 동기들도 시간을 일부러 내서라도 젊음의 거리인 홍대거리에 한번 가보라고 추천하고 싶다. 구경만 해도 28청춘이다.

두 번째 버킷리스트는 추석 다음날인 9월 18일에는 청와대와 북악산 세검정을 올라갔다. 청와대는 지난겨울 이준웅 박사 안내로 다녀왔지만, 북악산 인왕산까지 아내와 같이 가고 싶었다. 북악산, 인왕산, 자하문, 북악 스카이웨이 길을 같이 절뚝거리며 2~3만보 걸었다. 곽밥(햇반)에 남은 김치 마늘 양파, 구운 김 2통, 포도와 사과로 북악산 정상에서 점심을 먹고 세검정까지 내려와 버스 타고 광화문에서 내렸다

나는 종로구 창성동 지금은 정부청사 별관인 작은 건물인 국민대학을 다녔고, 옥인동 효자동 북악산 인왕산 밑에서 하숙 자취를 4년간 했었다.

1·21 김신조 사건 전에는 북악산 뒤편은 여러 번 올랐다. 옥인동 인왕산은 정음사 세계문학전집이나 많이 읽던 성경 시집이나 사화집을 가지고 자주 올라가기도 하였다. 한두 시간 그곳 바위에 누워 책을 읽기도 했던 20대 초반의 학창 시절이 추억이 새록새록 돋아난다. 하지만 이번에는 체력의 한계로 아내의 히스테리로 자하문에서 100보 정도 인왕산 길을 맛만 보고 내려와 버스를 탔다,

'이번 추석에는 나 소원 다 이루어 냈다!!'

그래도 서울 갈 때 계획보다 조금 부족한 부분도 있다. 수락산(이 산도 옛날에 수천 번 올랐다) 불암산 남산도 있지만, 다음으로 미루었다.

내가 올해 이렇게 추석에 서울에 와서 북한산에 오르고 홍대거리를 누비며 다니고 북악산을 아내와 같이 나다니며 느낀 것은, 내가 지금 인생의 늦가을인데도 젊음이 맥에 남아 있다는 것을 발견하였다. 누가 말했던가 걸을 수 있을 때 걸으라고, 그것은 북한산에 가본 나만이 아는 진리이기도 하다.

아마도 그것은 김천에서 젊음을 상징하는 청포도 농사꾼에게만 누리는 특권이자 행복의 선물은 아닌가 싶다. 물론 아내의 도움이 큰 것도 사실이다. 나의 서울 산행은 내년에도 계속 될 것이다. 내년 추석에는 우리 동기들도 북한산, 수락산, 남산에서 만나요. 늦가을의 남자들 우리 모두 함께 낭만을 즐겨 봐요.

**황 재 홍**


· 대구 출생

· 연세대학교 정법대학 정치외교학과

· 서울대행정대학원

· 1977(주)선경 입사

· 1986 파노라마인터내쇼날(주)경영

· 2016년 퇴임

# 獨子生存

1920년대 중반 남매의 외아들로 태어나신 아버님, 하나 아들에 딸만 셋이라 아들 씨앗을 보려다 가까운 친구의 이복형제간 싸움을 보신 후, 생각을 접으시었다.

나는 1940년대 말에 태어났다. 아버님은 2대 독자가 된 외아들을 하루 빨리 장가를 보내서 자식을 낳아야 대를 잇는데, 나라에서는 만 28세전까지는 어머니가 생식 능력이 있어, 둘째가 태어날지도 모르니, 2대 외아들 군 근무 혜택(방위 6개월)은 만 28세가 되어야 하고 그래야 취직도 되니 기다렸다.

그럴 바에야 대학원 가서 학위도 따고 고시도 해보자고, 나는 서울대 행정대학원에 입학하였다. 허나 학위도 고시도 다 놓치고 기업체에 입사 후 서둘러 결혼을 하였다. 그러나 당시로는 늦은 나이인 서른이 넘어 자식을 많이 나을 거란 생각에 형제 많은 처가로 장가를 갔다.

하지만 1년이 가도 2년이 가도 대를 이을 자식 소식이 없으니, 아버님 어머님은 드디어 결심을 하시어 씨받이를 주선하시고, 잠시 고향 대구로 내려와 하루 밤을 자고 가라시는데, 노심초사 소식을 기다리며 걱정으로 수심에 차 있는 여편네를 두고 몰래 다녀오는 게 도저히 내키지 않았다. 그래서 부모님께 좀만 더 기다려보자고 설득을 하니, 아무래도 씨받이 자식이 꺼림직하셨던지 수락을 하셨다.

기다리다 드디어 결혼 후 햇수로 6년 만에 아들이 태어나, 부모님 한도 풀어드리고 여편네의 멍울도 지우게 되니 나도 영정사진 들고 갈 놈, 제삿밥 채려 줄 아들이 생겼다. 욕심에 둘째도 아들 하나 더해 외아들 면하게 하고자 기다렸으나, 영영 소식이 없어 3대 외아들이 되었다.

벌써 이땐 둘만 낳아 잘 기르자 마구 낳으면 가난 못 면한다는 구호의 산아제한 국가시책에 따라, 모두가 외아들이라 3대 외아들이라도 군 혜택은 벌써 없어지니, 그 당시 2년을 꼬박 채우고 제대했지만 아직 학생이라 장가보낼 생각은 꿈도 못 꾸고 기다렸다.

졸업 후 미국 연수도 가고 하느라 어느 듯 30살이 되니, 애비로서 은근히 며느리 감을 데려오길 기대했었다. 그런데 이놈은 전혀 꿈도 안 꾸니 하염없이 세월만 흘러 40살이 되니, 밤마다 근심 걱정으로 악몽에 시달리며 저승에 가서 부모님과 조상님 만나면 뭐라 해야 할지까지 고민하며, 날밤을 새웠다. 다행히도 올해 2024년이 되어서야 장가를 가고, 바로 손자가 잉태했다니 소식을 아들 며느리로부터 들으니, 이제 저승 가서도 조상님께 손자 이야기도 할 수 있게 되어, 우리 집안에 獨子生存은 이어간다.

박 서 희 (박준 손녀)

a 7-year-old student at PSA Gaepo (유치원)

## Create your own planet
## and describe the alien that live there (아동수필)

November 23, 2024

**Danware Land: The World of Cutie Pies and Danger**

My planet is called Danware Land. There are scary creatures that look like the creatures on Earth. They are mean aliens who act like friendly, kind, and caring creatures.

First, the aliens are called Cutie Pies Angry Pies. They have special powers that can make themselves bigger and make us bigger than ever, so the Cutie Pies hardly get eaten by giant people who stomp everywhere!

Next, the Cutie Pie's Land of Danger is near a Blackhole. People rarely die when they get close to the Blackhole. The Cutie Pies named their planet Danware because it includes many dangerous things and poison. The name Danware actually mixes the words Dangerous and Beware.

Finally, someone named the Cutie Pies the Cutie Pies because they looked like tiny, cute, little, adorable, and gorgeous pies! But they were poisonous, so anyone who touched them would be stung by poisonous liquid. If the poisoned person did something wrong or bad, they would die.

In conclusion, on Danware Planet, there are robots, dust, a big box of Lego, a computer, some worksheets, a bunch of different kinds of stickers. There are also tape, scissors, pens, malls, carts, books, jewelry, alien food, some clocks that were from Earth, and lots more! No one needed to worry about the Cutie Little Pies! In the end, the Cutie Pies had a great life!

*This essay was written as part of my weekly essay assignment.

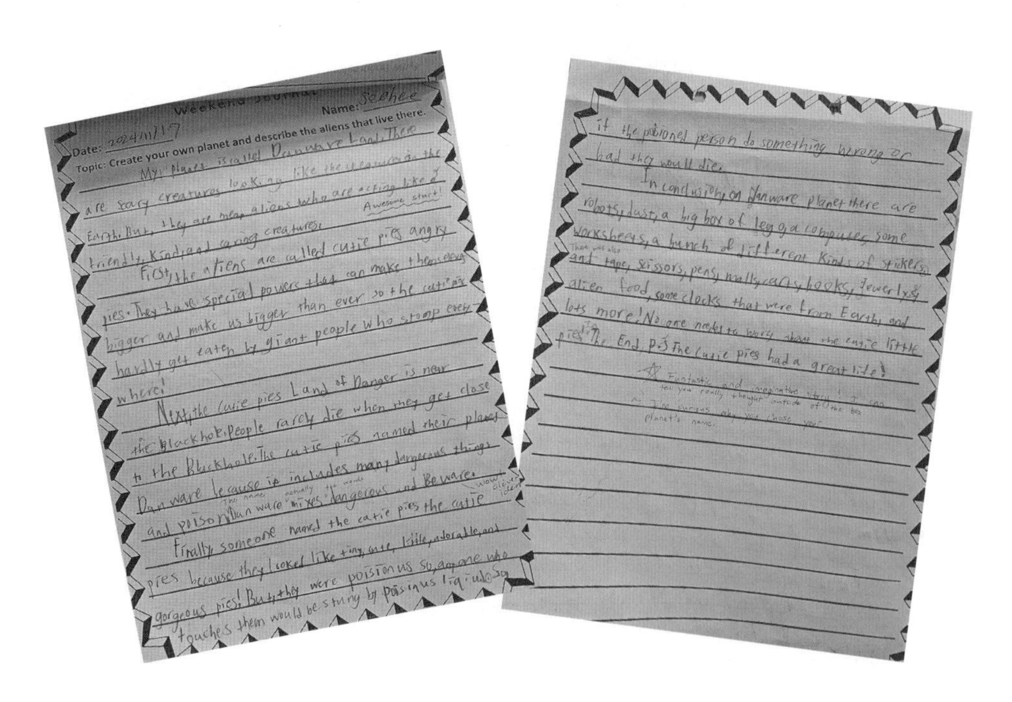

Weekend Journal

Date: 2024/11/17 Name: Seehee

Topic: Create your own planet and describe the aliens that live there.

My planet is called Danware Land. There are scary creatures looking like the creatures on the Earth. But, they are mean aliens who are acting like a friendly, kind, and caring creatures. Awesome start!

First, the aliens are called cutie pies angry pies. They have special powers that can make themselves bigger and make us bigger than ever so the cutie pies hardly get eaten by giant people who stomp everywhere!

Next, the cutie pies Land of Danger is near the black hole. People rarely die when they get close to the Black hole. The cutie pies named their planet Danware because it includes many dangerous things. The name Danware actually mixes the words dangerous and Beware. wow! clever idea!

Finally, someone named the cutie pies the cutie pies because they looked like tiny, cute, little, adorable, and gorgeous pies! But, they were poisonus so, anyone who touches them would be stuny by poisinus liquid. So

if the poisoned person do something wrong or bad they would die.

In conclusion, on Danware planet there are robots, dust, a big box of lego, a computer, some worksheets, a bunch of different kinds of stickers. There was also tape, scissors, pens, malls, carts, books, jewelry & alien food, some clocks that were from Earth, and lots more! No one needs to worry about the cutie little pies! In the End, the cutie pies had a great life!

☆ Fantastic and imaginative story! I can tell you really thought outside of the box. I'm curious why you chose your planet's name.

김 태 리 (박준 외손녀)

· 대도초등학교 6학년

· 2024년 11월, 대치 Peai 어학원

# Economic immigrants;
# the concerns of them voting on local elections(아동수필)

The topic of economic immigrants participating in local elections erupt a complex line of perspectives and emotions. As communities grow increasingly diverse, the intersection of immigration and civic engagement continues to spark lively debates. Understanding the implications of voting rights for economic immigrants requires careful consideration of various factors, including the principles of representation, the roles of citizenship and residency, and the foundational values of democratic participation. According to a September 2024 research from the migrationpolicy.org, it is still legal for economic immigrants to vote in local elections. However, we must note the moral and basic root aspects of whether or not we should allow economic immigrants to vote in local elections. The ongoing debate and struggle invites us to explore the nuances of local governance and the criteria that shape who is granted a voice in the electoral process, ultimately contributing to the broader conversation about identity, belonging, and the responsibilities inherent in citizen life. As the growing tension continues, economic immigrants shouldn't be allowed to vote on any other elections, including local and federal elections, because voting is often seen as a core right tied to citizenship, citizens have a stronger, long term stake in local government decisions, as they are more likely to remain in the country than immigrants.

The first reason why we shouldn't let immigrants vote for local elections is because voting is often seen as a core right and responsibility tied to citizenship, and letting immigrants vote could diminish the value of citizenship itself.Citizenship often comes with a sense of belonging and a set of responsibilities that are unique to those who have gone through the naturalization process. Here, naturalization is the process of when an immigrant becomes a citizen.When an individual takes the step to become a citizen, they typically have to meet certain requirements, such as living in the country for a specified amount of time, learning the language, and demonstrating knowledge about the nation's history and government. This process can be challenging and lengthy, and it reflects a commitment to the country and its values. If economic immigrants are allowed to vote without going through this process, it could create the perception that citizenship is less meaningful or easy to obtain, thereby underestimating the dedication that many citizens have shown. For example, a person who has worked hard to become a citizen might feel disheartened if they see economic immigrants voting after only a short stay in the country. This could encourage resentment and a sense of unfairness among citizens who believe that their commitment should be honored and recognized more than that of those who have not made the same effort. The heritage foundation(2008) suggests that officials need to work together better to enforce the laws that prevent non-citizens from voting, and they need better systems to keep the voting rolls clean Additionally, if voting rights are extended to those who have not completed the naturalization process, it may open the door to a slippery slope where the definition of citizenship becomes increasingly underestimated and unsecured. This could lead to a situation where the rights and privileges associated with being a citizen are given to non-citizens, thus destroying the factors that are essential for maintaining a stable and well-functioning democracy. .In summary, preserving the unique value of citizenship is crucial, and allowing economic immigrants to vote could undermine this principle by making citizenship seem less exclusive and less significant, potentially leading to increased division and conflict within society.

In addition, the second reason why we shouldn't let immigrants vote for local elections is because citizens have a stronger, long term stake in local government decisions, as they are more likely to remain in the country than immigrants. Citizens typically have deep-rooted connections to the communities they live in, such as owning property, raising families, or having careers that anchor them to the area. Their investment in the country's future ensures they will face the consequences of political decisions, whether good or bad, over the long term. On the other hand, immigrants may not have the same long-term commitment to the country, as many come for temporary employment or financial opportunities and may leave when these prospects change. Because their primary motivation is economic, their voting decisions might prioritize short-term benefits, potentially undermining policies aimed at sustainable growth and stability that citizens prioritize for the future. Therefore, allowing only citizens to vote ensures that those with the most permanent stake in the country's well-being have the greatest influence on its political direction. According to statista.com, 7 billion emigrants leave South Korea each year, and there are 2.1 billion immigrants in total as of December 2023. This actually means that South Korea is losing people, because so many people leave the country . It doesn't make sense that South Korea is letting immigrants vote, when countless are leaving. Therefore, we should diminish the voting rights of immigrants in South Korea .

The assertions made for allowing economic immigrants to vote are often framed in terms of representation, yet they fail to address several problems about governance and democratic roots. While it's true that immigrants can enrich communities and contribute to the economy, the fundamental law, or base of democracy is that it serves the will of the citizens—those who have a legal claim to the country's government and resources. One primary argument is that even if immigrants hold different perspectives, the majority opinion of citizens will ultimately get chosen in the democratic process. While this may be valid in a stable context like the United States, which has a large and diverse population, the case becomes more complex in nations experiencing demographic shifts, such as South Korea. The Korean Research Center(2019) indicates a decline in South Korea's population, and in 20, it is likely to decline to 39.29 million, a source that raises concerns about the growing influence of a demographic that is not fully integrated into the national, social and political rules. This shift could lead to a wrong representation of immigrant interests over those of long-standing citizens, sparking a potential imbalance in policy focus and priorities. Moreover, local elections carry significant implications for governance and the grant of resources. Decisions made at this level can determine everything from how to educate the nation's students to economic development. By allowing non-citizens to participate in these elections, we risk diverting the attention of elected officials away from the needs and priorities of those who have made a long-term commitment to the country. Citizens, having a direct stake and a historical connection to their nation, often have different concerns and priorities that may not match with those of economic immigrant populations. Further complicating the issue is the notion of civic responsibility and integration. Voting is not merely a right; it is a privilege of civic engagement that comes with a set of responsibilities. Citizenship entails a deeper level of commitment to the country—an understanding of its laws, values, and cultural nuances. Economic immigrants, by virtue of their status, may not participate in the broader experiences that shape a nation's identity, thus making it challenging for them to engage meaningfully in the nation's decision-making processes. Therefore, the assertions that the supporters of economic immigrants voting in local elections are not valid. Also,while the argument for including immigrants in local elections emphasizes community integration and involvement, several counterpoints stirrup consideration. Firstly, many immigrants may be in the country on temporary visas, raising questions about their long-term commitment and the potential impact of their voting decisions on the community. Additionally, the right to vote carries responsibilities, and not all immigrants may possess sufficient understanding of local governance, which could lead to an uninformed voter. Concerns also arise regarding community representation, as allowing immigrants to vote may weaken the influence of long standing residents who have deeper ties to the community. Furthermore, including non-citizens complicates legal frameworks that traditionally grant voting rights to citizens, creating inconsistencies within governance. Lastly, if a significant portion of the voter comprises individuals who may not fully identify with the community's values, it could hinder community cohesion and identity. Thus, while advocating for immigrant voting rights highlights significant issues, it is crucial to also address these valid concerns in the discussion.

In conclusion, the debate about whether economic immigrants should be allowed to vote in local elections is complicated and full of strong opinions. Supporters of allowing immigrants to vote believe in being inclusive and acknowledging the valuable contributions that immigrants make to our communities. However, it's important to remember that citizenship is a key part of democracy, and voting is not just a right, but also comes with responsibilities. If we let economic immigrants vote, it might weaken the value of citizenship, making it seem like the rights that come with it are too easy to get. There's also a concern that non-citizens might focus on short-term benefits that don't necessarily help the long-term health of the community. Citizens, who have a deep and lasting interest in the future of the country, are better positioned to make decisions that benefit everyone in the long run. Because of this, it's important to keep a clear distinction between citizens and non-citizens when it comes to voting. This helps preserve the democratic values that hold our society together. Immigrants can still engage in the community in numerous other meaningful ways without voting, which ensures that the privilege of voting remains special for citizens. Overall, keeping voting as an exclusive right for citizens shows a commitment to the common good of our nation. Therefore, economic immigrants shouldn't be allowed to vote in local elections.

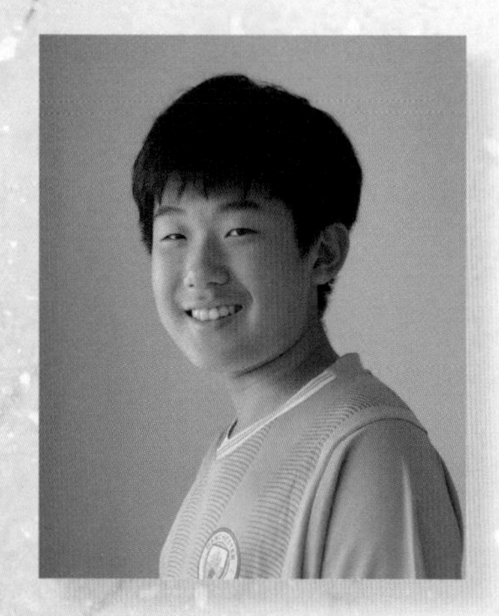

**최 태 현** (박준 외손자)

· 대곡초 2년

# 공부의 날(아동시)

공부의 날
최태현
햇빛이 흐린 날씨
엄마와 내가
공부를 한다.
퍽퍽
엄마가 날 때리네
조금만 틀려도
찰싹찰싹
엄마가 날 때리네
2019 2 8 대곡초 2년 최태현

박 준

· 서울 출생
· 서울대학교 농과대학 농화학과
· 서울대학교 행정대학원 행정고시
· 미 UCLA GRADUATE SCHOOL OF MANAGEMENT 미 USCPA (공인회계사)
· 전) 감사원 사무차장 대한무역투자진흥공사 감사
· 서울대행정대학원 수석 졸업
· 국무총리표창, 홍조근정훈장 수훈

# 태현아! 태리야! 서희야!

## 손주에게 보내는 할아버지 편지

태현이가 "공부의 날"이라는 글을 6년 전 초등학교 2학년 때 썼다. 엄마가 공부하라고, 또 정신 안 차려서 자꾸 틀린다고 때리기도 하고, 야단쳐서 무척 섭섭했던 모양이다!

남보다 뒤처지지 않으려면 공부 열심히 해야 한다. 예전에는 모두 야단맞으며 공부했었다. 학교에서 선생님께 혼나고 집에서도 부모님께 혼나고 혼나는게 학교생활이었다. 공부는 스스로 깨우쳐서 해야지 아무리 야단쳐도 한계가 있다. 공부 얘기가 나왔으니 할아버지가 공부했던 얘기를 해주마. 재미있게 읽고 자그마한 거라도 느끼고 도움이 됐으면 좋겠구나!

할아버지는 공부 아주 지독~하게 안 했다. 중학교는 서울중학교를 시험 쳐서 들어갔다. 1960년이니까 거의 65년 전 옛날 얘기다. 그때는 국민학교(지금의 초등학교)에서 공부 대단히 잘하는 남자아이는 경기, 서울, 경복중학교를 들어가려고 기를 썼다. 톱 쓰리다. 경기중은 지방에서는 전교 1~2등, 서울의 소위 명문 초등학교에서는 적어도 반에서 1~2등은 해야 입학원서를 써주었다. 서울중은 탑 레벨에서 아슬아슬하게 바로 아래 수준이었다. 합격하자 부모님 그리고 주변의 친지들이 무척 기뻐들 하셨다. 볼 때마다 엄청

공부 잘하는 아이로 치켜세워주어 으쓱댈 수 있었지.

서울중학교 들어가서는 자만에 빠져선지 한눈만 팔았다. 성적은 반에서 중간 정도. 공부 잘하는 아이들만 모인 학교니까 머리들이 좋아 쉽지 않았다. 학교에서 분기에 한 번 정도 고교진학 모의고사를 쳤었다. 예전에는 본교 진학, 그러니까 서울중에서 서울고로 진학하는 경우에는 입학시험을 안 쳐도 됐었는데 할아버지 하나, 윗학년부터는 제도가 바뀌었다. 본교 진학도 외부의 다른 중학교 출신 지원생들과 함께 입학시험을 쳐서 합격해야 했다. 모의고사 결과는 복도에 써 붙였는데 3학년 전체 480명 중에서 성적순으로 240명의 이름만 올랐다. 할아버지는 한 번도 이름이 붙은 적이 없었던 것 같다. 그 결과 고교입학 시험에서 보기 좋게 미역국을 먹었다. 어머님, 아버님 실망이 이루 말할 수 없으셨다. 아무런 꾸지람도 안 하셨지만 얼마나 죄송했던지. 분하고 서글퍼서 방구석에서 이불을 뒤집어쓰고 엉엉 울었던 기억이 난다.

중동고등학교에 진학했다. 2차 시험을 쳐서 들어갔다. 경기, 서울, 경복 등 1차로 뽑는 입학시험에 떨어진 중학생들이 경쟁해서 들어가는 고등학교다. 중동을 포함해서 휘문, 보성, 중앙, 양정 등등이 2차에서는 쨍쨍했다. 떨어졌으니 다시 분발해서 열심히 해야 했었는데, 고등학교에서도 또 한눈을 팔았다. 성적은 반에서 상위그룹에 속하긴 했지만, 탑 수준에는 조금 모자랐다. 예를 들자면, 한 반 50~60명 중에서 3, 4, 5등 정도? 1, 2등에는 끼지 못한 경우가 많았던 것 같다.

대학교 입학원서를 쓰게 됐다. 할아버지는 서울대학교 의과대학을 가고 싶었는데 담임선생님은 성적이 조금 모자란다고 Y대 의대를 가라고 하셨다. 서울대가 가고 싶었는데 ~. 서울대는 교복도 멋져서 교복을 입고 다니면 사람들이 한 번 더 쳐 다 봐 주는 세태였다. 결국 서울대 의대 대신 같은 이과 계열인 서울대 농대 농화 학과에 원서를 냈다. 경쟁률이 9.7대 1로 경합이 대단했던 학과다. 졸업만 하면 어서 오라는 일류 대기업이 줄을 섰단다. 같은 이과 계열이라 의대와도 시험문제가 같았다.

농대가 경기도 수원에 있어서 내려가서 입학시험을 쳤다. 그때는 도로와 교통이 발전하지 않아서 서울에서 수원까지 가려면 서울역에서 기차를 타고 가야 했고 한나절 이상이 걸렸다. 당일치기로 시험을 친다는 건 언감생심이었고, 입학시험이라는 중요한 일을 앞두고는 시간 맞추기가 거의 불가능했다. 입학시험 하루 전날 미리 내려가서 하숙집에 방을 빌렸다. 수원에서 자고 다음 날 시험을 칠 수 있도록…. 방학 중이라 농대생들이 고향에들 내려가서, 빈방 있는 하숙집은 많았다.

시험 당일 아침에 일어나긴 했는데 어지러워서 문지방을 넘지 못하고 고꾸라졌다. 토하고 또 토했다. 기력이 없어 일어나 앉지도 못했고 정신이 하나도 없었다. 자면서 문틈으로 스며든 연탄가스를 마셨던 것 같다. 그때의 하숙방은 창문이랄게 없고 문을 열면 바로 아궁이고 부뚜막으로 연결되어 출입하는 열악한 구조였는데 당시에는 생활환경이 대부분 그랬다. 자다가 연탄가스 마시고 죽는 사고가 많았는데 죽지 않은 것만 다행이랄까? 죽을힘을 다해서 시험장인 농대까지 토하고 또 토하면서 초주검이 되어 갔고, 어떻게, 어떻게 한나절에 걸쳐 여러 과목의 시험을 쳤다. 떨어졌겠거니 했다. 기적적으로 합격을 했다.

그때는 시험 친 다음 날 학과별 커트라인(합격성적)이 신문에 실렸었는데 의대가 302점, 농대 화학과가 303점으로 오히려 높았다. 얼마나 분하고 아쉬웠던지~.

농대 다니면서도 공부는 죽어라고 안 했다. 서울서 수원이 제법 멀고 당시 교통 사정으로는 매일 통학하기 엄청 힘들었기 때문에 처음에는 기숙사 생활을 했다. 4명이 한방을 썼다. 방장이 3학년이었는데 기숙사 방송을 맡고 있던 선배였다. 조수 일을 했다. 방송은 아침 기상 시간, 세 끼 식사 시간, 그리고 취침 전 시간에 한두 시간씩 했었는데 주로 클래식 음악을, 레코드판을 틀어서 들려주는 디스크 자키의 역할과 학사 관련 사항, 기숙사 관련 사항을 알려주는 정도의 안내방송이었다. 앰프를 틀면 방과 복도에 설치된 스피커로 소리가 나가는 유선방송이었다.

방송을 통해 음악에 접하게 되면서 기타를 배웠다. 몇 개월 연습하니 노래할 때 반주할 수준이 되었다. 악기를 다루는 사람은 눈을 씻고 찾아도 없었고, Sloop John B. 같은 팝송과 Ventures 악단 등 전기기타 위주의 4인조 그룹사운드가 젊은이들 사이에서 폭발적으로 인기를 끌던 시절이었다. UNESCO, KWCC(Korea Work Camp Conference) 같은 단체에서 대학생들의 사회봉사 활동 동아리 모임이 있어 끼였다. 모이면 Social program으로 기타 반주에 맞춰 동요니, 팝송이니 노래들을 불러 분위기를 띄웠다. 윤형주, 송창식의 트윈폴리오가 대학생들 사이에서 인기 짱이었다. 기타를 치니 이런 모임에 자주 불려 다녔고 인기도 많았다. 3학년 때는 기타 셋에 드럼 하나 그룹사운드를 구성해서 TV에 출연도 했고 대학교 축제에도 불려 다녔다. 공부할 틈이라곤 없었다.

그런데 아무리 해봐도 소질에 한계가 있으니 어느 정도 이상의 수준에는 도달할 수가 없었다. "아마"로는 정상이었는데 "프로"로는 영~이라고 할까? 죽어라 연습해서 제법 되는가 싶었는데 다른 친구는 그걸 신경도 쓰지 않고 쉽게 해내는 걸 보니 좌절감이 이루 말할 수 없었다. 고민 끝에 그만두는 게 답이라는 결론에 도달했다. 그러나 그동안 공부라고는 도외시해서 전혀 이룬 게 없었다. 그래서 군대를 다녀오기로 했다. 3학년을 마치고 입대를 했다. 새 출발을 하자!

3년간의 군복무를 마치고 4학년에 복학했다. 우선 할 거는 학업이다. 졸업하려면 성적을 끌어올려야 했다. 졸업 후 취업하려고 해도 좋은 성적이 필요했다. 바닥을 쳤던 꼴찌의 성적을 반전시키려고 죽어라 공부했다. 1, 2, 3학년의 기초가 없었기 때문에 어림도 없었다. 군 복무를 마치고 복학한 동료에게 거머리처럼 달라붙었다. 모르는 것은 묻고 또 물었다. 중간고사와 기말고사 때는 공부 잘하는 친구를 졸졸 따라다니며 노트를 빌려 베끼고 읽고 또 읽었다. 이해가 안 되는 건 덮어놓고 외웠다. 그 결과 4학년 성적은 평점 3.0을 넘을 수 있었다. 와!

졸업을 앞둔 4학년 2학기 중반에 10월 유신 사태가 발발했다. 유신하자는 정부의 정책에 반대하는 데모와 소요가 거세게 휩쓸었다. 결국 학생들의 데모를 막기 위해 전국에 휴교령이 내려졌다. 학교를 갈 수가 없었다. 공부도 할 수가 없었고 곧 닥칠 취업에 관한 정보도 꽉 막혔다. 막막했다. 12월이 되니 휴교령이 풀렸다. 등교해서 졸업시험을 치고 졸업하란다. 크리스마스 이삼일 전인가 마지막 시험도 끝났다. 짐을 꾸려 서울의 집으로 돌아가야 했다. 올라오면서 같이 하숙했던 일 년 위의 복학생 선배에게 물었다.

"형 이제 뭘 해야지?"

군복무 기간이 3년 6개월로 육군보다 6개월이나 긴 공군 복무를 마치고 복학했기 때문에 4학년 과정을 같이 다녔던 일 년 위의 선배다. 차이가 나는 6개월의 기간에는 미국인을 고용하여 서울에 번역 사무실을 내고 무역업체의 영문 편지를 작성해주거나 수입된 헐리우드 영화의 대본을 번역해서 영화자막을 넣어주는 사업을 하던 대단히 생각이 앞선 분이다.

"함께 서울대학교 행정대학원을 가자."

"고시를 쳐서 공무원이 되자."

대학원 입학시험은 2월에 있다. 시험과목은 행정학, 행정법, 영어 세 과목이다. 누가 쓴 무슨 책을 사서 어떻게 공부하면 합격할 수 있다. 할 게 없는데 이거라도 해보자! 조언을 듣고 결심을 하고 그 다음 날 애지중지하던 영문타자기를 전당포에 맡기고 돈을 빌렸다. 대학 4학년을 마치게 해주신 부모님께 또 돈 얘기를 꺼내기 어려워서였다. 집에서 비교적 가까운 중앙청 옆 내자동 소재 독서실에 일 개월 등록하고 행정법과 행정학 책을 샀다. 제대로 된 대학 교과서가 아니고 시험 준비용 압축 요약본이었다. 행정법과 행정학 책을 읽었다. 선배가 4회 독을 하면 된다고 해서 네 번을 밤 세워 읽었다. 무슨 소리인지 전혀 이해가 안 됐다. 이과 공부를 하다 문과공부를 하니 읽어도, 읽어도 깜깜했다. 농대 학생과에 전화를 해서 선배 주소를 문의하고 종암동으로 찾아갔다. 지금은 대부분 아파트가 들어서고 주소가 체계적으로 개선되어 집 찾기 쉽지만 그때는 종암동 ㅇ번지 ㅇ호(ㅇ통 ㅇ반)가 주손데 이걸로 집 찾기는 모래사장에서 바늘 찾기였다. 새벽부터 점심때가 지날 무렵까지 종암동 일대를 발이 부르트도록 오르락내리락 투덜대며 헤맸다. 결국에는 동네 복덕방(부동산 업소, 지금의 공인중개사 사무소)을 모두 뒤졌고 그 도움으로 물어물어 집을 찾았다. 독서실에 공부하러 가서 집에는 없단다. 독서실로 찾아가서 기다리다 겨우 만났다.

네 번 읽으면(4회 독) 이해가 된다고 했는데 전혀 모르겠으니, 어떻게 해야 하냐고 물었다. 그냥 읽으면 안 된단다. 구리스 펜이라고 하는 유리 위에도 써지는 두꺼운 검정 색연필로 중요한 부분을 읽을 수 없게 지우고도 가린 부분까지 자유롭게 읽을 수 있게 되어야 한단다. 결국 책을 달달 외우라는 얘기였다. 입학시험까지 한 달도 안 남았는데 큰일 났구나! 다음 날부터 그렇게 했다. 절실했다. 죽기 살기로 해보자. 하루 24시간 중에 오늘은 16시간, 내일은 14시간, 먹고 씻고 자고 독서실 오고 가고 생활하는 시간을 모두 빼고 공부하는 시간만. 짬짬이 쉴 때는 눈을 감고 책의 내용을 머릿속으로 되새기고 안 외워진 부분을 찾아 다시 외웠다. 그렇게 한 달을 보냈다.

입학시험 날이 닥쳤다. 뭐 좀 도움 되는 일이 있을까 해서 선배하고 앞뒤로 원서를 같이 접수했었다. 선배가 앞, 내가 뒷 번호, 나란히. 그런데 시험장 좌석 배열은 역으로 뒷 번호인 내가 앞, 선배가 뒷좌석을 배정 받았다. 선배 답안지를 슬쩍 볼 수 있을까 했었는데 완전히 망했다. 다 포기하고 시험을 칠 수밖에 없었다. 너무 긴장하고 얼어서 팔 전체를 통째로 움직여야 글씨가 겨우 써졌다. 시험문제가 무엇을 요구하는지, 내가 뭐라고 답을 쓰고 있는지도 모르고 끄적거려서 답안지를 채웠다. 합격자 발표까지 한두 주일 걸렸던 것 같은데 죽을 쒔으니 떨어졌을 거란 건 불을 보듯 뻔했고 희망도 없이 암울한 시간을 보냈다.

그런데도 합격했다. 성적이 좋다고 수업료 면제도 받았다. 만 만세다!!

대학원에 들어왔으니 이제 제대로 한번 해보자! 대학에서는 농화학 과목 꼴찌를 했으니까 이제부터는 일등을 하자! 새로운 행정학 분야에서 나만의 역사를 다시 새로 써가는 것 아니냐! 행정고시라는 게 있는 모양인데 이것도 준비해서 재학 중에 한번 도전해 보자! 그렇게 목표를 세웠다. 도서관인지 독서실에도 한 칸 자리를 잡았다. 옆 자리하고는 마분지로 커튼처럼 서로 차단하고 있는 게 행정대학원의 도서실 좌석 모양이었다. 고시원 같았다.

죽어라 공부했다. 경제학, 재정학, 인사행정, 재무행정, 조직론, 조사방법론, 행정법 등등 과학철학 과목도 있었다. 모두 어려웠고 생소한 인문학 분야라 교수님들의 강의 내용이 잘 이해가 안 되었다. 1+1이 2가 되는 이학 분야와는 전혀 달랐다. 커다란 소형 녹음기를 늘 끼고 다녔다. 지금의 녹음기는 담뱃갑보다도 작은 게 널렸고 핸드폰으로도 쉽게 녹음이 되지만 그때의 녹음기는 최신 모델이라도 백과사전 한 권보다 큰 크기였다. 커다란 책가방이 녹음기 하나로 꽉 차서 필요한 교과서나 노트 등을 가지고 가려면 가방이 하나 더 필요했다. 어깨에 메고 다니는 가방도 없던 시절이었다. 녹음테이프도 카세트테이프를 썼는데 부피가 제법 컸다.

이해가 잘 안 되는 과목은 강의를 녹음해서 저녁에 들으면서 녹취하고 외웠다. 두 시간 강의 내용을 녹취하려면 서너 배의 시간이 필요했다. 잠자고 쉬는 시간을 줄일 수밖에 없었다. 대학에서 행정학과, 경제학과, 경영학과, 법학과, 사회학 등 인문학 분야를 전공했던 동료 학생들과는 이해도에서 경쟁이 안 됐다. 그런데도 행정대학원 졸업성적은 수석이었다.

대학원 일 학년 여름방학쯤에서는 행정고시 1차 시험이 있었다. 네 과목의 객관식 시험이었다. 대학원 수업 외에 공부가 필요했다. 까짓것 골라 찍는 객관식인데~. 수험서를 사서 한두 달 짬짬이 공부했다. 얼떨결에 합격했다. 내친김에 2차 시험도 도전해 보기로 각오를 새로이 했다. 8과목인가 되었던 기억인데 대학원 수업 과목과 겹치는 것도 있었지만 고시를 치기 위한 공부는 전혀 범위와 초점이 같지 않아서 별도로 준비해야 했다. 까짓 것 결국 외워서 쓰는 거잖아! 대학원 2학년 봄학기에 2차 시험이 있었던 기억이다.

종로구 인사동에 있었던 건국대학교에서 며칠에 걸쳐 치렀다. 준비기간이 짧았고 대학원 수업을 받으면서 별도로 공부했기 때문에 과목별로는 2회독(두 번 읽기)을 못하고 시험을 쳤다. 제일 자신이 없었던 과목이 재정학이었다. 재정학 과목 시험 시작 직전의 쉬는 시간에 2회 독을 못했던 부분인 감사원 부분을 잠깐 읽고 소제목들을 머리에 기억했다. 시험 시작. 칠판에 붙여둔 시험문제를 적은 두루마리가 스르르 풀려 공개되었는데 주관식 문제 중 하나가 감사원에 관해 논하라는 내용이었다. 하느님 감사합니다. 외웠던 걸 잊어버릴까 봐 그 문제부터 먼저 초를 잡고 답안을 작성했다. 그렇게 비몽사몽간에 시험을 쳤다.

몇 주 지나고 합격자 발표가 있었다. 지금의 광화문 출입구 옆의 게시판에 명단이 붙었다. 기뻐서 소리치며 엉엉 울었다. 공중전화 부스로 뛰어가서 근무 중이시던 아버님께 전화드렸다. “아버지 저 합격했어요!" 일생에 부모님께 제일 큰 효도였던 것 같다. 재정학 과목은 묘한 인연으로 수석을 해서 고시계라는 수험생을 대상으로 하는 잡지사로부터 원고 청탁도 받았다.

그렇게 꿈같은 대학원 시절을 보냈다. 재학 중에 학업과 병행해서 그 어렵다는 행정고시에 처음으로 응시해서 단번에 합격. 대학원 졸업성적 수석. 1976년 2월 말 졸업식을 했는데 서울대학교 대학원 졸업 전체 학생 대표로 단상에 올라가서 국무총리로부터 수료증을 받았다. 무언가 상도 받았던 것 같은데 정확한 기억이 없다.

그 후 감사원에 들어가 직장생활을 했는데 감사원 재직 중에 또 한 번 공부할 수 있는 기회가 있었다. 정부 장학생으로 선발되면 정부에서 지원하는 학비로 원하는 나라의 대학원 과정을 다닐 수 있었다. 1982년 선발되었는데 미국의 명문 대학교 여러 곳에 application을 냈다. 바닥을 쳤던 대학 성적이 발목을 잡았다. 머리를 써서 합리화했다. 대학교 1, 2, 3학년 때는 여러 가지 사정으로 제대로 공부를 못해서 성적이 바닥권이었다.

그 후 노력해서 회복했다. 대학교 1학년부터 대학원까지의, 바닥에서부터 평점 3.3으로 매년 급격히 향상된 성적이 뒷받침했다. 이런 변명이 통해서였는지 UCLA의 MAB 과정에 진학할 수 있었다. 쿼터(quarter, 4학기)제였고 한 quarter에 4과목씩 수강했다. 씨메스터(simester, 2학기)제인 학교들도 있었는데 학기가 길고 수강과목 수가 적어 여유가 있었지만 남의 얘기다. 읽고, 쓰는 거나 겨우 했지 영어로 듣고 말하고가 꽝~이라서 엄청나게 고생했다. 고모나 이모, 외삼촌이 되는 혜연, 혜진, 정우도 같이 갔었는데 미국에서 유치원, 초등학교 일학년, 그리고 미취학으로 어렸는데도 할

아버지가 학교 공부에 쫄아서 같이 놀아주지도 못하고 지냈다. 그런대로 성적은 중간을 넘었다.

4학기제라 한 학기는 쉬면서 넘어갔는데 1학년 과정을 마치고 쉬는 quarter가 되니 서울에서 정부 유학생으로 새로 선발되어 미국으로 공부하러 오거나, 미국에서 석사과정을 마치고 우리나라로 귀국하는 학생들이 줄을 이어 방문하기 시작했다. LA가 통로였고 기후가 따뜻한데다가 관광명소인 디즈니랜드, 유니버살 스튜디오가 있어서 오는 길 가는 길에 반드시 들리려고들 했다. 공항 픽업을 해 달라, 호텔 예약과 안내를 부탁한다. 도서관 갈 시간이 없었다. 두 달여의 기간에 디즈니랜드만 11번을 갔다. 집에서 승용차, 고속도로로 한두 시간 걸리는 제법 먼 거리였는데 아침에 태워다 주고 저녁에 태우러 가면 다른 걸 할 시간이 없었다. 사정이 있어 못 가면 엄청 섭섭해들 했다.

핑겟거리가 절실했다. 공인회계사(USCPA) 시험준비를 하는 학원에 등록했다. 안내해달라는 요청은 공부 때문이라는 핑계를 대고 절대 사절했다. 감사원을 다니기는 했지만 회계학 분야는 전혀 지식이 없었기 때문에 겸사겸사 좋은 기회였다. 두 달 남짓 공부를 했다. 까짓 것 외워서 쓰고, 풀면 되는 것 아닌가! 도서관에서 살았다. 춥지 않은 겨울을 보내며 Auditing, Law, Theory, Practise 4과목의 시험을 치고 단번에 합격했다. 합격하면 각자가 알아서 시보 기간을 충족해야 완전한 자격의 공인회계사가 될 수 있었다. 회계사 사무실이나 공공기관의 회계 담당 부서에서 회계실무를 2년 이상 해야했던가 기억이 가물 가물하다. 대학원 과정을 마치면 귀국해서 감사원으로 돌아가야만 하는 공무원 신분 때문에 실무 수습 과정은 포기할 수밖에 없었다.

줄여서 얘기하려다 보니 그저 그렇게 느껴지는데 할아버지가 공부한 과정은 이렇다. 바닥을 기기도 했지만 노력해서 수석도 하고 그 어렵다는 행정고등고시도, 미국 공인회계사 시험도 대학원 학업과 병행해 가면서 단번에 합격했다. 자랑스럽고 신나지 않냐?

한 고개 넘어가면 또 한 고개가 나오고 또 넘어가면 또 한 고개가 나왔다. 끝이 없었다. 입학하고 졸업하고 자격을 따고 취업하고 경쟁도 했다. 공부는 이런 과정이다. 공부를 하면 모르던 지식이 쌓여가고 못 했던 걸 할 수 있게 된다. 놀이터 가면 자랄수록 그네도 더 높이까지 오르고 높았던 철봉에도 매달리고 달리기도 빨라지고 힘도 세졌지? 못 타던 두발자전거도 쌩쌩 탈 수 있게 됐고 놀이공원 가면 작아서 못 타게 했던 놀이기구도 점점 줄어들고. 다음이 기대되고 재미있었지 않니? 어차피 해야 할 거면 공부도 즐거운 마음으로 해라. 내 능력을 키우는 과정이고 훈련이라고 생각하고. 아는 것이 힘. 배워야 산다!

태현아, 태리야, 서희야! 너희들은 잘할 수 있다. 자신감을 갖고 씩씩하게 도전 해라! 지금까지 할아버지를 깜짝 깜짝 놀라게 하지 않았냐? 안 되면 한 번 더 해보자. 될 때까지. 열 번 찍어 넘어가지 않는 나무가 없단다!

덧붙이고 싶은 건 할아버지 공부 방식은 이해하자! 안 되면 외우자였는데 너희들은 공부를 통해 상상의 나래를 펴고 창의력을 크게 키웠으면 좋겠다. 인류의 발전을 이끌어온 원동력은 무엇보다 상상력 아니냐?

또 하나 공부는 목표가 아니고 수단이고 과정일 뿐이란 걸 잊지 말았으면 좋겠다. 공부가 목적이 되어서는 안 된다. 내가 공부를 통해서 이루려고 했던 게 과연 무엇인가를 틈틈이 되새겨 보아라. 그리고 이루고 가고자 했던 곳에 도달해라. 상상의 나래를 활짝 펼치고 힘차게 날아올라라. 할아버지가 깜짝~ 놀라게!

2024 11 27

할아버지 박 준

## 제3부 | 여행기

# 세상을 누비고 다니다

괴로움을 두려워하지 말고
슬퍼하지도 말라.
참고 견디어 나가는 것이 인생이다.
인생의 희망은 늘 괴로운 언덕길
너머에 기다리고 있다.

(베르레느)

허범도

# 바울의 전도여정 성지순례길

뜻깊은 소망교회 "바울의 전도여정을 함께 걷다." 프로그램에 성령의 인도하심으로 참가하게 되어, 그 기쁨과 의미를 소망교인들과 기독교인이 아니라 하더라도 함께 공유함이 바람직할 듯하여, 매일 이동 중에 버스 안에서, 호텔에서, 비행기내에서 기록한글을 일곱 번으로 나누어 싣습니다.

첫째 날 성지순례(2024.9.16.)

성령의 인도로 인천공항에서 출발한 Emirates 항공은, 우리 소망교회 성도 80명을 태우고 웅장하게 비상한다. 삼삼오오 앞뒤로 앉아 즐거운 여정을 기대하며, 밝은 미소로 담소의 꽃을 피운다. 시간이 지남에 따라 영화도 보고 잠도 청한다. 9시간을 비행한 후 중간 기착지인 두바이에 도착하였다. 한국시간으로는 아침 9시, 현지 시간 새벽 4시다. Connection 연결통로로 이동하여 로마행 Gate C11을 찾아 집합한다. 8:25분에 모이기로 하고 자유 시간을 가졌다.

우리 A Team 5조(이하 A5라 함)는 내과 닥터인 반준우 조장을 중심으로 여섯 명이 Mac- Cafe에 모여서, 두바이 Coffee 한잔하며 서로의 상견례를 가졌다. 조장 부부, 권사님 모녀. 그리고 우리 부부 여섯 명이다. 각자 대소 어려운 여건 속에서 이 여정에 참가하기 위해 일정과 건강을 잘 조절하여, 이렇게 만나게 되어 기쁨과 기대에 찬 모습이다. 출발 전에 유지미 목사님의 기도 내용대로 성지순례는 우리가 원하지만, 그 원을 이루어 주심은 하나님이심을 깨닫는다.

곧 두바이 현지 시각으로 8:45분, 다시 에미레츠 항공편으로 로마로 향한다. 여섯 시간 반 소요되어 로마 FCO 국제공항에 현지 시간 오후 2시 반에 도착하였다. 공항에 도착하여 짐을 찾고 나오는데 What a surprise! 전혀 예측하지 못한 곳에서 놀랄만한 일이 벌어진다.

우리의 김경진 담임목사님이 우리를 영접하시는 게 아닌가! 이곳 로마에서부터 어린 양떼들을 인도하기 위해, 네덜란드 Amsterdam 스키폴 공항을 경유 로마공항에 약 두 시간 전에 도착, 우리를 기다려주셨다. 성도들이 얼마나 좋아하고 감사했는지….

로마에 내리자마자 첫 목적지인 사도 바울의 참수기념교회를 찾았다. 바울의 전도여정 길의 천 방문지가, 바울 사도께서 돌아가신 곳이라니 이 무슨 아이러니일까? 담임목사님께서 세분수교(참수 후 목이 세 번 뛰었고 그곳마다 분수가 솟아남) 교회 안에서 기도로 그의 미를 설교해주신다. 바울 사도의 의연한 죽음에 숙연해진다. 또한 이곳에는 한번 들어가면 다시 못나온다는 봉쇄수도원이 있고, 지금도 십수 명이 수도 중이라고 설명해주신다.

이어서 콜로세움이다. 각종 경기가 열렸던 원형경기장을 보며, 2,000년 전의 그 웅장한 스케일과 정교한 건축미에 압도당한다. 지금도 곳곳에 유지 보수작업이 이루어지고 있으니, 다음 기회에 올 수 있다면 얼마나 달라져있을까? 아니 그때도 이렇게 수리 중이겠지… 과연 올 수는 있을 것인가?

급히 저녁식사 후 밤 9시반경 야간투어 하러 나간다. 하도 오래만의 방문한 로마라, 사전에 신청을 해둔 일이라 다소 피곤했지만, 준비해 둔 고급벤츠 차량으로 건장한 우리의 용사들이 전신 갑주를 입고 나온다. 간 곳은 야경 3대 명소.

첫 번째는 카피톨라언덕이다. 로마 원로원 아고라 등 야경이 무척 아름답다. 로마 초기의 정치 교육 문화 종교의 중심지이다.

두 번째 방문은 트레비 분수! 세계 각국의 남녀노소들이 동전 던지기에 바쁘다. 각각의 소원이 있으리라. 그 중 하나가 아마도 이곳으로 다시 올 수 있게 해달라고.

세 번째는 스페인 계단. 로마 중심부의 스페인대사관 옆이라 Spanish Steps으로 명명되고, 우리에겐 영원한 펜 '오드리 햅번'의 로마의 휴일로 더욱 알려진 곳, 비스듬히 난간에 서서 그레고리 펙에게 미소 짓던 햅번의 아리따운 모습을 연상하며 난간 계단을 밟아본다. 산천은 의구하되 인걸은 간 곳 없네.

둘째 날 바울 사도의 로마 입성 아피아가도(2024. 9.17)

아침 7시 모닝콜이다. 어제 새벽 1시까지 글을 쓰고 조금 늦게 일어날까 했는데, 아내가 일찍 일어나 부스럭 거린다. 나도 눈을 떠보니 아침 6시 반, 그래 이제 준비해야지. 아침 조찬은 호텔 부페식. 내려가니 벌써 담임목사님을 비롯하여 대부분 성도님들이 식사중이다. 어제 11시 반까지 야간 투어 후라도 원기 왕성한 얼굴들이다. 역시 하나님을 굳게 믿는 분들의 열정인가? 빵과 야채, 계란, 햄, 과일 등으로 조찬을 마치고 간단히 차려입고 비 온다는 예보에, 우산도 준비해 1층 로비로 내려갔다.

오늘은 이태리 남부로 향한다. 이태리 A1고속도로는 태양의 도로라고도 불리며, AD 50년경 바울이 로마로 죄수 되어 압송될 때 바로 이 아피아가도를 통해서 로마로 향했단다. 약 세 시간 후 도착한 곳은 돌아오라 쏘렌토다. 아래로 펼쳐지는 아름다운 쪽빛바다의 전경이 나의 고향(경남 고성군 삼산면) 앞 다도해를 연상시킨다.

이제 인류 최대의 재앙 중 하나인 폼페이로 간다. AD 79년 인근 베수비오스 산의 폭발로 수만 명의 목숨을 앗아간 도시다. 마침 내리는 천둥과 빗속을 뚫고 폐허를 찾아본다. 어딜 가나 집터, 목욕탕 시설, 탈의실 등과 공회당, 강단 등의 형태가 나온다.

AD 50년경이니 예수시대의 생활상을 유추할 수 있다. 이것도 하나님의 뜻이었으니 우리는 착하게 살자.

오고가며, 버스 내에서 우리는 각자 자기 소개시간을 갖기로 하였다. 금번 성지순례를 오기 위해 얼마나 기도했는지(실제 이 성지순례는 약 2년 전부터 기획된 것으로, 애당초 이스라엘이 우리의 목적지이었는데, 뜻하지 않게 전쟁발발로 그레코로만으로 방향선회)… 각자 교회에 나오게 된 배경, 소망교회를 찾아오게 된 사연, 그간의 교회 활동 그리고 개종하게 된 계기까지, 거의 간증 수준의 진솔한 이야기들이 표출된다. 22부부 couples, 4모녀 팀과 19성도들의 동행이 너무나 소중함으로 다가 온다.

### 셋째 날 데살로니카 성찬예배(2024.9.18)

이태리 로마에 위치한 바티칸 시국을 방문한다. 0.44평방km로 세계에서 가장 작은 나라이다. 인구는 약 600명으로 성직자와 종교관계자들이다. 이 작은 바티칸 시국을 방문하기 위해 세계 각국에서 수많은 관광객들과 성지순례자들이 아침부터 일찍 줄을 선다. 우리는 사전에 예약해 둔 덕택에 10시에 입장하여 당장 천정벽화가 눈에 띤다. 천지창조, 최후의 심판, 명화들이 빛을 발한다.

미켈란제로의 능력에는 한계가 없는가? 조각가에서 교황의 요청으로 화가로 변해 이렇듯, 명화를 만든 그의 손길은 신의 손인가? 최후의 심판에 나오는 천당 연옥 지옥의 갈림길은? 많은 과제와 풀어야할 숙제를 던져준다. 약 한 시간 반을 부지런히 보고 듣고 배우고 느끼며, 아쉬움 속에 바티칸 시국을 떠난다. 교황님이 어딘가 계실 텐데…….

10시경 도미틸라 카타콤베로 향한다. 기독교인들이 핍박을 받아 죽어 묻히고, 또한 지하150km의 미로는 비밀예배장소였다니 종교의 힘은 필설로 다할 수가 없다. 다니엘은 사자 굴에서도 상함을 당하지 안 하였으니.

이제 그리스로 가기 위해 공항으로 향한다. 담임목사님이 우리들의 시간 절약을 위해, 현지 한인식당에서 주문해 공항으로 배달한 김밥으로, 로마국제공항 대기실 의자에 앉아 따뜻한 물과 함께 먹는 이 김밥 맛이 우리 소망교회 옆 소망김밥 못지않다. 로마를 힘차게 이륙한 에미레츠 항공기는 한 시간 50분 만에 아드리아아해를 횡단, 그리스반도 중부 마케도니아주의 수도 데살로니카 (그리스어로는 데살로니키)에 도착하였다.

바울 사도가 교회를 세우고 사역활동을 열심히 한 곳으로, 고린도에서 데살로니카 교회에 보낸 서신에 그의 교회에 대한 사명감과 사랑이 숨어 있다. 공항에 도착하자마자 우리에게 약간의 대소 문제들이 일어난다. 소형 배낭 분실한 사람, 대형케리어 미도착한 사람 그리고 가장 심각한 것은 두 사람의 여권분실. 걱정이 전체로 번져나간다. 한참을 찾고, 버스도 대기한 채 전체가 묶여있기를 한 시간여, 결국 미해결의 장으로 남겨둔 채 호텔행이다.(여권을 포함 나중에 결국 말끔히 해소되었다.)

화이트 Tower 및 Alexander대왕 동상 견학은 생략하고, 짐도 못 푼 채 식당으로 갔다. 늦게 먹게 된 저녁 식사 시 나온, 마케도니아의 과일 맛이 신선하다. 곧이어 성찬식이다.

저녁 9시 호텔 내 회의실에 모여, 초대교회가 막 자리잡아가던 그 자리에서 성찬예배를 드린다. 주관하시는 대한민국 소망교회 담임 목사님도 빵과 포도주로 성도들에게 성찬을 베풀며, 감개무량한 듯 목이 잠긴다. 우리도 찬송가를 부르며 가슴이 벅차오름을 느낀다.

주여 주예수여 저를 기억해주소서
주여 주예수여 당신나라 임하실 때
Jejus Remember Me
when you come in to your kingdom ~

부족한 나를 이렇게 주님께 부탁해도 좋을런지?

### 넷째 날 유럽 최초 교회 빌립보교회(2024. 9. 19)

아침 일찍 빌립보로 향한다. 빌립보는 금번 성지순례의 하이라이트다. 바울 사도 예루살렘에서 출발, 터키를 거쳐 소아시아 그리고 마케도니아의 빌립보에 도착하게 되어, 자주 비단장수 루디아를 만나 선교하였다. 귀신들린 소녀를 낫게 하고 유대인들에게 공격받아

투옥된 감옥을 가보았다.

"Prison of St . Paul" 명패가 붙은 감옥 터에서 조별로 기념 묵도를 드린다. 홀연히 갇혀있던 감옥 문이 열리고 간수인 가정을 기독교를 믿게 하고 빌립보 지역을 복음화하며, 급기야 빌립보교회를 설립함으로써, 유럽 선교의 첫발을 내딛게 되는 역사적인 사건이 진행된 것이다. 여기서 우리가 주목해야할 부분이 있다.

마케도니아 빌립보교회가 설립된 후, 기독교가 위로 불가리아. 항가리. 독일. 프랑스를 거쳐 영국으로 발전되어나가고, 1620년 메이플라워호로 필그림으로 미국으로 선교가 전파된 흐름을 놓쳐서는 안 될 것이다. 그로인해 19세기 후반 미국의 선교사들이 동방의 미개국인 조선 땅을 밟게 되었고, 가난과 무지, 질병과 우상숭배의 나라 조선에 삼대 문명인 학교 병원 교회 -School, Hospital, Church-가 들어서게 된 것이다. 그 결과적 산물로 서울의 압구정동 소망교회가 개척되었고, 그 교회 성도들이 2024. 9. 15일부터 23일까지의 바울성지순례를 하게 되었으니, 이 어찌 우연이라고 할 수 있겠는가?

빌립보교회 지와 바울의 발자취를 성도들과 함께 걸으며, 8이라는 숫자의 완전성을 설파하시는 김경진 담임목사님의 산상설교가 새롭다. 금번 주일(9. 22) 예배인도를 위해 먼저 떠나시는 목사님께 감사드리고, 영육간의 강건하심을 이곳 빌립보에서 기도한다.

베뢰아로 하행하며 데살로니카 공항인근에서 목사님을 서울로 보내드리고, 우리는 목자 잃은 양들이 되어(?), 베뢰아로 향한다. 이곳은 바울 사도가 강단에서 강의한 곳을 기념하여 교회를 세웠다. 가이드가 복숭아 꽃밭을 하도 자랑하여 인근 과일가게에 가 복숭아 한 박스를 사본다. 우리 성도들에게 한 조각씩이라도 맛을 보게 하여 사도 바울과의 복숭아 공감대를 이루어볼 수 있지 않을까?

일로 남하하여 "하늘에 떠있다"라는 메테오라에 도착하였다. 해발 2,000m가 넘는 奇巖怪石이 집중적으로 모여 있는 산의 큰 바위 위에 만들어진 수도원, 그 Hardware와 각 곳으로부터 기도와 수도 목적으로 찾아온 그 신실한 Software의 절묘한 조화야말로 천지를 창조하신 하나님의 작품임에 틀림없다. 안티크 냄새가 물씬 나는 멋있는 레스토랑에서 우리 소망의 멋쟁이 성도들과 만찬을 즐기며, 호텔 창문으로 보이는 수영장 풀과 평화스러운 밤 분위기를 느끼며 잠자리로 향한다.

다섯째 날 바위 절벽위의 수도원(2024. 9. 20)

금번 여행의 아이콘으로 자리 잡은 6. 7. 8. 6시 모닝콜 7시 조찬 8시 출발의 루틴이다. 암석지대의 영이 강한 곳 메테오라에서 하룻밤을 자서 그런지 아침기상이 개운하다. 우리 A5 조원들이 이제 제법 정이 들어 아침식사 자리를 잡고 기다린다. 반 조장 부부, 우리 부부 그리고 권사모녀 6명이 서서히 서로를 알아가는 과정인 듯하다. 야채 중심의 식단을 짜고 맛난 조찬을 감사히 먹는다. 버스를 타고 호텔에서 약 20분 올라가니, 와! 이건 보통 절경이 아니다.

큰 바위 기암괴석이 즐비하고 그 큰 바위의 끄트머리에 지어올린 수도원의 모습이 아슬아슬하다. 5세기부터 8세기에 만들어졌다니 그 당시의 기술과 장비 및 운송 수단을 감안한다면 거의 불가사의하다. 벽돌도 한 장 한 장씩, 나무와 물도 한 바께스씩 가지고 올라오고 밧줄로 매달아 올리며, 절벽 바위 타기하듯 빌딩을 지어 올린다는 게 어찌 가능했는지? 참으로 노력과 인내의 결실이다.

바위란 신령스러운 것일까? 우리나라도 큰 바위 찾아 심신을 수련하고 하늘로부터 氣를 받는 풍토가 있듯이, 이곳 그리스에서는 한술 더 떠 일시적인 기도가 아니라 아예 수도원을 건축하여, 장기적인 수도과정으로 들어가고 있으니 참으로 경이롭다.

여섯 기도원 중 하나인 성스테파노스 수도원 내부로 입장한다. 이곳의 기다리는 줄도 예사롭지 않다. 이스라엘에 갈 사람들이 이곳으로 다 몰린 듯 풍선효과인가?

성소를 지나 지성소로 들어가니 예수님과 바울의 사역 모습이 온통 벽면에 가득하다.

벽화 천정화 전부가 예수님의 공생애로 장식되고 있다.

관광객들이 모여들자 이곳의 수도자들은 미련 없이 떠나버렸다고 하니, 가히 순결한 나그네 모습들이다. 델피로 남하하는 중 한국인 입맛에 가장 근접한 닭고기 수프(닭죽), 닭고기 샐러드 훌륭한 오찬 메뉴이다.

일로 남하하여 테르모필레 경유, 델피로 들어온다. 델피(델포이)라는 곳은 신탁(神託)을 하는 곳으로 과거 그리스 도시국가들의 중요한 결정을 신으로부터 내려 받는 곳이었다. 당시 그리스인들은 델피가 세계의 중심이라고 생각했으며. 델피의 아폴론신전은 BC 7세기경 폴리스성립기에 올림피아의 제우스신전과 델로스의 아폴론 신전과 함께 그리스의 종교중심지가 되었다. 박물관을 거쳐 유적 터를 찾는다. 보물창고를 가장 크게 신전에 가장 가까이 지은 아테네는 일약 그리스 도시국가의 맹주로 우뚝 서고 있었다. 그리스(스파르타, 아테네, 고린도, 마라톤)와 페르시아와의 전쟁사는 언제나 들어도 흥미로움 속에 전개된다.

특히 스파르타군 300인(실제 1,000명)이 20만 페르시아대군을 맞아 최후의 방어전을 치고, 1년뒤 살라미스 전투에서 페르시아를 물리친 이야기는 Unbelievable하다. 유적지 꼭대기에 대규모 Stadium이 있으나, 시간과 체력부족으로 가보진 못하였다.

델피에 어둠이 내리고 바닷가의 호텔로 향한다. 차에서 내리기 직전 5조 차례라 저녁식사 기도를 하다

저녁식사를 마치고 앞바다 길로 산책한다. 에게 해를 바라보며 그리스 와인 한잔하며, 오랜만의 Relax한 여유로움을 만끽한다.

### 여섯째 날 바울사도의 18개월 사 역지 고린도(2024. 9. 21)

맑게 갠 에게 해를 뒤로하며 델피도시를 떠난다. 7시 50분 만물박사 김양순 가이드께서 새로운 기분으로 다시 그의 학문과 지식을 펴기 시작한다. 오늘은 그리스 3대 학문에 대해 설명한다. 신학 철학 神話學이다.

소크라테스, 아리스토텔레스가 태어난 그리스. 너 자신을 알라 하는 글이 벽돌에 새겨져 있었다고. 왜 유독 그리스에서만 신화가 많고, 또한 그것이 그 나라에만 머물지 않고 세계적으로 등장하게 되었을까?

그이유로 1. 그리스인의 상상력 2. 대화의 장을 열고 상호 보완하는 토론문화 3. 자연환경을 꼽았다. 유럽이라는 이름은 오이로파공주에서 나왔으며, 유로화 동전의 앞뒷면 황소 부엉이의 의미도 설명한다.

바울사도가 2차 선교여행 시, 단기간 체류하였던 다른 도시와 달

리 18개월 동안이나 있으며 동역자 브리스 길라와 아굴라 부부를 만나 복음을 전하며 가장 공을 쏟아 부었던 고린도이다. 헬라 본토와 펠로폰네소스를 연결하는 지점(Isthmus of Corinth)에 있으며, 서쪽으로는 2km지점에 레가에움 항구가, 동쪽으로는 7km 지점에 겐그레아항(롬16:1)이 있어, 바다와 육지를 연결하는 교통의 중심으로 상업적 군사적 거점도시로 가장 부유한 도시였다.

특히, 고린도에서는 데살로니카 교회에 서신을 보내어 교회를 독려하였고(항상기뻐하라 쉬지 말고 기도하라 범사에 감사하라), 에베소에서는 고린도 교회에 고린도전서로 알려진 서신을 보내어 고린도교회를 걱정하고 격려하였다.(하나님은 미쁘사 견딜수 없을 만큼의 시련 당함을 허락지 아니하시고…) 고린도의 꽤 넓은 아고라 유적지를 걸으며, 바울의 족적을 살피고, 한결같은 선교 사역의 깊이를 느낀다.

고고여행사의 양 대표(우리교회 집사)께서 강추하여, 현지가이드와 Driver의 협력으로 고린도 최고의 전망대에 올라 고린도 전체를 조망할 수 있어, 한결 고린도 이해에 큰 도움을 주었다. 좁디좁은 고린도 운하와 네로 왕이 건설하려다 반대로 무산된 디올 코스를 빠른 걸음으로 둘러보고, 우리는 마지막 종착지인 그리스의 수도 아테네로 향한다.

## 일곱째 날 거대한 파르테논신전을 나무람(2024. 9. 22)

그리스의 수도이자 민주주의의 발상지인 아덴(Athens, 아테네)에 도착한다. 도시명은 이곳 수호여신 아테나(싸움과 지성의 여신)에서 유래하였고, 아리스토텔레스, 소크라테스 등 다양한 철학과 사상이 발전하고 있었다. 바울사도는 그의 2차 선교여행 중 아테네를 방문하여 여러 신들이 가득한 회당과 시장, 아레오바고 등지에서 복음을 전하였고 그곳 철학자들과 변론하였다. 특히 아크로폴리스 언덕에 설립된 웅장한 파르테논신전에 대하여도 조금도 위축되지 않고, 아레오바고(Areopagos)의 연설을 통해 우상숭배에서 벗어나 하나님의 아들 주 예수그리스도를 믿어야 올바른 삶을 사는 것이라고 역설하였다.

오늘 9/22일은 주일이다. 바울사도께서 갔음직한 장소(식당)를 찾아 주일예배를 드린다. 한국의 우리 소망교회 3부 예배시간에 맞춰 유지미 목사님의 인도로 바울의 전도여정 설교가 있었다. 8명의 즉석성가대가 찬송을 부르고, 헌금시간도 갖고 축도로서 마무리하니, 경건하고 훌륭한 주일예배였다. 소망교회 6부 예배라고나 할까. 그리스는 그리스도 정신이 살아 있는 곳이라, 음식점 주인과 종업원들도 경건한 마음으로 기꺼이 동참하였다.

이어서 아크로폴리스 박물관을 방문하여, 선사시대의 생활상, 도자기문화, 전쟁전리품, 파리 루블 박물관에 소장 중인 그리스 유물들에 대하여도 지식을 얻는 소중한 기회였다.

*하나님의 독생자 예수그리스도께서 우리의 죄를 대속하기 위해 이 땅에 오셨다. 베들레헴에서 나신 나사렛 예수, 갈릴리, 예루살렘, 가버나움 등지로 복음을 전파하다가 33세의 일기로 공생애를 마치셨으니, 이 복음을 이스라엘뿐만 아니라 다른 곳에도 알리고 전 세계로 전파해야 하는 일이 큰 과제로 남아 있었다. 제자들의 숙제였다.

*유대교에서 기독교인으로 개종한 바울은 기독교를 세계 종교로

확산, 발전시킨 도전자였다. 항상 해외선교를 꿈꾸워 왔고 끊임없이 복음을 더 넓게, 더 크게 세계 속으로 가져가기위해 발이 불어 터지도록 걷고 또 걸었다. 자칫 Local, Domestic 종교로 머물 뻔했던 예수그리스도를 Global, World-Wide 한 종교로 솟구치게 하였다.

*그리하여 2천년이 흐르고 흘러, 오늘날 대한민국 소망교회에 까지 복음의 물결이 흘러넘친다!
Hallelujah Amen!

바울의 전도여정을 마치며(2024. 9. 23.) -
소망교회 집사 허범도

· 타이트한 일정의 강행군속에서도 오로지 믿음 하나로, 말없이 건강하게 동참한 77명의 소망순례자들에게 깊은 敬意를 표합니다.

· 탁월한 그리스 가이드 김양순, 김경자 권사를 만나, 순례 일정이 더욱 풍성한 열매를 맺게 되어 감사합니다.

· 총지휘해주신 김경진 담임목사님, 기획하고 현장에서 유익한 말씀주신 유지미, 홍성민 목사님, 봉사의 손길 가득한 구교문, 김명규 팀장님과 인원파악에 애써 주신 각조 조장님, 그리고 눈에 보이지 않는 세밀한 곳까지 챙겨주신 양병선 집사님께 주님의 보살핌이 함께 하시길 기도 합니다.

* 버스로 비행기로 이동 중과 공항 Transit 대기의자에서 쓴 글이고, 인천공항 도착 직전 서해 상공에서 탈고하였습니다. 혹 오탈자나 미흡한 부분이 있더라도 海諒하여주시고, 지적해주시면 바로잡겠습니다.

Thanks a lot for your kind and complete reading!

송근원

# 꽃 보러 갔더니

2월말에 만개하리라던 신문 기사에 따라 2월이 다 감을 조바심하던 차, 3월이 시작 되던 첫째 날 아침 일찍 마누라를 채근하여 동백꽃 찾아 전라도 강진의 백련사를 찾았는데, 동백은 꽃망울만 맺힌 채 찬바람만 맞고 있고, 차를 따라 주는 소녀 이야기인 즉

이상 기후 때문에 작년 11월에 이미 꽃이 활짝 피었다가 지었다며, 금년 겨울이 추워서 다른 때 같으면 이맘때쯤 많이 피었을 것이나, 올해에는 꽃이 활짝 피려면 다음다음 주쯤 되어야 할 것 같다며, 동백은 잎이 무성하여 꽃이 만개해도 벚꽃처럼 화사하지 않고, 오히려 떨어진 꽃잎들이 붉게 펼쳐진 것이 더욱 아름다우니 3월 말쯤 다시 오시란다.

차향을 마시며, 방 한 모퉁이에 걸려있는 시에 눈이 가니, '자연'을 넘나들며 이미 꽃잎이 되어버린 그 시인의 마음이 마음에 와 닿는다.

꽃이 진다고
바람을 탓하랴.
한 잎 주워 찻잔에 띄우면 그만이지.

(2000.3.6.)

# 솔바람 소리에 귀 열어 놓고

재작년 동백꽃을 보기 위해 전남 강진의 백련암을 찾았다가 꽃은 못보고 시만 한 수 얻어 왔는데, 이번에도 또 그렇다.

할 일은 많고, 마음은 답답하고……. 일단 모든 걸 잊고 맛있는 것도 먹을 겸 잠시 쉬어야겠다 싶어, 서울에서 내려오는 길에 전라도로 향했다. 정읍의 내장산 자락에 있는 〈산 너머〉에 들렀다.

이곳은 조용히 앉아 차를 마시며 음악을 들으면, 저절로 마음이 개는 곳이라 일부러 찾는 곳 중의 하나이다. 자정 가까이 차를 마시며 음악을 듣다가 내장산 산속 여관에서 하루를 묵고, 다음 날 아침 일찍 영광의 법성포를 들려 굴비를 한 두름 사 가지고 해남으로 향했다.

차 트렁크에 있는 굴비 때문인지 몹시 흡족해 하는 집사람을 보니. 아침을 먹지 못해 배는 고프지만 마음은 배부르다. 호남고속도로로 목포까지 갔다가 그곳에서 해남으로 간다. 호남고속도로는 개통 이후 처음 타 보는 것인데, 차들이 많지 않아 운전하기가 좋다.

목포에서 해남 가는 길은 언제 보아도 좋다. 특히 영산강 하구 둑 너머로 보이는 산세며, 영암 쪽의 수려한 산들은 볼 때마다 "이곳에서 예술이 발전할 수밖에 없음"을 느끼게 해준다. 저러한 자연이 있는데 예술이 어찌 발전하지 않을 수 있으리오!

어디 이뿐인가!

음식 역시 이곳이 최고이다. 해남의 천일식당에서 허기진 배를 채우고, 강진의 백련암엘 들렀다. 지금쯤 동백꽃이 피었으리라는 기대와 함께…….

그러나 동백은 꽃 몽우리만 맺혔을 뿐……. 오늘도 찾는 이의 기대를 저버린다.

그렇지만 그런들 어떠랴. 조금은 아쉬웠지만, 이곳에는 차와 시가 있는 것을!

백련암에서 차를 마시며, 강진 앞 바다를 그윽이 내려다보면, 그 어떤 욕심도 번민도 저절로 사라진다. 역시 마음을 비우기에 좋은 곳이다. 차와 다과, 그리고 경치…….

잠시 후, 우전차 몇 잔에 점심 때 반주로 먹었던 술기운이 잦아들으려 할 때, 차 주인이 내오는 곡차 한 잔이 다시 술기운을 돋운다. 미닫이를 활짝 열고 찬바람을 맞으니 상쾌하다.

"올 겨울은 따뜻하여 동백이 벌써 피고 지었을 줄 알았다."는 내 말에 차 주인은 "지난 11월부터 꽃봉오리만 맺힌 채, 아직도 그러고 있어요. 아마도 3월 말쯤 필 모양이다."라고 답한다.

꽃 때 한 번 못 맞추는 나그네가 어찌 세상 돌아가는 것을 알랴!

오늘도 만개한 꽃은 못 보고, 벽에 걸린 이름 모를 시인의 시나 한두 수 읊고 돌아갈 수밖에.

물은 흐르고
꽃은 벙 그는데
여보게, 벗
차나 한 잔.

솔바람 소리에

귀 열어 놓고

여보게, 벗

차나 먹음세.

(2002.2.25.)

꽃 1

지난 주말 경주에서의 거리 벚꽃은, 그리고 불국사 대웅전 옆의 목련꽃은 정말 환상적이었다.

자연이 빚어내는 황홀을 어찌 붓으로 다 말할 수 있을 것인가! 내년 식목일쯤 가보기를 원한다.

이 글을 읽을 때쯤이면, 화무십일홍(花無十日紅)이니 이미 그 아름다움은 형태를 바꾸었을 테니까.

(2000.4.10)

꽃 2

이미 어느 덧 꽃은 다 시들었다.

그러나 시들었음에도 거기에는 삶의 미학이 있다.

꽃이 시들지 않는다면, 어찌 열매가 있으랴.

꽃이 피고 짐은 어찌 보면 한 순간의 일이지만, 삶의 한 과정일 뿐, 그렇게 실망스런 일도, 그렇다고 호들갑스럽게 축복해야 할 일도 아닌 것이다.

겉모습의 아름다움에 감탄하기엔 흐르는 세월이 그저 안타깝긴 하지만…….

(2000.4.17)

## 꽃 3

꽃도 품격이 있게 마련이다. 속을 활짝 벗어 내놓은 꽃은 아무래도 좀 천박하게 느껴진다. 그러나 다소곳이 꽃잎을 오므리고, 속을 잘 보여주지 않는 꽃은 정숙하고 기품이 있어 보인다. 우아함과 천함의 구별이란 쉽게 속을 내 보이는가 아닌가에 있다. 속을 보여주지 않는다 하더라도 그것이 정말 아름다운 것이라면, 그 아름다움이 결코 숨겨지는 것은 아니다.

아름다움이 감추어질 때, 미지(未知)의 아름다움은 우아함이란 포장을 쓰며 나타난다. 원래의 아름다움에 또 다른 아름다움이 더해지면서 그 아름다움의 향기는 더욱 오래 지속되는 것이다. 사람의 품격도 마찬가지가 아닌지 모르겠다.

인격은 드러내려 애를 써봐야 천해 지기 십상이다.

아름다운 인품이란 애써 보여주지 않더라도 그냥 향기를 뿜는 것이다.

고매한 인품은 숨기려 해도 오히려 겸손이란 미덕을 동반하며 알려지기 마련이다.

아무리 자기 PR의 시대라 하더라도 자신을 너무 드러낼 생각보다는 자신을 갈고 닦는 것이 낫다.

(2000.4.24)

## 꽃 4

봄꽃은 아지랑이 피어오르는 봄을 머금고 있어 늘 아름답습니다.
여름 꽃은 무더위 속에서 뜨거운 여름을 견뎌내어 늘 고맙습니다.

가을꽃은 찬 서리 속에서 꼿꼿한 기개를 보여주어 늘 기껍습니다. 겨울 꽃은 앙상한 가지에서 찬란한 화려함을 피워내니 늘 찬탄합니다.

꽃은 언제 어디서나 늘 좋습니다.

(2020년 어느 날)

최 홍 기

· 대구시 동구 미곡동
· 서울대 화학과
· 서울대 행정대학원
· 전) 두도개발 대표이사

# 산행 일화

## 산행 일화 1

71년 8월 세 명이 2박 3일 설악산 종주산행 후, 부산 하동을 경유 지리산 종주 산행을 화엄사에서 시작했다. 노고단에서 일박하고 다음날 벽소령에서 이대생 4명과 인솔교수 2명과 조우하여 같이 식사하고, 노래 부르며 놀다 잠 들었다.

밤중에 텐트가 날아가고 고함소리에 일어나니, 눈에 불이 번쩍! 벽소령 주둔 군인들이었다. 한낮 1,400m 고지에서 차렷, 열중쉬어, 박엇! 여학생들과 즐겁게 논게 화단이었다.

## 산행 일화 2

70년 3월부터 만 3년 한 집에서 입주 가정교사로 있었다. 학생들(여2, 남2) 어머니가 한 달에 두세 번 도봉산 만월암으로 기도하러 다니시기에, 자청하여 공양미 20kg 지고 따라다니기 시작했다.

세월이 지나 내공이 쌓여 72년 1월에 쌀 40kg을 짊어지고, 용대리에서 백담사까지 눈을 헤치고 올라갔다. 다음날 다시 20kg을 지고 오세암으로 갔다. 폭설이 내려 법당과 방 하나인 조그만 암자에 갇혀 버렸다.

산행 일화 3

87년 불광동으로 이사하니 북한산 족두리봉, 향로봉이 지척이고 그리 다니다 향림사지 밑 향림당이라는 약수터와 눈을 알게 되었다. 매일 새벽 눈뜨면 물통 하나 들고 부지런히 올라가 홀라당 벗고, 냉수욕을 하고 약수 한잔하는 재미가 좋아, 92년 일산으로 이사할 때까지 사시사철, 한겨울에도 얼음 깨고 으랏 차차하고 입수…

일산으로 이사 후 예고 없이 맑은 곳들이 주루룩 흘러내렸다. 클레르기성 비염이라는 진단이었지만, 약이 효과 없이 휴지와 손수건을 달고 다니길 한 일 년 슬그머니 나았다. 다년간의 변수와 냉수욕으로 인한 찬기운의 결과였다.

산행 일화 4

2004년 4월 친구 한 명과 히말라야 안나푸르나 베이스캠프 트래킹 경(일명 ABC)을 갔다. 하산 길에 유명한 푼힐 전망대가 있는 고레파니 마을에서 일박할 때, 잠자다 오줌 마려워 깨보니 친구가 나무 가지로 만든 문을 밖에서 잠그고 별구경을 갔나 보다. 난 오줌통 부여잡고 이제나 저제나….

하말리아는 한번만 간 사람은 드물다는 말처럼, 2004년 10월에 한 달간 쿵후 히말리아 지역(에베레스트가 있는 곳), 2007년 10월에 20일간 안나푸르나 라운딩 트레킹으로 평생 잊을 수 없는 산행을 했다.

산행 일화 5

2005년 월부터 산악회 따라 백두대간 산행을 문경에서 시작했다 총 60개 구간이라 1~3주일 편 한 달에 두 번 산행하니 꼬박 2년 반이 걸린다. 한 구간 빠지면 개인적으로 보충하기가 쉽지 않아 경조사에 참석 못하는 경우가 많았다.

다행히 2~4주 토요일 지리산에서 시작하는 산악화가 있어 얼씨구나 하고 매주 다니기 시작했다. 한번은 둘째 토요일 우중산행을 마치고 귀경하니 열한 시가 넘었다. 다음날이 셋째 일요일이라, 잠실 찜질방에서 일박했는데, 젊은이들과 잡담하노라 선잠자고 촉촉한 신발 신고 산행에 나섰다.

산행 일화 6

백두대간을 마친 후 2007년부터 전국 유명산을 찾아다니기 시작했다. 일천 개의 산을 목표로 하고 여기저기 다니다보니, 여러 등산애호가 및 교수들을 많이 만났다.

그 중 여성 분도 여럿 있었는데 자주 보는 아주머니 한 분은 야생화도 많이 알고 사진도 잘 찍는 분으로 휴대폰 앱으로 길도 잘 찾았다. 오지산에서 만나 뒤를 따라다녔더니 그만 따라 오세요 한다. 일부러 가는데 눈치 없이.

이 아주머니가 다시 태어날 수 있으면 꼭 남자로 태어나야겠다고 한다. 아무데서나 볼 일보고 계곡에 훌러덩 벗고 들어가니 얼마나 좋으냐고.

朱乃 정 영 애 (송근원 부인)

· 여행 작가

# 티티카카호: 갈대로 엮은 섬 우로스의 비밀

2001년 8월 8일(수)

아침 일찍 일어나 호텔에서 주는 식사를 하려 하는데, 레퍼드가 벌써 와서 기다리고 있다. 식사 후 호텔에 짐을 맡기고, 간단히 돈과 세면도구만 챙겨 레퍼드의 차를 타고 항구로 향했다.

티티카카호의 우로스 섬

항구에는 빵과 과자, 과일 같은 것을 파는 가게들이 늘어서 있다. 레퍼드는 민박할 때 그 집 아이들에게 빵이나 과자 같은 것을 사다 주면 좋아한다면서, 많이 살 필요는 없고 조금만 사면 된다며, 우리 보고 먹을 것을 조금 사오라고 한다. 좋은 일일이다 싶어 먹을 것을 좀 샀다.

우리나라에서도 흔히 볼 수 있는 유람선처럼 생긴 배에 올라타라고 하면서, 그 배의 여행 안내원에게 우리를 인계해 준다. 배에는 관광객들이 약 30명 정도 앉아 있다. 뱃머리에 앉아 티티카카(Titicaca) 호의 물살을 가르고 지나가는데, 안내원이 호수 저 건너편을 가리키며 저 곳이 볼리비아라고 한다.

티티카카 호는 세계에서 제일 높은 곳(해발 3,800미터)에 위치한 호수로서 매우 넓어 마치 바다 같다. 그러나 저쪽 수평선 너머로 흰 눈을 이고 있는 5,100미터의 높은 산이 보이긴 하는데, 그 곳이 볼리비아라는 것이다.

볼리비아와 페루는 그러니까 티티카카 호를 경계로 삼아 이웃하고 있는 것이다.

'티티카카' 호의 '티티'는 퓨마, 곧 범을 말하고, '카카'는 회색을 의미한다고 한다. 따라서 '티티카카'는 '회색의 범'이라는 뜻을 가지고 있다. 길이는 남북으로 약 195킬로미터이고, 폭은 동서로 65킬로미터에 달하며, 깊이는 보통 2미터에서 20미터이지만, 제일 깊은 곳은 270미터라 한다. 이 곳에는 라밍고(메기), 이스피, 가라치 등 7종의 고기가 살고 있으며, 45종류의 새들이 있다고 한다. 또한

우로스 섬

30-35센티미터 되는 개구리도 산다고 하는데 보지는 못했다.

우리가 오늘 가는 섬이 우로스라면, 우로스의 뜻 역시 우리말을 유추하면 나오지 않을까라는 생각이 든다. '우로'는 우르밤바의 '우르'와 마찬가지로 물이라는 뜻일 거고, 그렇다면 '스'가 무엇일까? '우로, 우르'가 우리 옛말 '아리'와 같다면, '스' 역시 우리 옛 말에 남아 있을 텐데…….

'스, 수, 서, 새' 하다가, 문득 머리에 떠오르는 것이 '풀'을 의미하는 것은 아닐까.라는 생각이 언뜻 머리를 스친다. 우리말로 '새'는 날아다니는 새를 의미하기도 하고, 동쪽을 의미하기도 하며, 풀을 의미하기도 한다. 억새의 '새'가 바로 그러하다. 새(草 초)라는 말은 얼마 전까지만 해도 우리의 농촌의 일상생활에서 사용된 말이었는데, 지금은 거의 쓰이지 않는다.

"아, 아, 으악새 슬피 우는 가을인가요."라는 가요가 있는데, 이때의 으악새는 억새를 말한다. 따라서 요새 젊은이들은 '으악새 슬피 우는'이라는 노래를 들으면, 으악새라는 새[鳥 조]가 우짖는 것으로 알지만, 억새가 바람에 흔들리며 내는 소리를 슬피 운다고 표현

퓨마의 머리를 한 갈대로 엮은 배

우로스 섬에 널어놓은 생선

했을 뿐 날아다니는 새와는 전혀 관계가 없다.

그렇다면 '우로스'의 의미는 '물풀'이고, 물풀이라면, 갈대 아니겠는가? 안내원에게 '우로스'의 의미를 물어보니 역시 나의 생각이 들어맞았다.

'우로스'는 갈대를 의미하며, 섬의 이름을 '우로스'라고 지은 것은 갈대로 엮은 섬이기 때문이라는 것이다. 여기에서도 우리말의 파편을 찾을 수 있다니! 분명 잉카인들과 우리 민족과는 혈연적으로 아니 적어도 언어상으로는 매우 가까운 민족일 것이다.

우로스 섬의 갈대

안내원은 깜짝 놀라며 "어찌 그걸 알았냐?" 고 묻는다. 그러더니 마이크를 잡는다. "가 보면 알지만, 우로스는 갈대를 묶어서 그것을 물 위에 띄어 놓은 인공 섬입니다.

수심은 약 4-5미터인데, 비가 오거나, 바람이 불면 섬이 이리 저리 떠내려가니까 섬 한가운데에는 장대를 물속의 땅 깊숙이 꽂아 놓았지요. 물론 갈대를 엮어서 띄어 놓았지만, 물속에 있는 갈대가 썩기 때문에 3주에 한 번씩 다시 갈대를 베어서 묶어 서로 엮어 그것을 위에다 깐답니다."

* 송근원(2020). 〈페루 기행〉 잉카를 찾아서. 부크크. 146~150쪽.

# 역시 미련한 중생은 어쩔 수 없능겨!

2017년 3월 29일(수)

미암사 한편 쌀 바위 오른쪽으로는 산신각이 있는데, 팔작지붕이 날아갈 듯하고, 그 앞의 오래 된 삼층석탑과 썩 잘 어울린다. 쌀 바위 왼쪽 옆 토굴에는 약수터가 있고, 그 안에는 용왕을 모시고 있다. 물론 여기에서도 불전 함은 빠질 수 없다. 자본주의 시대니깐!

미암사 산신각

이 약수터 위에는 정말로 엄청 큰 와불, 곧 누워있는 부처님이 계신다. 길이 27m(혹자는 30m라고도 한다), 높이 7m, 폭 6m의 와불이라니 정말 '세계 제일 큰 와불'인 모양이다.

그런데 내가 본 와불 가운데, 가장 기억에 남는 것이 태국의 왓포

사원에 있는 와불인데, 이 와불도 꽤 큰 와불이라는 생각이 들어 그 크기를 다시 찾아보니, 길이 46m, 높이 15m이고, 발바닥 높이 3m로 역시 방콕에서는 제일 큰 와불이지만, 태국에서는 세 번째로 큰 와불로 나와 있다.

그러니 미암사 와불이 '세계에서 제일 큰 와불'은 아닌 셈이다. 그렇지만 사람들은 "우리 부처님이 제일 크다."고 했는데 그게 아니라고 판명되면, '제일 크다'는 의미에 조건을 붙여서라도 세계 제일 큰 부처라고 우긴다. 예컨대, 왓포에 있는 와불이나 차욱따지에 있는 와불은 실내에 있는 와불이고, '야외에 있는 와불로는 미암사 와불이 세계 제일 큰 와불'이라고 우기는 거다.

사실 내가 본 야외에 있는 와불 가운데 미얀마 바고의 나웅또지 마탈랴웅(Naungdawgyi Myathalyaung) 파고다에 있는 와불도 엄청 큰데, 내가 직접 재보지는 않아 미암사 와불이 더 큰지, 나웅또지 와불이 더 큰지는 알 수 없다. 비슷한 크기 아닌가 싶다. 이럴 줄 알았으면 제대로 재 보고 올 걸~.

어찌되었든, 미암사 와불이 '세계에서 제일 큰 와불'이라는 말은

미암사 와불

미얀마 바고의 나웅또지 마탈랴웅 와불

'한국에서 제일 큰 와불'로 변경해야 할 듯하지만, 내친김에 인터넷으로 이리저리 찾아보니, 우리나라 밀양의 영산정사(靈山精舍)에 있는 와불은 길이가 120m이고, 높이가 21m로서 기네스북에 등재된 세계 최대의 와불이라 나와 있다.

그러니 미암사 와불은 '한국에서 제일 큰 와불'도 아닌 셈이다. 게다가 영산정사에 있는 와불도 야외에 있는 와불이니, 미암사 와불을 '야외에 있는 한국에서 제일 큰 와불'이라고 주장할 수도 없다.

밀양 영산정사 와불

그런데 세계에서 제일 큰 와불이면 어떻고 그보다 작은 와불이면 어떤가? 크면 클수록 더 영험한가? 커야지만 더 깨달음을 주는가?

별걸 다 따지고 있다. 그래도 덜 깨인 중생들은 이게 크니 저게 크니 하며, 부처님 키 재기 놀이를 하고 있다.

그래서 결국 사람들은 미암사 와불을 플라스틱으로 만들었다는 점에 착안하여, '플라스틱으로 만든 와불 중에는 세계에서 제일 큰 와불'이라고 주장한다. 말이 안 되는 건 아니다. 그렇지만 좀 구차하지 않은가?

미암사 누워계신 이 부처님, 귀가 무척 간지럽겠다.

"야 이눔들아, 나는 가만히 누워 있는데, 왜 내 키를 가지고 니가 크니 내가 크니 하면서 떠들고 있누? 쯧쯧!"

"죄송혀유. 이제 더 이상 안 따지구유~, 그냥 여기 미암사 부처님만 믿을 거구만요."

미암사 와불

미암사 와불 발바닥

한편 "미암사 와불을 플라스틱으로 만들었으니 세계 제일이다. 한국 제일이다를 따지면 뭐하나?"라며 따지지 말자면서, 다른 한편으로는 "플라스틱 부처님이니 신심이 생기겠나?"고 의심을 표하는 사람들이 있다.

아니 "플라스틱 부처님이니 신심이 생길까, 안 생길까?"를 따지는 사람들 역시 자가당착이다.

"세계 제일이니 아니니를 따질 필요가 없다."면서 "신심이 생길까 안 생길까?"는 왜 따지누?

플라스틱 부처님이면 어떻고, 나무로 깎은 부처님이면 어떻고, 돌에 새긴 부처님이면 어떻고, 금동으로 주조한 부처님이면 어떤가?

그 부처가 그 부처 아닌가?

우리가 꽃을 바라보고 "저 꽃 참 예쁘다." 느끼면 그 꽃이 우리 마음속에 자리 잡는 것처럼, 이 부처든 저 부처든 부처로 받아들이고 믿으면 우리 마음속에 부처가 자리하는 것 아닌가!

우리 마음속에 자리 잡은 꽃은 조금 전 바라본 꽃이 아니다. 바라본 꽃을 넘어선 것이다. 마찬가지로 우리 마음속에 자리한 부처 역시 플라스틱 부처도 아니요, 나무부처도 아니요, 돌부처도 아니고, 금동부처도 아니다.

부처면 부처로 받아들이면 되는 것이지, 그 재질에 따라 믿음이 달라지는 것이 아닌 것을!

기독교에서 우상을 섬기지 말라 하였거늘, 부처의 재질이 무엇인지를 따져서 신심이 좌우된다면 그것은 곧 '자신이 우상을 믿고 있다.'고 고백하는 것과 다름이 없다. 우상을 보지 말고 우상 속에 있는 참 본질을 보시라. 분별심이 곧 우상을 만들어 내는 것이다. 그래서 불가에선 분별심을 경계하는 것 아닌가!

중생이여, 분별심을 버려라.

미암사 와불법당

미암사에 누워 계신 부처님 역시, 곱슬곱슬한 머리카락만 까만색 일뿐 온몸이 온통 금빛으로 뒤덮여 있다.

이 와불의 발바닥에는 법륜과 '옴' 자가 1만 8천 자 새겨져 있다는데, 손으로 만지면 번뇌에서 벗어날 수 있다고 한다.

그래서인지 사람들은 자기 키보다 훨씬 큰 부처님 발바닥을 열심히 문지른다.

어이구, 저러다가 저 발바닥 다 닳겠다 싶다.

이제 이 발바닥 뒤쪽에 있는 문을 통해 이 부처님 몸속으로 들어가 본다.

여기에는 2만 개의 자그마한 불상으로 채워진 붉은색의 조금은 화려한 법당이 있다.

이 법당은 법회와 불공을 드릴 수 있는 세계 최대의 와불 법당이라고 한다.

아이구, 여기에서도 또 쓸데없이 '세계 최대'라는 말이 나오네….

역시 미련한 중생은 어쩔 수 없능겨!

이제 쓸데없는 생각을 버리고, 미암사를 빠져 나온다.

* 송근원(2024). 〈우리나라 여행기 6: 충청 편〉
맑은 바람 쐬고 쉬어 보세나! 부크크. 13~21쪽)

# 그래도 공짜가 좋다

2024년 3월 21일(목)

이제 버스터미널로 가 두 사람 버스비 6위안(약 1,200원)을 내고 숭성사(崇聖寺)로 가는 버스를 타고 숭성사에 내린다. 숭성사는 한자로 '崇圣寺'라 되어 있어, 처음에는 '圣'자를 '성스러울 성'자의 간체(簡體: 기존 한자를 간략하게 만든 한자)인 줄 모르고 지하수 경(巠)자의 간체인 줄로 생각하여 숭경사로 읽었는데, 절 앞 매표소에 번체(繁體: 전통적 형태의 기존 한자, 정체(正體)라고도 함)로 숭성사(崇聖寺)라고 쓰여 있어, 그제서야 숭성사인 줄 알았다.

흐, 옛 한자 공부 다 헛거다! 다시 간체를 익히고 외워야 하니 말이다.

숭성사 삼탑

숭성사 삼탑 입구

숭성사 삼탑의 입장료는 75위안(약 15,000원)이고, 반값은 37위안(약 7,500원)이라는 한글 표지판이 보인다. 친절하게도 한글 표지판이다. 얼마나 한국 관광객이 많이 오면 이런 표지판이 있을까! 경로가 반값인가 하여 물어보니 패스포트를 보여 달란다. 그러더니 그냥 들어가면 된다고 한다. 그러니까 우리는 공짜인 셈이다. 졸지에 150위안(약 30,000원)을 벌은 듯하여 감격이 절로 인다.

알고 보면, 70세 이상은 있는 듯 없는 듯 죽은 사람이나 똑같이 취급해준 건디…….

숭성사

그래도 공짜가 좋다! 이제 정문으로 가 여권을 보여주고 들어간다. 들어오니, 아니 들어오기 전부터, 유명한 대리삼탑이 보이는데, 문을 들어서니 또 버스가 있다.

상행은 20위안(약 4,000원), 하행은 15위안(약 3,000원), 왕복 35위안(약 7,500원)인데, 요건 경로가 없단다. 여기선 제대로 된 사람 대접이다.

아마도 상행은 짐작컨대 오르막인 듯하다. 그래서 상행표만 사서 버스에 오른다.

버스는 오르막을 한참 오르다가 숭성사로 오르는 계단 아래 광장에 서니 사람들이 우르르 내린다. 우리도 따라 내려 숭성사로 들어간다. 절로 들어서니 좌우로 못이 나오고, 풍경이 꽤 볼 만하다. 좌우의 연못에는 커다란 바위들이 정말로 커다란 바위들이, 못을 차지하고 있고 녹색 물속에는 고기와 거북이가 헤엄치고 있다.

숭성사 못

여기를 지나 계속 위로 오른다. 주내는 안 간다며 그늘에 앉아 있겠단다. 나는 계속 오른다. 일단의 관광객들이 깃발을 따라 가이드를 따라다니며 설명을 듣고 계속 오르는 걸 보며 따라서 오르는 거다. 계단을 오르면 천왕전, 또 계단을 오르면 미륵전, 그리고 또 계단을 오르면 관음전, 또 계단을 오르면 대웅보전, 계속 오르막 길이다. 산비탈을 오르면 나타나는 절집은 올라갈수록 점점 더 커지고 웅장해지지만 그만큼 더 다리가 고생한다. 날은 덥고, 다리는 아프고. 전부 주황색 기와를 얹은 큰 집들이 있고, 그 좌우로도 나한전 등 건물이 있는데, 크게 볼 건 없다.

그렇지만 깨달음을 얻으려면 계속 끝까지 오르시라!

그래도 깨달음이 없다면 스스로 부족함을 탓하시라. 날 원망하시질 말고!

숭성사 천왕전

숭성사 관음전: 천수관음

한참 동안 땀을 뻘뻘 흘리며 올라갔다 내려온 나에겐 깨달음이 있다. 고건 '주내가 역시 현명했다.'는 거다. 곁들여 다리가 아픈 것도 덤으로 알았다. 그렇지만 이런 깨달음은 별 소용이 없다. 난 깨달음보다 그냥 현세의 즐거움이 더 좋다. 아까 본 대리고성 안의 세속적인 풍경이 훨씬 더 마음에 든다.

'그려~, 역시 나는 속물이구나!'

요거야말로 큰 깨달음이다. 그런데 한참 올라가다 결국 다리도 아프고 덥기도 하여 대웅보전만 밑에서 올려다보고는 내려온다. 그렇지만 빠꾸는 잘 안 하는 성격이라, 올라온 가운데 계단길이 아니라 오른쪽으로 가서 내려갈 새 길을 찾는다.

숭성사 관음전

그런데 오른쪽 숲 저쪽으로 아까 탔던 버스가 올라오고 있다. 20위안 내고 오르는 상행선 종점은 아까 숭성사 입구가 아니라 여기 대웅보전 뒤인데 아까 종점인 줄 잘못 알고 내린 듯하다. 에이~.

여기 오셔서 전동차를 타시게 되면 절대 중간에 내리지 마시고 꼭대기 종점까지 가시라!

그리고 그곳에서 슬슬 구경하며 내려오시라. 그래야 20위안어치 값어치를 하는 거다.

오른쪽 길로 내려가다 보니 누런 황금색으로 칠해진 드럼통이 다섯 개나 보인다.

"누가 여기에 드럼통을 놓고 황금색 칠을 했누?"

"드럼통이라니 무식하게!"

"……"

"요건 마니차라는 건디, 티베트 불교인 라마교의 범구(法具)여. 한자가 어려워 불경을 읽지 못하는 사람들을 위해 마련해 놓은 거여! 요걸 한 번 돌리면 불경을 한 번 읽은 걸루 처준댜."

역시 알아야 보인다.

숭성사 마니차

* 송근원(2024). 〈중국 여행기 4: 곤명, 대리, 여강, 샹그릴라〉 여기는 늘 봄이라네. 부크크. 44~50쪽)

# 안데스 산 속의 가락국: 가락의 전설들이…….

2001년 8월 7일(화)

아야비리를 지나니 이제 부가라(Pukara)라는 도시가 있다고 이정표가 알려 준다. 안내원은 부가라에 들려 잉카의 신전 유적을 보고 뿌노(Puno)로 갈 것이라고 한다. 우리 말과 케추아 말(Quechua)과의 친연성[1]을 생각할 때, '부가라'라는 지명 역시 우리 옛말이 아닐까? 예컨대, '밝은 가라'라는 '불가라'에서 'ㄹ'이 탈락하여 '부가라'가 된 것이 아닐까?

그렇다면, 우리나라 가락국의 '가라'는 물 또는 물고기라는 뜻을 띤다는데 혹시 이곳에 가면 물고기를 볼 수 있지 않을까? 이곳 인디언 말이 우리 옛말과 같은 것들이 많은데…….

인류학자 김병모(金秉模) 선생이 쓴 〈김수로 왕비 허황옥: 쌍어의 비밀〉이라는 책에서 밝힌 바에 의하면, '가라'는 '물고기, 물'이라는 뜻이라 한다.

김 선생은 김해 김씨와 김해 허씨의 조상인 김수로왕과 허황옥이 어디에서 왔는 지를 찾기 위하여 전설상의 아유타국을 찾아 세

---

1) 잉카제국의 공용어로 쓰인 남미 안데스 지역에서 사용하는 인디언 말. 케추아 말은 붙임끌말(교착어)로 말본(문법)의 뜻을 나타내기 위해 뒷가지(접미사)가 주로 사용되며 말차례(어순)도 비교적 자유롭지만 주로 임자말(주어)-부림말(목적어)-움직씨(동사)의 순서로 문장을 구성한다.

계 지도를 뒤져 아유타, 아유다, 아요디아, 어유타, 어유다 등으로 표기된 곳들을 탐사했는데, 놀랍게도 아유타라는 지역마다 두 마리의 물고기 무늬를 발견하였다고 한다. 곧, 김해에 있는 김수로왕의 능에는 두 마리 물고기가 조각되어 있고, 그 뒤편 신어 산의 신어사(神魚寺)에서도 두 마리의 물고기 무늬가 있으며, 허황옥이 왔다고 전하는 인도의 아유타, 태국의 아유타, 중국 양자강 유역의 보주(普州)에서도 두 마리의 물고기 무늬를 발견하였다고 한다. 참고로 보주는 지금의 사천성 안악현인데, 허 황후가 보주태후로 기록되어 있어 김 교수가 가보니, 이곳엔 지금도 허씨들이 집성촌을 이루어 살고 있다고 한다. 김해 허씨의 일가들인 셈이다.

부가라

이 책에서 김 선생은 언어학자 강길운(姜吉云) 교수의 '가야어와 드라비다어의 비교 I'이라는 논문에서 가락(Karak)은 구(舊) 드라비다어로 물고기를 뜻하는 것이고, 가야(Kaya)는 신(新) 드라비다어로 물고기라는 뜻을 알았다고 한다. 그러니 "부가라에서도 물고기를 발견할 수 있을지 모르겠다."라는 생각이 드는 것이다. 버스에서 내리자 수백 호 정도의 조그마한 촌락 앞에 부가라의 넓은 들판이 나타난다.

안내원은 우선 박물관부터 보고 유적지를 돌아보자면서 골목을 돌아 박물관으로 향한다. 이런 조그만 마을에 박물관이 있다니!

경제적으로 볼 때 너무나 못사는 나라이고 대통령이 뇌물을 받아 챙겨서 일본으로 도망간 나라라서 큰 기대를 하지는 아니하였으나, 유적지마다 박물관이 있는 것을 보면 그렇게 우습게 볼 나라는 아니라는 생각이 든다. 잉카 문명이 워낙 찬란한 문명이기 때문에 가는 곳마다 유적지와 유물들이 널려 있기 때문일 것이다.

그렇지만 그러한 유물들을 보존하고 전시하고 하는 것은 사람의 의지에 달린 일이다. 만약 백인 정복자들이 계속 지배하고 있다면 이런 유물들이 보존되고 있을까?

터키 땅에는 그리스, 로마 시대의 신전과 유물이 널려 있지만, 아주 잘 보존되고 있지는 않다. 정복자인 터키인들에게는 자기 조상들의 유물이 아니니 이를 보존하고자 하는 노력이나 관심이 덜한 것이다. 마찬가지로 백인들이 잉카를 정복하였을 당시에는 잉카의 사원을 부셔버리고 그 위에 성당을 세웠다. 잉카 문명을 파괴했을 지언정 보존하려는 노력은 전혀 보이지 않는다.

세월이 흘러 정복자들이 잉카의 여인들을 취하여 남긴 그 후손들에게는 인디언의 피도 흐르는 것이다. 메스티소에게는 백인의 피와 함께 인디언의 피가 함께 흐르는 것이다. 잉카 여인들이 잉카의 핏줄을 보존하였기에 그나마 가능한 것 아닌가?

이들의 국민성이 얼렁 뚱땅이고 베짱이 성격이지만, 한편으로는 어머니 쪽 자기 조상들의 유물과 유적을 보존하고자 하는 마음이 살아 있는 것이다. 마음이 없으면 이루어질 수 없고, 마음이 있으면 안 되는 것이 없는 법이다. 물관의 존재는 이들의 마음을 보여주는 증거인 것이다. 이 촌 구석의 박물관도 마찬가지이다. 비록 박물관이라고 해 봐야 정원이 달린 조그마한 집 한 채에 불과하지만, 자기 조상들의 유물과 유적을 보존하려는 노력은 이쁘고 가상하지 아니한가! 비록 초라한 몰골의 박물관이지만, 겉보기와는 달리 그 안에는 부가라의 유물들이 전시되어 있다.

부가라의 박물관을 들어서는 순간, 아! 역시 물고기가 눈에 뜨이는 것이다. 다듬어지지 않은 큰 비석 같은 돌의 윗부분에 물고기가 조각되어 있는 것이다. 안내원은 이 비석 같은 돌에 새겨진 세 마리의 동물을 통해 잉카인들이 가지고 있던 의식 구조를 설명한다.

그의 말에 따르면,

부가라 유적지

"이 돌의 제일 위에는 물고기가 조각되어 있습니다. 그리고 가운데에는 퓨마가 조각되어 있고, 제일 밑에는 뱀이 조각되어 있는데, 이것을 통해 잉카인들의 세계관을 알 수 있습니다.

제일 위에 새겨진 물고기는 영혼의 세계, 정신의 세계, 천당의 세계를 뜻하고, 가운데 퓨마는 권력의 세계, 현실의 세계를 의미하며, 제일 밑의 뱀은 죽음의 세계, 저승의 세계를 뜻합니다. 잉카인들은 이와 같이 세 개의 세계관을 가지고 있었습니다."

물이나 물고기가 신화학적으로 영혼 또는 정신의 세계를 뜻한다는 것은 우리 말에서도 증명된다. 정신을 뜻하는 우리말이 '얼'이며, '얼'이라는 말이 물을 의미하는 '아리, 우르, 알' 등과 같은 말임을 볼 때, 물이나 물고기가 정신을 의미하는 것은 당연하지 않은가!

말뿐만 아니라 그들의 정신세계까지도 어찌 이리 우리와 똑 같단 말인가! 박물관 내에서는 사진 촬영이 금지되어 있어 사진을 찍을 수 없는 것이 유감이다. 눈으로만 물고기를 확인하고 나오는데 30평 정도의 박물관 밖 정원에서도 태양을 향한 물고기 조각이 눈에 확 뜨인다. 정원 여기저기에도 돌로 된 조각들이 널려 있는데 그 가운데 물고기를 새겨 놓은 돌이 확 눈에 들어오는 거였다. 1.8미터 정도의 높이에 6-70센티미터 정도의 폭을 가진 돌 위에 태양과 함께 물고기가 새겨져 있는 것이다.

안데스 깊은 산 속 가락의 전설들이
물고기 앞세워서 나그넬 부른다네
잊혀진 찬란한 역사 밝혀보면 어떨까

역시 관심이 있어야 보이는 법이다. 그러니 부가라는 가락국의 하나임이 분명할 것이다. 3,500미터의 이 안데스 산 속에 가락국이 있다니!

태양을 향한 마음 언제나 같을진대
월은 어이하여 모든 걸 잊었는가
세 물고기 그 증거이니 거북이도 있을 터

먼 옛날 메소포타미아, 인도, 태국, 김해의 가락국과 이곳을 엮어서 대 서사시를 지어낸다면……, 아마도 수호지, 삼국지를 능가하는 스케일의 소설이 될 것이다.

부가라 박물관 정원의 물고기

한편, 정원 저쪽에는 큰 돌 하나가 놓여 있는데, 안내원의 설명에 따르면 두꺼비라 한다. 그렇지만 내 눈에는 두꺼비가 아니라 거북이 같다.

어쩌다 이 산 속에 가락국 세워 놓고
구지가 전설 따라 거북을 새겼는데
세월은 거북이 보고 두꺼비라 우기네

이 돌을 보는 순간 혹시 이곳에도 구지가(龜指歌)의 전설이 있을지 모르겠다는 생각이 언뜻 스친다. 만약 이 마을의 촌로들을 찾아 이곳의 전설을 채집한다면 틀림없이 구지가의 전설을 채집할 수 있을 것만 같다.

시간이 많다면 이곳에 남아 잉카 말을 배우고 이러한 것들을 캐냈으면 싶다. 우리말과의 연관성을 캐보고, 전설을 채집하여 비교해 보면 참으로 재미있을 텐데……. 좋은 논문거리도 나올 것이고…….

그렇지만, 내가 인류학자도 아니고 언어학자도 아닌데……. 비전문가인 나그네의 처지에선 우리나라의 국어학자나 인류학자들에게 숙제로 남겨 놓을 수밖에 없다.

두꺼비인가?

그러니 관심이 있는 국어학자나 인류학자가 이 글을 보신다면, 이곳 안데스 산 속의 부가라를 방문하여 '부가라'라는 말과 물고기의 관계를 꼭 연구해주실 것을 간곡히 부탁한다.

* 송근원 〈페루 기행〉 잉카를 찾아서. 교보문고 퍼플. 2017.

# 죽는 게 축복인 사람들

2014. 9. 21 일

세인트 오거스틴(Saint Augustin: 불어 발음으로는 쌩또규스땅) 가는 길은 험하다.

차 시동은 가다가 멈추고, 또 멈추고……. 15만 아리아리(마다가스카르의 돈 단위: 약 45,000원 정도 됨)에 간다는 차가 이렇게 똥차인줄 몰랐다. 세인트트 오거스틴에 이르니, 마을에선 한참 춤과 음악이 어우러진다. 운전수 말로는 전통 의식이라고 한다. 나중에 알고 보니 장례식이란다. 마치 죽은 걸 축하해주는 듯 춤과 노래를 부르니, 조금은 어리둥절하다.

허긴 사는 게 뭐 그리 즐거운 게 있을까? 이승이 얼마나 어려웠으면 가는 길을 이렇게 축복하는 것일까? 죽은 자를 축복하며 노래와 춤으로 장식하는 게 이들의 이들의 의식이다.

춤추고 노래하니 영혼도 기뻐하리
한 많은 이 세상을 조금도 미련 없이
등지고 떠나는 님은 좋은 세상 가리라
무엇이 그리 기뻐 춤추고 노래하나
주검은 말이 없이 흐뭇이 지켜 보네
저승이 이승이련가 축복받은 사람들

어쩌면, 죽은 자를 핑계 삼아 이렇게 모여서 춤추고 노는 게 즐거운 것 아닐까? 장례식 풍경을 사진기에 담으려 하니, 어른 아이 할 것 없이 사진기 앞으로 몰려와 춤을 추고 노래를 부른다.

에이~, 조금 떨어져야 사진이 찍히지! 사진을 주워 담고 바닷가 쪽으로 간다. 그러면서 마을을 관찰하나 별다른 무엇은 없다. 그저 평범하다. 마을이 이쁘다고 소문난 곳이라는데. 글쎄, 괜히 왔나?

장례식 풍경

여기 온 차비라면 2만 아리아리(약 1만원)짜리 랍스터나 먹으면서 쉬고 있을 걸! 이런 생각이 절로 난다. 그러지 않아도 오늘 새벽 바닷가로 나아가니 랍스터를 먹겠냐고 물어보던데……. 바닷가 호텔 레스토랑으로 간다. 일단 바닷가로 나가본다. 바닷가는 파도가 세다. 멀리 돼지 한 마리가 보인다. 별로 볼 것이 없다. 다시 돌아와 호텔 식당에 앉는다. 그리곤 주위를 둘러본다.

시간이 흐르는 듯, 멈춘 듯! 그냥 그렇게 평화가 멈춘 곳. 바로 그런 곳이라는 느낌이다. 그렇지만 평화가 멈추었다고, 전쟁이 일어난 건 아니다. 오해하지 마시라! 화로운 가운데 모든 게 그냥 지속되는 것이다.

시간은 정적 속에 제 갈 길 멈췄는데
도야지 뛰는 모습 강아지 따로 없네
저승이 이승이런가 즐겨하며 춤추네

단지 바람이 살랑살랑 불어 흔들리는 야자 잎만 시간을 말해줄 뿐이다. 맥주 한 병, 낙지 한 마리 요리를 시킨다. 낙지는 1만 아리아리, 맥주는 4,000아리아리이다. 시켜놓고 마을을 돌아본다. 돼지와 닭, 염소들이 그냥 자유롭게 돌아다닌다. 앙증맞은 새끼 돼지들이 강아지처럼 뛰어 다닌다. 마을 속 어떤 집 앞의 그늘에는 애들과 여인네들이 쉬고 있다. 여인네는 얼굴에 황토를 발랐다. 자외선을 차단하기 위한 이들의 지혜이다.

생트 오거스틴 마을 안 풍경

바람이 살랑살랑 야자 잎 희롱하네
철없는 새끼 돼지 지 세상 만났구나
그늘의 여인네들은 환한 미소 짓는다

정적 속의 마을은 그저 평범할 뿐이다. 무엇이 이 마을을 아름다운 마을이라고 소문을 냈는가? 나로서는 참으로 아리송하기만 하다. 평범한 이런 마을을 아름답게 볼 줄 아는 사람들은 대체 어떤 사람들일까? 얼마나 세파에 찌들었으면 이런 마을이 아름답다고 느낄까?

어쩌면 아직도 내가 이 마을의 매력을 발견하지 못했기 때문일지도 모른다. 내가 발견하지 못한 아름다움을 발견할 줄 아는 사람들이라면, 어찌 보면, 참으로 축복받은 사람들일 것이다.

생트 오거스틴 마을 안 풍경

* 송근원(2016). 〈마다가스카르 여행기〉 왜 거꾸로 서 있니? 부크크.

# 제4부 | 평론

# 세상을 다시 보다

인생은 한 권의 책과 같다.

어리석은 이는 그것을 마구 넘겨 버리지만 .

현명한 이는 열심히 읽는다

인생은 단 한번만 읽을 수 있다는 것을

알기 때문이다.

(상 파울)

**김 성 진**

· 전) 해양수산부 장관
· 경남 통영 출생
· 서울대경제학부
· 서울대 행정대학원 행정고시
· 캔사스주립대 경제학 박사
· 중소기업청장 국립한경대 총장
· 서울대경제학부 초빙 특임교수
· 경제교육단체협의회 회장
· 청조근정훈장 수훈

# 한국의 복지와 재정 건전성



## 1. 서론

경제란 나라를 다스리고 백성을 구제하는 일이다. 국민이 잘 살게 하고 삶의 질을 더 높게 올리는 일은 복지정책이다. 복지란 좋은 건강, 윤택한 생활, 안락한 환경들이 어우러져 행복을 누릴 수 있는 상태를 말한다. 한편 과도한 복지는 국민의 근로 의욕을 저하하고 저소득층의 의타심을 조장한다. 소위 "복지 병"의 부작용을 완화 하기 위하여 '생산적 복지'라는 개념이 도입 되었다. 사회복지의 시행은 재정과 국민의 부담을 가중한다. 즉 경제학에서 "공짜 점심은 없다"라는 평범한 진리가 적용된다. 증가하는 복지지출은 재정 운용상 태풍의 눈이며, 재원 조달 방안은 가장 핵심적인 요소이다.

우리의 경제 사회적 여건을 고려할 때, 복지지출은 빠르게 증가할 것으로 예상 된다. 중장기적으로 저출산 고령화를 비롯한 미래사회의 위험에 대비하여 지속 가능한 복지제도를 확충하지 못하면, 재정건전성도 위협받고 성장 활력도 저하되는 악순환이 발생할 것이다. 지금부터 잘 대비하면 위기를 기회로 바꿀 가능성은 크게 열려 있다.

본고에서는 '향후의 복지 지출수요에 대비하여 어떻게 재정건전성을 조화롭게 유지할 수 있을까?'에 초점을 맞추어 적절한 정책대안을 모색해 보려고 한다.

먼저, 재정의 역할에 대한 전통적인 견해를 살펴보고, 시대별 우리나라 재정 운용 기조, 재정의 현황, 특징 및 재원 배분의 중점을 조망한다.

두 번째 아직 우리의 복지재정은 저 부담-저 복지 수준에 머물고 있으나, 앞으로 고 부담-고 복지 수준으로 변화해나갈 것임을 파악한다. 이 과정에서 우리 재정이 맞닥뜨리게 될 위험요인을 살펴보고, 재정의 지속가능성을 확보하기 위한 복지정책 방향을 살펴본다.

세 번째 우리 재정이 처해 있는 중장기적 구조와 위험요인을 중점적으로 살펴본다. 경제 성장의 둔화, 저 출산-고령화 및 통일과 사회 구조적 측면까지 확장하여 재정 여건을 파악한다.

네 번째 이러한 여건을 바탕으로 재정의 본래 기능을 강화하고 복지지출도 지속으로 확대하면서 재정건전성을 유지할 수 있는 당면 추진 과제들을 살펴본다. "선택과 집중"이라는 전략적인 재원 배분과 함께 '세입 확충 대책', '전면적 재정지출 혁신'을 검토해본다.

마지막 정책제언으로서 복지확충 및 재정건전성이라는 "두 마리

토끼를 동시에 잡아야 하는" 현실과 전망 속에서 가장 필요한 것은 무엇인지 살펴본다. 이를 위해 부가가치세율의 인상 및 세출 구조 조정뿐 아니라 재정 운용에 대한 국민적 합의가 필수적임을 제언한다.

## 2. 우리 재정의 현황과 특징

재정의 역할은 시대에 따라 변천을 거듭해왔다. 지난 60년 동안 산업화와 민주화를 거치는 과정에서 재정 운용 기조는 시대 상황에 맞추어 다양하게 발전하였다. 재정 운영의 흐름을 살펴보면, 국가안보, 경제개발, 경제 안정화, 세계화와 위기대응, 선진화와 복지 확충으로 대별 할 수 있다. 이러한 흐름은 선진 형 구조의 발전 형태 라고 볼 수 있는데, 재원 배분의 중점이 국방에서 경제발전 그리고 복지 분야로 변천하였음을 알 수 있다.

* 김성진 외(2018, 율곡출판사)
"분배적 정의와 한국사회의 통합" 제8 장을 요약 정리한 내용임

## 3. 복지재정의 과제

세계 11위의 경제 강국 대한민국이지만, 복지 부문에서는 OECD 국가 중 하위권을 면하지 못한다. 이미 2006년 국가 장기발전계획인 '비전 2030'에서 복지지출 확대 계획을 발표하였다. 그러나 아직도 복지안전망이 부족하고 총체적인 복지 수준은 선진국에 비교해 상당히 미흡한 실정이다. 앞으로 소득 수준이 더 높아지더라도

소득격차가 줄어든다는 보장은 없다. 또한 저출산, 고령화로 생산가능 인구는 줄어들고 복지 수혜 세대는 증가하면서 최근 복지지출은 빠른 속도의 증가추세를 보인다. 전반적으로 복지정책을 확대해야 하지만 장기적인 재정의 건전성 확보와 복지재정의 지속가능성에 대한 우려도 제기된다.

현재 우리의 복지 유형은 저 부담-저 복지의 수준에 머물고 있다. 복지재정 지출 규모는 어느 수준에 이르며, 저성장, 저출산, 고령화가 지속되는 경우 재정에 미치는 영향은 어떠하며 무슨 대책이 필요할 것인가? 적절한 복지지출 수준과 함께 재원 마련을 위한 대안을 모색하고 국민적 동의를 얻을 수 있는 지혜를 모아야만 한다. 복지지출의 증대에는 반드시 부담의 증가도 동시에 이루어져야 한다는 인식의 확산이 중요하다. 또한 정부의 투명성과 신뢰의 확보가 우선되어야만 할 것이다.

### 3.1 복지지출 전망

중장기 복지재정 지출 규모에 대한 전망을 살펴보면. 먼저 한국보건사회연구원 (2014)의 사회보장지출 추계에 의하면, 2013년 GDP 대비 9.8%에서 급격하게 증가하여 2045년에는 2009년 OECD 평균 수준인 22.1%를 넘어 2060년에는 GDP 대비 27.8%까지 증가할 전망이다. 한편 기획재정부는 2016-2060 장기 전망에서 총지출 대비 복지지출 비율은 2016년 31.8%에서, 2060년에는 48.3%로 전망하였다. 2016년부터 2060년까지 연평균 증가율은 5.4%로, 같은 기간 동안 총수입 증가율 3.8%, 총지출 증가율 4.4%를 뛰어넘을 것으로 예측하였다. 또한 사회보장위원회의 “중장기

사회보장 재정추계"에 따르면 공공사회복지 지출은 2015년 GDP의 10.6% 에서 2060년에는 25.8%로 2.4배 증가하고, 2040년대 중반에는 2011년 OECD 평균인 21.4%에 도달할 전망이다. 가장 최근 한국경제연구원은 우리나라 GDP 대비 복지지출 비중은 2020년 13.1%에서 2030년 20.4%를 넘어 2060년에는 33.7%까지 높아질 것으로 추정했다.

### 3.2 향후 복지재정의 위험요인

향후 복지지출과 관련된 위험요인은, 크게 구조적이고 자연적인 측면과 관리적인 측면으로 나누어 볼 수 있다. 먼저 구조적인 측면에서, 잠재 빈곤층의 증가 및 고령화와 더불어 노인 관련 복지지출 규모의 빠른 증가가 예상된다. 다음 관리적인 측면에서 복지행정과 전달체계의 효율성 향상을 위한 제도 개선 방안이 마련되어야 한다. 무상복지는 서비스가 공짜라는 인식을 확산시켜 과다 서비스 이용을 유발하고 행정 비용도 증가시킨다. 한편, 복지재정의 누수 현상도 심각한 문제로 제기된다. 수급자의 선정 및 관리 미흡, 허위 신고와 부정 수급 등 재정 누수가 발생한다. 보험료를 내지 않고 버티며 징수권 소멸을 악용하는 도덕적 해이 사례도 빈번하다. 아울러 복지지출은 소득재분배 효과가 큰 사회복지서비스 분야에 집중투자 해야 한다. 서비스의 수혜자에게 일차 혜택이 가지만 서비스 제공자에게는 일자리가 제공되고, 서비스 대상자의 가족에게는 경제활동의 기회가 제공된다는 점에서 일석 삼조의 효과가 있다.

### 3.3 복지재정의 지속가능성 확보

복지 시책과 복지재정은 한번 지출되면 중단하거나 축소하기가 거의 불가능한 속성(불가역성)을 지니고 있어 지출의 지속가능성 여부가 핵심적 과제이다. 복지 재정의 지속가능성을 확보하기 위해서는 중장기 계획과 전망을 근거로 재원 조달방안을 마련하여야 한다. 지출의 증가가 지속되는 경우 국가채무는 급속히 증가할 것이다. 재정건전성을 유지하려면 증세를 포함한 적정 수준의 조세부담 등 세입 확보 대책이 요구된다. 4대 보험도 보험 확대에 부응하면서 보험재정의 건전성을 유지하기 위해 보험료 인상을 포함한 총괄적인 검토가 필요하다.

### 3.4 향후의 복지정책 방향

우선 복지지출에 대한 인식의 전환이 필요하다. 시혜적, 낭비적 지출이라는 단선적인 시각을 벗어나 사회투자로 인식해야 경제 성장과 복지의 상호 관계를 올바로 파악할 수 있다.

두 번째, 인구구조, 저 출산, 고령화, 성장률 저하 등 경제 사회적 요인을 반영한 중장기 대책을 마련하고, 중 부담-중 복지로 정책 기조를 바꾸고 재정의 지속 가능성도 확보해야 한다.

세 번째, 복지제도는 크게 공공부조-사회보험-사회서비스로 분류된다. 공공부조는 사회공동체가 최소한의 존재의의를 확보하기 위한 기본적인 복지제도이다. 최저 보장 선은 국민경제 발전단계에 맞추어 조정하며, 공공부조 사각지대를 해소하기 위하여 부양의무자 기준을 여건 변화에 맞추어 축소, 폐지해야 한다. 사회보험의 보장 수준을 높여 연금은 연금답게 기능하고, 의료비 부담에 대한 걱정이 낮아져야 소비를 활성화하고 경제활동에 적극 참여한다. 보험재정의 지속가능성을 확보하기 위하여 적정 수준의 보험료 인상이 병행되어야 한다. 사회서비스가 건전하고 질 높은 일자리가 되기 위해 사회서비스의 임금도 높아야 한다.

네 번째, 보편적 복지와 선별적 복지가 조화를 이루는 것이다. 무상보육, 교육 등 보편적 복지 영역과 기초생활보장 등 선별적 복지 영역을 구분하여 양자가 조화를 이루는 제도를 설계하여 동행이 가능한 복지 기반을 구축해야 한다.

다섯 번째, 복지재정의 누수를 최소화하고 효율성을 높여야 한다. 복지 전달 체계의 체감도를 개선하고 통합 관리 망을 강화하여 중복수혜와 사각지대를 최소화 하는 방안도 강구한다.

여섯 번째, 복지지원 기준을 단순화하고 민간투자를 유인하기 위한 여건을 조성한다. 현재 복지지원 기준이 복잡한 제도를 단순화하고 복지 분야 기부 활성화 방안도 마련하여야 한다.

아울러 복지를 위해서는 모든 경제사회 정책이 융합적으로 이루어져야 한다. 예를 들어, 비정규직 문제의 해결과 일자리 확충 등 관련 정책을 확대하고, 예방적 투자도 중요한 복지이다. 특히 소상공인의 특성을 고려한 적극적인 소상공인 대책이야말로 가장 근원적인 서민 복지 대책이 된다. 소상공인 정책은 큰 틀에서 복지정책으로 접근하는 생각의 전환이 필요하다.

## 4. 재정의 중장기 여건

중장기적으로 재정이 처해 있는 구조와 위험요인에 대한 명확한 인식이 필요하다. 재정의 구조적인 위험요인은 경제성장률 저하, 저 출산, 고령화, 신규 복지지출 급증, 재정건전성 악화, 통일 대비 비용, 포퓰리즘의 가속화로 대별 해 볼 수 있다. 우리의 보편적 정서를 고려하면 신규복지지출은 증가하고 한번 도입된 복지제도는 후퇴 불가능할 뿐만 아니라 실업, 빈곤, 장애, 질병 노령 등 구시대 위험에 대비하기 위한 선진 형 복지지출도 증가할 것이다.

최근 국가채무 증가와 재정수지의 악화는 반복되는 양상을 보인다. 2013년 이후 재정적자와 국가채무 증가 속도는 빠르게 진행되어 각별한 주의가 필요하다. 그러나 상대적으로 국가채무 비율이 낮다는 착시 현상에 빠져 '상당 기간 국가채무가 조금씩 증가해도 될 것이다'라는 유혹은 아주 위험하다. Pork-barrel, Log-rolling, 떼쓰기의 심화와 같은 전형적인 포퓰리즘 현상도 위험하다. 특정 이익에 영합하여 국가 차원에서 우선순위 설정을 어렵게 하고, 개혁과제를 지연시키고, 고통 분담이 요구되는 상황에서도 허리띠 졸라매기를 주저하게 만드는 요인으로 작용한다.

## 5. 우리 재정의 과제 : 복지와 건전성의 조화

### 5.1 재정 본연의 역할: 경기 대응 역할과 재정건전성 유지의 조화

"재정 본연의 기능과 경기 대응 역할"을 착실하게 수행하면서 중장기적으로는 "재정건전성의 유지"도 놓칠 수 없는 중요 과제이다. 재정건전성을 유지하고 장기적로 균형재정을 운영하여야 경제 성장 및 안정에 도움이 되고 정부의 위기 대처 능력을 키울 수 있기 때문이다. 재정건전성이 훼손되면 한 세대의 문제로 그치지 않고 다음 세대로 이어지기 때문에 세대 간 수혜와 비용 분담의 측면에서도 건전성을 유지하는 게 중요하다. 재정의 지속가능성은 장기적 재정수지와 국가채무의 관계로부터 검정 가능하므로 이 문제를 충분히 고려해야 한다.

### 5.2 세입 확충 대책

복지재원 조달과 관련하여 많은 연구와 정책 대안이 제시되었다. 무엇보다 증세만큼 어렵고 위험부담이 큰 정책도 찾아보기 쉽지 않다. 가장 이상적인 대답은 국민 모두 능력에 따라 조금씩이라도 부담해야 한다는 소위 십시일반의 보편적 증세이다. '낮은 세율, 넓은 세원' 원칙에 따라 보편적 공평과세가 되도록 조정해야 한다. 우선 세 부담 여력이 있고 공평하게 받아들이기 쉬운 소득세의 누진 체계를 세분화하고 종합소득 세제를 확립한다. 그리고 간접세가 지닌 역진성을 완화하여 소비세의 세원 확충 노력도 필요하다, 특히 부가 가치 세율 인상에 대한 국민적 동의를 구해야 한다. 최광(2013)이 제시한 재원 조달방안을 재정리해 보았다.

총론 측면에서 OECD 평균 수준에 훨씬 못 미치는 조세부담 율을 높여야 한다. 현재 19.6% 수준에서 OECD 평균인 25%를 향해 최소 22%를 목표로 매년 0,1%p 라도 높여야 한다.

첫째, 개인소득세를 강화하고 금융소득 과세의 개선이 필요하다. 또한 면세범위가 너무 넓고 실효 과세율이 낮으므로 현행 면세범위를 조정하여 소액이라도 세금을 내는 보편적 담세 체계를 확립한다. 물가 연동 세제 도입 등 실효 과세율 조정방안도 검토 과제이다. 돈을 버는 만큼 세금을 더 내도록 과표를 세분화한다. 아울러 근로 · 이자 · 배당 · 임대 · 양도 · 상속 등 소득을 종합 과세표준에 넣고, 각종 공제와 비용 · 자본손실을 제외한 소득에 대해 누진과세한다.

둘째, 최근 법인소득 비중은 늘어나고 개인소득 비중은 줄어들고 있다. 법인소득과 개인소득의 균형도 필요하나 시장분배 후 법인과세의 강화를 통해서 사후 조정도 이루어져야 한다.

셋째, 재산 세제를 합리화하고 부동산 보유과세를 강화하여 이전과세와 보유 과세의 불균형, 보유 자산간 불균형을 조정하여 보유행태를 건전하게 유도하고 세입도 증대할 수 있다.

넷째, 소득 수준 향상, 소비 형태 변화 및 디지털 경제 등 환경 변화에 부응하여 부가가치세를 포함한 소비세의 개선방안도 검토한다. 부가세 세율은 1977년 도입된 후 10%가 유지되고, OECD 평균 대비 상당히 낮으므로 인상 여력이 있다. 물론 조세저항이 크고 소득재분배에 역행한다는 주장도 있지만, 광범위한 분포와 세수 증대 효과 등을 고려 세율 인상이 필요하다.

마지막으로, 세수 증대와 복지지출을 연동하는 목적세로서 '사회복지세' 도입이다. 민주정책연구원(2014)과 오건호(2015)는 소득, 법인, 상속증여, 종합부동산세 등에 10-30%의 누진세율을 적용하는 증세 방식의 '시민 참여 누진 복지 증세' 도입을 제안하였다.

이러한 세수 확보 노력과 더불어 건강보험, 국민연금 등 사회보험도 정부주담 -적정급여체계로 전환과 사회보험료 인상이 불가피하다. 아울러 정부 보유주식 매각, 국유자산 처분 및 임대 등 세외수입의 증대 노력도 지속되어야 한다.

세출 조정도 동시에 이뤄져야 한다. 세출예산 동결을 포함한 제로베이스 예산과 함께 재량적 지출만 억제해도 상당한 재원이 확보될 수 있다. 민간이양과 규제 완화 등 민간투자를 활성화하고, 재정은 마중물 역할을 한다.

또한 중앙-지방정부의 제자리 찾기도 중요하다. 실례로 현행 지방교부세 구조와 각종 보조금 지원에 대한 재검토가 필요하다. 중앙정부와 지방정부, 지방 교육재정, 공공기관을 망라한 재원 배분을 포괄하는 국가 계획을 수립해야 한다.

진정한 지방자치를 위해서는 육자치도 지방자치에 통합하여 교육자치가 핵심 과제로 되고, 늘어나는 노령인구와 줄어드는 학령인구 간의 불균형과 재원 투입 문제도 해결할 수 있다. 이러한 재정지출 혁신을 위한 제도적인 장치로는 두 가지를 생각해 볼 수 있다.

먼저 1982-84년의 예산동결, 일반회계의 흑자 달성에 비견되는 제2차 재정개혁도 고려해 볼 수 있다. 이 과정에서 학자, 전/현직 공무원 등 전문성과 현장 경험을 갖춘 전문가로 예산검토위원회(가칭)를 설치할 수 있다.

한편, 지출구조조정은 양적인 구조조정과 질적인 지출 혁신으로 구분된다. 양적 조정은 지출 규모를 줄이는 것이다. 사업평가 결과 미흡한 사업, 부진사업, 민간에서 충분히 수행 가능한 사업 등이 대상이다. 질적인 지출 혁신도 중요하다. 똑같은 재정투입으로 전달체계의 개선, 규제 완화, 금융투자 등 다른 투자수단의 발굴, 재정투입 방식의 변경을 통해 질적으로 더 나은 결과를 얻는다. 다음, 명시적인 재정 준칙의 도입이다.

재정 준칙은 강제성을 부여하기 때문에 재정건전성 유지에 큰 도움이 된다. 미국의 경우 예산 집행법(1990)을 통해 지출 상한선과

PAYGO 제도를 도입한 이후 1992년부터 재정적자가 급속히 개선되었다.

자료: 최광(2013)을 기초로 재정리

<table>
<tr><td rowspan="10">세입 증대</td><td rowspan="5">1) 조세 확보</td><td>· 기존 조세의 세원 확대 및 강화</td><td>i) 개인소득세 강화<br>ii) 재산세제 합리화와 부동산 보유과세 강화<br>iii) 부가가치세 세율 인상과 매입자 납부제도 도입<br>iv) 외부불경제 유발 재화에 대한 개별소비세 강화<br>v) 금융소득과세강화<br>vi) 법인세율조정</td></tr>
<tr><td colspan="2">· 새로운 세목의 신설 (목적세)</td></tr>
<tr><td colspan="2">· 조세지출(조세감면)의 축소</td></tr>
<tr><td colspan="2">· 지하경제 양성화</td></tr>
<tr><td colspan="2">· 조세 행정 효율성 증대</td></tr>
<tr><td rowspan="5">2) 기타 세외 수입 확보</td><td colspan="2">· 공기업 및 정부 서비스 민영화</td></tr>
<tr><td colspan="2">· 정부 보유 자산의 매각</td></tr>
<tr><td colspan="2">· 각종 부담료와 보험료 인상</td></tr>
<tr><td colspan="2">· 수익자부담 확대</td></tr>
<tr><td colspan="2">· 사회보험료 인상</td></tr>
<tr><td colspan="2" rowspan="7">세출 조정</td><td colspan="2">· 세출 구조의 조정</td></tr>
<tr><td colspan="2">· 공공자금의 활용</td></tr>
<tr><td colspan="2">· 예산제도 밖에서 운영되는 자금을 제도 내로의 흡수</td></tr>
<tr><td colspan="2">· 재정의 효율적 운영과 재원 절약</td></tr>
<tr><td colspan="2">· 재정투융자 관련 자금의 자체 조달을 통한 재정의존 감축</td></tr>
<tr><td colspan="2">· 민간부문과 지방정부의 기능 확대</td></tr>
<tr><td colspan="2">· 세출예산의 동결</td></tr>
<tr><td colspan="2">차입</td><td colspan="2">· 국공채 발행</td></tr>
</table>

### 5.3 사회보험을 포함한 복지지출의 개혁

앞서 3.1절에 언급한 대로 사회보장위원회의 재정추계(2015-2060)에 따르면 공공사회복지 지출 규모는 2060년 GDP의 25.8%, 2040년대 중반에는 21.4%로 늘어나 2011년 기준 OECD 평균 수준에 이를 전망이다. 사회보장의 구성면에서 사회보험 분야의 비중은 21.6%로 공공사회복지 지출의 84%를 차지하게 된다. 또한 노령, 유족, 근로 무능력, 보건, 실업, 주거 등 구 사회적 위험 지출이 전체의 94.1%를 차지하게 되어, 공공사회복지 지출구조의 불균형 해소를 위해 적극적 노동시장 프로그램과 가족 영역에 대한 지출 확대 등 신 사회적 위험에 대응해야 한다. 아울러 생산적 복지, 일하는 복지, 맞춤형복지의 일관된 흐름을 유지하고, 새로운 제도 도입 시 경제와 근로의욕에 미치는 영향도 점검하여 부작용을 최소화하여야 한다.

### 5.4 개혁 장애요인의 극복

대부분의 사회 구성원과 이해관계 집단은 총론적인 개혁의 명분에 찬성하나 집행단계에 가면 각 주체의 이해 상충으로 한 발짝 움직이기도 쉽지 않은 게 현실적 어려움이다. 재정개혁 성과를 내기 위해서 정부 각 부처의 이해와 수용, 국민과의 소통과 공감, 정치권과 국회의 협조가 절실하며, 국민적인 관심과 동의(national consensus)가 반드시 이루어져야 한다.

## 6. 정책제언 : 복지와 재정건전성을 유지하기 위한 세 가지 정책 제언

### 6.1 부가가치세 세율 인상

오래전부터 부가세 인상에 관한 연구가 있었지만, 조세저항 때문에 실행에 옮기지 못했다. 최근 서유럽을 중심으로 재정건전성과 복지재원 확충을 위해 부가 세율을 인상하고 있다. 논의의 핵심은 현행 10% 세율을 12%에서 15% 수준으로 인상하자는 주장으로 요약할 수 있다.

먼저 성명재(2011, 2012)는 현재까지 10%의 단일 세율을 유지하는 이유는 물가상승과 세 부담의 역진성이라는 막연한 우려 때문이라고 진단하였다. 세율 인상은 추가 재원의 지출 효과를 고려하면 소득분배에 부정적이지 않은 것으로 분석하였다. 복지 수요 급증에 대응하여 부가가치세율 조정 문제를 중장기적 관점에서 검토할 필요성을 강조하였다.

두 번째 강봉균(2012)은 복지재원 확충을 위한 가장 확실한 방안은 부가 가치세율을 10%에서 12%로 인상해야 한다는 의견을 제시하였다.

세 번째 OECD(2012)에서도 한국의 부가가치세율은 OECD 평균인 18%에 미치지 못하는 수준이며, 부가가치세의 세수를 증가시키면서 근로장려세제(EITC)와 같은 효율적인 재정지출을 통한 소득분배의 목적을 달성하는 것이 최선이라는 의견을 제시하였다.

네 번째 최광(2013)은 국민의 동의만 얻으면 부가가치세 세율을 현재의 10%에서 12%로 인상할 수 있다고 주장하였다. 부가가치세의 세율 2%p 인상으로 10조 원, 매입자 납부제도의 도입으로 5~7조 원이 증수되면 연간 15~17조 원씩 추가 조달이 가능하다고 보았다.

다섯 번째 김승래(2014)는 산업연관표의 업종별 기준으로 우리나라의 소득 계층별 면세범위의 조정 및 VAT 세율 인상의 세 부담 규모, 소비지출 대비 비중, GINI 계수 등에 미치는 파급효과를 분석한 결과 고소득층에게 더 많은 VAT 인상의 부담이 누진적으로 귀착되고, 세율 2%p 인상 시 소득분배의 악화 효과는 극히 미미한 것으로 분석하였다.

가장 최근 변양균(2017)은 부가가치세율 5%p 인상 방안을 제시하였다. 부가가치세 세율 인상 시 논란이 되는 소득 역진성 문제는 증가하는 재원을 실업 지원, 서민 주거, 교육, 보육 지원 등에 사용하면 소득재분배 효과를 거둘 수 있다고 주장하였다. 특히 그는 물가가 안정된 현재 시점이 부가가치세율 인상의 적기임을 강조하였다.

부가가치세율 인상에 따른 세수 증대로 재원을 소득재분배 효과가 큰 분야에 집중 배분하면 역진성 문제도 완화할 수 있다. 세계 최고 수준의 전산시스템과 인력 확충으로 세무 행정의 편의성과 효율성이 향상되었다.

우선 부가가치세율을 12%로 인상하는 방안을 강력히 제안한다. 2%p 인상하되 1%p 만큼씩 중앙과 지방이 나누어 복지재원에 충당하는 배분 방식도 검토할 수 있다. 세율을 인상하되 단계적으로 시간을 가지고 추진해야 한다. 세율 인상을 사전 예고하는 형식을 활용하면 투명성도 높이고 국민적 동의도 얻기 쉬울 것이다. 예를 들어, 2060년 15%를 목표로 2021년 12%, 2030년 13% 2045년 14%와 같은 방식을 고려할 수 있다.

### 6.2 세출 구조조정

세수 증대와 더불어 세출 조정이 동시에 이루어져야 한다. 오랜 기간 답습하던 예산편성, 집행 방식을 과감히 벗어나야 한다. 대표적인 사례로 농정과 교육 분야를 들 수 있다. 전국의 초중고 교육예산의 대부분은 지방 교육재정 교부금이며 내국세의 20.27%가 지원된다. 학생 수는 해마다 줄어드는데 교부금은 GDP가 증가함에 따라 매년 늘어난다. 한편 쌀 소비는 급격히 감소하는데 쌀 생산은 줄지 않고 재고량은 계속 늘어 재고 비용으로 연간 6000억 원 이상 소요된다. 쌀이 남아도는데도 쌀 생산 농가에 막대한 보조금을 준다. 또한 여러 부처의 유사 사업도 구조를 재편해야 한다. 대학창업 지원사업인 중기부의 창업선도대학 사업, 교육부의 산학협력 고도화 사업, 미래부의 기술창업 중심대학 사업 등이 대표 사례이다. 철저한 영점기준에 따라 세출 구조를 조정하고 재원을 복지 분야로 전환한다. 실례로 객관적인 세출조정위원회(가칭)를 만들어 20년 이상 계속된 모든 재정사업을 재검토하여 지속 여부, 적정 규모, 유사 사업간 통폐합 등을 결정해야 한다. 1984년에는 예산동결, 실질적으로는 마이너스 예산을 편성하여 경제 안정화에 크게 도움이 된 경험도 있다. 제2의 재정개혁에 착수할 적기이다.

### 6.3 국민적 합의의 도출

복지재원을 확보하기 위해서는 세 부담과 지출의 공평성을 확보하고 담세자이면서 수혜자인 국민으로부터 정부의 신뢰를 쌓아야 한다. 행정부는 정책대안을 제시하고 국회가 주도하여 최선의 합의된 결과를 만들 수 있다면 가장 바람직하다. 인내심을 가지고 국가

천년대계를 수립하는 사명감으로 임해야 한다. 정파와 이념을 넘어 과학적 근거와 합리성의 바탕 위에서 텅 빈 마음으로 멀리 보고 차근차근 다가가면 반드시 이루어진다는 신념이 필수적이다.

가장 모범적인 사례로 독일의 경제전문가협의회(German Council of Economic Experts: GCEE)가 있다. 오랜 전통과 권위를 지닌 독일이 자랑하는 이 기구는 "다섯 명의 현자(Funf Wirtsschsweisen) 또는 Wisemen Group"이라 불린다. 우리도 독립 자문기구로 국민이 신뢰하고 존경하는 전문가들이 참여하여 복지재원 조달에 지혜를 모으고 정책을 마련해야 한다. 복지확충과 재정의 건전성을 조화시킬 수 있는 중장기 대책을 수립하기 위하여 독일의 경제전문가협의회와 유사한 독립적인 임시 특별기구(가칭, 복지재정위원회)를 설치할 것을 제안한다. 동 위원회의 실무 조직으로 세출 및 세입 조정 소위원회를 구성하여 세입 증대 및 세출 조정방안과 연차별 추진 일정을 제시하여야 한다. 동 위원회의 운영에 국회가 중심적인 역할을 맡는다면 계획의 실행 가능성을 한층 더 높일 수 있다. 시기는 빠를수록 좋고 정치적 이해관계와는 무관하게 독립적으로 운영되고 국민적 합의를 전제로 한 결과물을 만들어 내어야 한다,

## 7. 결론

영국 계몽주의 철학자 존 로크(John Locke)는 통치론에서 "국가권력은 국민의 평화와 안전, 공공의 복지 외 다른 목적을 위해 사용되지 않아야 한다."라고 설파하였다. 복지지출은 거시경제 측면

에서 단기적으로 부족한 수요를 보완하고, 중장기적으로 생산성 향상을 통하여 성장잠재력을 확충한다. 모든 사회현상과 역사의 흐름이 개인과 공동체 간의 상호 작용의 결과로 본다면 복지지출은 둘 사이를 매개하는 역할을 한다. 복지지출은 개인의 자유와 창의를 억압하지 않으면서 공동체와 공공선을 강화하는 쪽으로 작동하여야 한다.

복지지출과 관련하여 크게 두 가지 트라이앵글이 얘기된다. 첫 번째는 성장과 복지, 고용의 트라이앵글이다. 성장의 과실이 복지와 고용의 증대로 나타나고, 늘어난 복지와 고용이 성장을 견인할 수 있어야 한다. 복지를 설계할 때는 항상 이 트라이 글을 염두에 두어야 한다. 다음으로 복지지출의 규모와 조세부담, 국가채무의 트라이앵글이다. 복지지출 규모가 늘어나면 조세와 국가채무 부담이 늘어나고, 부담 여력이 커지면 복지지출을 더 많이 할 수 있다. 첫 번째 트라이앵글과 두 번째 트라이앵글의 정상적 기능을 위한 중요한 열쇠는 사회적인 합의이다. 한편으로는 개인의 자유와 창의를 존중하고 다른 한편으로는 공동체와 공공선의 가치를 존중하는 건전한 개인들 간의 사회적인 합의와 타협이 문제를 푸는 열쇠이다. 이 과정에서 참여자 모두가 기득권을 내려놓을 수 있는 열린 자세가 반드시 요구된다.

최근 재정 운용을 둘러싸고 몇 가지 주목할 만한 변화가 일어나고 있다. 먼저, 경제 정책 운용의 패러다임 변화가 시도되고 있다. 혁신성장, 공정경제가 키워드로 강조되었다. 아울러 기초연금 확대, 아동수당 도입, 건강보험 확충, 치매국가책임제 등 굵직한 복지정책이 발표되었다. 중앙과 지방의 기능과 조세 구조 개편을 위한 재정 분권도 논의되고 있다. 다행스럽게 2015년부터 2017년까지 3년 연속으로 세수 실적이 세입예산을 초과할 것으로 전망된다.

결론적으로 미리 정해진 정답은 어디에도 없다. 복지지출, 조세부담, 국가채무의 트라이앵글에 슬기로운 해답을 내놓기 위해서는 중장기적인 시각에서 경제사회 구조 와 세입, 세출 구조의 변화추이를 냉정하게 점검해보는 작업이 최우선이다. 이를 토대로 가능한 대안에 대한 객관적인 분석을 들고 사회적 합의라는 광장으로 나가야 한다. 기회는 미리 준비한 때에 온다는 역사의 가르침을 되새기며 머지않아 우리에게 다가올 위기와 기회를 슬기롭게 극복하면서 복지국가로 향한 발걸음을 디딜 준비를 해야 할 엄중한 시대적 사명을 인식해야 할 때이다.

* 고문헌; 김성진 외 (2018, 율곡 출판사)
"분배적 정의와 한국사회의 통합" 참조.

허범도

# TPM 법칙

## 1. 내용 요지

허범도 중소기업진흥공단 이사장은 기술(T)을 1,000m의 산, 생산(P)을 2,000m의 산, 마케팅(M)을 3,000m의 산에 비유하며 각 단계별로 중소기업의 현황과 문제점을 쉽게 설명하고, 이에 대한 해법을 제시하고 있다.

TPM 법칙이야말로 격변하는 글로벌 경영환경 속에서 중소기업이 생존해 나가는 데 필요한 하나의 프로세스(process)이자 전략(strategy)이고, 정책(policy)이자 동시에 법칙(law)이라고 허범도 이사장은 강조한다.

## 2. TPM 법칙이 담고 있는 내용

격변하는 세계경제- 최근 세계경제는 다음과 같은 세 가지 변화를 맞고 있다.

1) 무역자유화의 가속화로 무한경쟁 도래
2) 디지털 경제의 등장으로 인해 기존의 소비자와 생산자의 관계 급변
3) 글로벌 분업 네트워크의 형성과 이를 반영하는 신흥국의 부상

이러한 변화는 중소기업에게 위기일 수도 있지만, 한편으로 기회이기도 하다. 이제 글로벌 기업으로의 도약을 중소기업의 목표로 삼아야 한다. 각국의 중소기업 정책도 일방적인 지원에서 경쟁역량을 확충하기 위한 환경조성으로 그 초점을 이동시키고 있다.

## 3. TPM 법칙을 통해 본 중소기업의 과제

(1) TPM은 기술(Technology), 생산(Production), 마케팅(Marketing)을 의미하는 것으로서 중소기업이 겪는 문제를 이론화한 하나의 틀이다.

- 중소기업에게는 기술보다는 생산, 생산보다는 마케팅이 더욱 어려운 요소이며, 이들은 개별적으로 존재하는 요소가 아니라 유기적인 관계를 갖고 있다.
- 기술개발은 정보, 인력, 자금의 문제로 정리될 수 있다. 여러 조건이 열악한 중소기업이 이 문제를 잘 해결하기 위해서는 철저 하게 소비자의 요구에 부합하는 틈새시장 공략이 이루어져야 하며, 기술이전을 활용해 기술개발 비용을 줄여야 한다.
- 생산과정에서는 자금과 입지 등 기존의 세부요소뿐 아니라 인력난이 최근 애로사항으로 부각되고 있으며, 제품의 운명을 결정하는 요소로 품질과 디자인의 중요성이 점점 커지고 있다.
- 마케팅은 중소기업이 가장 어려움을 느끼는 분야로, 판매조직의 취약성과 제품 인지도의 부족, 기존 거래관계를 선

호하는 보수성 등이 근본 원인이다. 이 문제의 타개를 위해서는 공략이 가능한 시장을 찾아내는 노력이 선행되어야 할 것이며, 적극적인 전시회 참가와 사후서비스 보장을 통해 소비자의 신뢰를 얻어내야 한다. 해외 마케팅에서는 이런 어려움이 더욱 가중되므로 정부 지원을 통해 기업의 부담을 덜어야 할 것이다.

(2) TPM 자세히 들여다보기, 기술의 산 넘기

- 기술개발에서 가장 중요한 것은 시장의 흐름에 밀착된, 소비자가 원하는 기술을 개발하는 것이다. 이를 위해서는 CEO가 직접 연구팀의 방향을 가이드 해야 하며, A/S 등을 통한 소비자와의 만남을 끊임없이 가져야 한다.
- 산학협력은 원천기술과 연구 인력을 얻을 수 있는 유용한 방법이다. 그러나 기업이 연구의 방향을 효과적으로 설정하고 관리하지 못하면 효율적이지 못할 수 있다.
- 해외로부터의 기술이전과 연구인력 도입도 중소기업의 부족한 부분을 메울 수 있는 효율적인 방법이다. 특히 기초과학 강국인 구 동구권 국가로부터의 도입은 상당한 성과를 거두었다.
- 기술개발자금 지원과 프로토타입(Prototype) 제작 지원 등 정부의 도움을 적극적으로 이용할 필요가 있다.

(3) TPM 자세히 들여다보기, 생산의 산 넘기

- 품질의 중요성은 점점 커지고 있다. 이때 ERP 구축이나 6

시그마 운동 등 최신의 기법을 도입하는 것도 중요하지만, 무엇보다 품질에 대한 사원들의 인식을 제고하고 실질적인 개선책을 찾아내는 것이 필요하다. 대기업들이 선호하는 방법을 무조건 채용할 것이 아니라 각 중소기업에 맞는 방법을 찾아야 한다.

- 디자인은 미래의 수익 원천이라고 할 수 있다.

  디자인의 핵심은 제품과 회사의 정체성을 정립하여 소비자에게 다가가는 것이다. 이를 위해서는 창의성을 지닌 인재가 필요한데, 자체 수급이 힘들 경우 디자인 전문회사와 공동으로 작업하는 것도 대안이 될 것이다.

- 인재를 중소기업으로 끌어들이기 위해서는 근무여건 개선과 인식 변화가 이루어져야 한다. 사람을 중심에 놓는 기업문화와, 현장체험을 통해 중소기업에 대한 인식을 바꾸는 여러 시도는 효과가 있는 것으로 나타났다. 또한 외국인과 여성 노동력에도 관심을 기울여야 한다.
- 설비와 원부자재난 해결에 있어서는 무엇보다 정부의 조정능력이 절대적으로 필요하다. 공동설비활용을 통해 비용절감과 중복투자를 방지하고 원자재 도입 보전을 통해 기업의 비용부분 애로점을 해결해주어야 한다.
- 입지와 공장건축은 최대한 현장의 기업 요구에 부응하는 방향으로 이루어져야 한다. 적극적으로는 지리적 효율성을 제고할 수 있는 클러스터 건설 등의 정책이 추진되어야 한다. 개성뿐 아니라 평양 등 북한지역으로의 진출은 기존 입지문제의 대안으로 꼽힐 수 있을 것이다.

(4) TPM 자세히 들여다보기, 마케팅의 산 넘기

- 마케팅의 문제는 기존 거래관계의 보수성, 낮은 인지도, 부족한 신뢰도에서 기인한다. 그러나 중소기업은 이런 문제들을 해결하기에 역량이 부족한 면이 많다.
- 따라서 공략 시장을 명확히 하는 것이 가장 중요하다. 영업지역의 특수성을 파악하여 가능한 부분부터 단계적으로 공략해야 한다.
- 인지도 제고에는 박람회와 전시회가 효과적이다. 특히 해외진출 시필수적인 과정인데, 박람회 개최의 상설화를 위해 정부가 더 노력할 필요가 있다.
- 브랜드는 제품에 대한 신뢰도를 높이는 역할을 한다. 자체적으로 브랜드를 구축하기 어려운 경우, 공동 브랜드에 가입하는 것도 대안이 될 수 있을 것이다.
- 해외시장 공략은 비용이 많이 드는 일이기 때문에 인큐베이터와 같은 정부의 지원제도를 적극적으로 활용해야 한다.
- 한미FTA를 통해 확대되는 미국 연방정부의 조달시장은 우리 기업이 적극적으로 공략할만한, 경쟁력을 가진 분야이다. 최저입찰선 인하와 정보 유통속도의 상승 등 긍정적인 요인이 많다.

(5) 중소기업, 세계시장을 누비자

- 변화하는 경제 환경에 맞추어 TPM 사이클이 정착될 때 중소기업의 성장이 가능해진다.
- 이를 위해서는 강한 조직이 만들어져야 하며, 그 핵심에는

지속적인 학습과 직원들의 역량 제고가 있다. 혁신적 기업들의 사례는 진취적 · 창의적 기업문화 구축이 강한 회사를 만든다는 사실을 입증해주고 있다.

- 한미FTA를 효과적으로 활용하려면 그간 고관세로 제약되었던 부분을 집중적으로 공략하고 저렴한 원자재 · 부품 도입을 통해 비용구조를 개선해야 할 것이다.

(6) FTA로 인해 손해를 보는 기업의 업종전환 등 구제책 또한 효과적으로 적용되어야 할 것이다.

- 중소기업 분야의 다음 시대적 과제는 글로벌 기업을 계속해서 만들어내는 것이다. 이를 위해서는 해외시장을 공략할 수 있는 역량을 갖추는 것이 가장 중요하다.

(7) 정책 담당자와 중소기업 CEO에게 전하는 메시지

- 정책 담당자는 수요자 중심의 목민관적 관점을 가져야 한다. 고용과 세금 납부, 제품 제공을 통해 중소기업은 우리 생활에 큰 영향을 주고 있다. 이들이 필요로 하는 것을 먼저 찾아가 듣고 사기를 북돋우는 것이 정부가 해야 할 일이다. 현장 마인드를 갖는 것이 그 첫걸음이 될 것이다.
- 이 모든 것의 주인공은 결국 중소기업 CEO다. 지속적인 정보의 습득, 수요자와의 만남을 통한 시장흐름 습득, TPM에 적절한 시간을 배분하는(1:2:3) 시간관리, 솔선수범을 통한 회사조직의 선도를 통해 강한 기업, 글로벌 기업을 만들어내야 한다.

〈참고1〉 TPM 법칙 허범도 저 [교보문고 제공] 목차

제2장 정책 담당자와 중소기업 CEO에게 전하는 메시지
정책 담당자에게: 수요자 중심의 목민관이 되라
CEO에게 전하고 싶은 말: 항상 깨어있는, 솔선수범하는 경영자가 되자

〈참고2〉 TPM 법칙 허범도저 (출판사 휘즈프레스) 저자소개 교보문고)

경영학 박사, 중소기업진흥공단 이사장 & CEO(2007), 산업자원부 차관보(2006), 중소기업청 차장(2004). 1975년부터 공직생활을 시작한 이래 약 30년 동안 산업자원부, 국무총리실, 대통령 비서실, 중소기업청 등에서 근무하며 산업.무역 통상.에너지.기술.중소기업 정책 등 경제 전반의 업무를 맡아왔다. 다산 정약용 선생의 실사구시(實事求是) 정신과 목민관(牧民官)으로서의 자세를 공직생활의 신조로 삼아 '기다리는 행정'이 아니라 기업과 공장을 한 번이라도 더 '찾아가는 현장행정'을 실현하기 위해 노력했다. 1,700여 개별 중소기업을 직접 방문하고 1만 명 이상의 CEO들을 만난 결과, 중소기업경영의 문제를 보는 틀인 'TPM 법칙'을 완성했다. 저서로는《중소.벤처기업발전론》과 한시집《자연을 느끼며 삶을 생각하며》가 있으며, 한국생산성학회가 주는 '대한민국 생산성 CEO 대상(2007)'과 올해의 공무원상인 '황조근정훈장(1997)'을 수훈했다.

이규성

# 격동기의 노사 관리 체험기

## 1. 협상의 기술

노사분규가 잦아들던 1991년 초에 공공협회가 주관하는 노사대표 선상세미나에 참석하게 되었다. 380여명의 참가인원들이 부산에서 출항하여 대만, 홍콩, 후쿠 오카를 경유하는 약 5,000km의 긴 항해였다. 15일간의 일정에는 방문국의 주요업체 견학과 팀별 선상토론과 발표회와 선상올림픽 행사가 있었는데, 선상여행의 무료함 때문인지 식사 때마다 다양하고 훌륭한 음식들이 제공되었다.

여러 기업들이 수년 동안의 노사분규와 파업후유증을 겪은 탓인지 대다수의 토론주제가 노사불신의 원인분석과 해결책으로 모아졌는데, 노사 간의 대화부족이 노사불신의 원인이라고 진단하고 신뢰회복을 위한 다양한 의견들이 제시되었다.

물론 내가 관리를 맡았던 제조회사에도 금속노조 계열의 노조가 설립되어, 매년 임금투쟁과 반복적 단체교섭 때문에 주요 경영진들이 교섭에 매여 많은 시간을 빼앗겨야 하는 비상한 사태를 겪어야 했다.

노동조합은 조직생리상 선명성과 투쟁력을 확보하기 위해 대개의 경우 강경노선을 지향하는 행태를 보이는데, 교섭초기에 노사 간의 의견차이가 너무 크면 교섭이 장기화되고 마무리가 쉽지 않아 파업이라는 단체행동에 이르게 된다.

파업은 시작하기는 쉬우나 끝내기가 쉽지 않아서, 파업 장기화에 따른 물적 피해와 법적 문제까지 발생되므로 교섭 상대 간에 끝까지 신중한 판단이 요구되는 것이다.

나는 수차례의 교섭과정과 시행착오적 결과들을 경험하면서, 시간만 끄는 교섭 관행을 벗어나 교섭 마무리를 효과적으로 할 수 있는 방안을 시도해 보기로 했다.

우선 회사가 쌍방 간의 쟁점 사항들을 잘 수렴하여 최종 교섭안의 틀을 만들고, 이를 노조 측 핵심 주도자와 내밀한 소통으로 협의 가능한 아이디어를 제공하여 그 교섭 안을 노조 자체의 논의 절차에 개인 의견으로 안을 내어 뜻이 모아지면, 노조 측의 최종안으로 역제안하게 함으로써, 꽉 막혀 있던 교섭이 신속하게 마무리되는 전례 없는 결과를 만들었다.

불신의 시대, 같은 말도 누가 하느냐에 따라 무게감이나 신뢰의 정도가 달라지는 상황에서, 역지사지의 지혜가 교섭 장기화에 따른 피해를 줄이고 노사 신뢰까지 쌓는 소중한 경험을 한 것이다.

나는 한때 노조로부터 악의적인 별명까지 얻기도 했지만, 시간이 지나면서 책임 자의 입장에서 했던 약속은 반드시 지키는 사람으로 믿음을 주게 되었고, 교섭 과정에서 마지막까지 대화의 끈을 놓지 않았던 끈질긴 노력이 결정적 마무리 협상을 가능케 한 기본적 바탕이 되지 않았나 생각해 보았다.

## 2. 노동조합 조직론의 실상

1985년 중반 나는 부산소재 제조업체의 관리책임자로 재직하고 있었는데, 노조민주화 바람으로 노조결성이 폭발적으로 증가했던 그 시기에 우리 회사에도 기존의 노사협의체가 무력화되면서 신규 노조가 설립되었다. 최초로 신임대의원 및 간부 연수회가 미상의 외부장소에서 열렸는데, 주최 측의 양해로 책의 저자인 초빙강사가 직접 교육하는 과정을 참관하게 되었고, 새로운 노동운동의 방향과 노동조합조직론을 함께 경청하면서, 향후 전개될 노사관계 전망과 사태발생에 대한 우려와 심각한 폐해를 걱정하지 않을 수 없었다.

· 노동해방, 노동자가 주인 되는 세상 실현
· 투쟁목표의 100% 달성, 타협적 노사관계 거부
· 정당방위대 결성, 선봉대, 규찰대의 역할 부여
· 소위원제 신설, 현장 저변 조직 강화
· 감옥행 결단대회, 해고자 발생에 따른 법정투쟁 지원
· 조합원 총회 투표, 잠정합의의 대표성 여부
· 노동조합 연대추진, 노동운동의 정치세력화 도모

긴 세월이 지난 지금, 나는 기록으로 남길 필요가 있다고 생각하여 당시의 기억을 떠올리며 정리해 본 것인데, 작금의 현실을 보면 38년 전의 노동조합 조직론의 문제적 주장들이 그대로 현실화 되었고 지금도 지속적인 갈등요인으로 남아 있는데, 그 실 사례로서 예를 든다면, 경영인사권에 대한 심각한 침해, 파업투쟁으로 인한 물적 피해 증가, 상급단체결성 및 정치권 진출, 해고자복직 논쟁, 폭력적 집단 위력행사, 잠정합의 부결사태 등이라 하겠다.

기업이 국운을 좌우한다는 글로벌 경제시대에 미국, 일본 등 선진국에서 이미 60~70년대에 겪었던 시행착오적 경험들에서 제대로 된 교훈을 얻지 못하고, 지금도 우리는 후진적, 전투적 노사관계에서 벗어나지 못하고 있음을 안타깝게 생각한다.

최근 어느 유력 일간지에서,
*"주 40시간 일하고, 중대재해 처벌규제 받고, 귀족노조 일하지 않아도 적당히 생계지원금 주는 나라로는 경쟁력의 유지가 가능할 수 없고……*
*부자와 기업이 떠나는 나라, 이대로 가면 대한민국은 망할 수밖에 없다는 전문가들의 충격적인 주장을 귀담아 들을 필요가 있다"*는 논평의 글을 읽었다.

황금알을 낳는 거위배를 가르듯 기업을 무너뜨리면 노조의 텃밭 자체가 사라진다는 평범한 진리를 간과하지 않길 바라며, 더 이상 수많은 작은 기업들의 생존자체를 위협하는 인기 영합적 입법 조치들이 양산되지 않도록 경고하는 사회적 공감대 형성과, 시대환경에 걸 맞는 균형감을 키우는 다양한 노력들이 확산되어 상생의 기틀이 되어주길 간절히 소망한다.

김 해 룡

- 부산 한국외국어대학 법학과
- 서울대행정대학학원 법학박사
- 한국외국어대 교수
- 한국이민법학회 회장
- 한국외대 법학전문대학원 원장
- 한국외국어대학교 서울캠퍼스 부총장

# 한국형 이민모델 만들자

외국인 정책 법제 전문가인 김해룡 한국이민법학회 회장(한국외대 부총장)은 최근 매일경제신문과 인터뷰하면서 이민 행정의 일관성이 없다고 비판했다.

- 외국인을 받는 한국의 이민정책을 평가한다면.

유기적으로 연결이 안 되어 있는 것이 큰 문제다. 현재 이민 관련 법률만 8개 이상이다. 우리 사회에 필요한 고급인력을 선별해서 한국으로 받아들이는 정책이 필요한데, 그런 부분이 없다. 지금까지 이민 법제는 '외국인 이주나 정착을 지원해야 한다.', '역량 있는 외국인을 받아들여야 한다.' 등의 원칙 조항만 있다. 어떤 방법으로 원칙을 시행할 것인지에 대한 액션플랜이 없다.

- 그래서 이민청 설립 얘기가 나온다. 컨트롤타워는 어떻게 구성해야 하나.

출입국 관리부터 정착까지 전체 프로그램을 관장해야 한다. 예컨데 한 이민 여성이 한국에 온 후 성공했다 치자. 이렇게 되면 이 여성 고국에 있는 친척도 한국에 올 가능성이 있다. 정착 성공이 또 다른 출입국 관리 문제로 연결된다. 지금까지는 개별 부처 소관 사

안 내에서 책임 없이 정책이 이뤄졌다. 부처별 업무권한이 쪼개져 있기 때문에 개별 부처가 의견만 제시할 뿐이다.

**- 이민청으로 역할 이관은 어떤 방식으로 이뤄져야 하나.**

법무부 출입국관리, 안전행정부의 일부 사회통합 정책, 여성가족부 다문화가정 자녀 교육 문제 등이 공유돼야 한다. 고용부의 외국인 노동인력 관리와 재교육 정책, 보건복지부의 외국인 건강 케어, 교육부 외국인 자녀학습 프로그램, 산업통상자원부 중 숙련인력 도입 이관도 일정 부분 필요하다. 중장기 통일한국 인력 활용을 위해 통일부 업무도 공유해야 할 부분이다. 가장 중요한 것은 이민자 자녀 교육이다. 프랑스는 여기서 실패해 이민자가 사회 불만 세력화됐다. 한국 사회에 필요한 인물로 길러내는 교육 프로그램이 가장 중요하다. 이를 뒷받침할 통합이민법도 필요하다. 재한외국인지원법, 다문화법 등을 하나의 법으로 통합해야 한다.

**- 이민정책에 따른 재원 마련은 어떻게 해야 할까.**

각종 이민 지원비용이 제로베이스에서 시작하는 것은 아니다. 이미 이민자들은 한국사회에 많은 기여를 하고 있다. 다만 외국인력 수입액의 5% 안팎을 적립하고 정부가 예산을 지원하는 방식으로 외국인 전용 공적연금 제도를 만들어 보는 것도 한 방법이다. 이렇게 형성된 재원으로 체류 외국인 사업자금을 융자해 주거나 외국인 전용 펀드로 생활자금을 지원해줄 수도 있다.

"지금까지 이민 정책은 유기적으로 연결이 안 됐습니다. 그나마 규제와 단속 쪽으로 치우쳐 있었죠. 통합이민법 제정은 물론 이를 관장할 이민청까지 설립해야 일관된 이민 행정이 가능해집니다. 지금은 개별 부처에 세부 정책권한과 책임을 물을 수 있는 근거가 없어요.

〈참고〉 매일경제 이민모델 만들자. 인터뷰기사(2013.11)

# 사이버 범죄 막을 윤리교육 강화를

정보통신기술의 급속한 발전에 따라 정보사회가 본격적으로 도래하고 있다. 무한 정한 정보 자료들이 이제 공간적 거리와 시간적 간격을 뛰어넘어 인터넷이라는 가상공간 속에서 실시간으로 다면적 접속을 통해 전파되고 있다. 사이버 공간 활용을 통한 수많은 이점에도 불구하고 간과할 수 없는 부정적 요소가 있다. 사이버 범죄가 그것이다.

사이버 범죄의 유형은 다양하다. 컴퓨터 해킹을 통한 시스템 교란 행위 인터넷 쇼핑사이트에서의 사기 행위, 불법 복제 및 유포행위를 통한 저작권 침해 행위, 인터넷 매체를 통한 명예훼손 내지 공갈 개인 정보에의 불법적 접근 및 개인정보 침해행위 등이 전형적인 예다. 최근엔 상품 불매운동을 수단으로 특정 신문사들에 대한 광고의뢰를 저지하는 행위를 둘러싸고 그 범죄성립 여부에 관한 새로운 논란이 제기되고 있다.

사이버 범죄는 이제까지의 오프라인 범죄행위와는 여러 가지 측면에서 상이한 특징을 갖고 있다. 우선 개인의 행위와 그 결과가 인터넷 시스템의 작동 과정을 통해 실시간으로 전개된다는 점이 꼽힌다. 또 인터넷 매체의 특성상 범죄 행위의 전파 범위가 무한계적이어서 어떤 행위자의 행위 자체에 대한 비난 가능성과 그 결과로 나타나는 피해의 크기나 영향 간에 큰 차이가 있다는 것도 특징이다.

그리고 인터넷의 운영체계가 매우 복잡해 그 작동을 위한 간단한 지식만을 가진 일반인들로서는 경우에 따라 예측하지 못한 범죄행위에 연루될 가능성이 매우 크다는 점도 오프라인 범죄와는 다른 점이다.

사이버 경찰청의 통계에 따르면 최근 사이버 범죄는 매우 급속하게 증가하는 추세다. 2002년 이후 증가율은 연 10% 이상에 달한다. 2007년 검거 건수는 8만9000건에 이른다.

사이버 범죄에 대한 적절한 대처 수단을 조속히 강구해야 할 필요성은 그만큼 크다. 우선 형사법제의 정비와 새로운 범죄유형에 대한 연구가 더욱 요망되지만 형사법적 대처만으로는 날로 증가 추세에 있는 다양한 사이버 범죄에 대응할 수 없다. 공법적 내지 사회 정책적 수단이 사이버 범죄에 대한 대처 수단으로 긴요하다.

그 대처방안으로는 첫째, 경찰기관에 정보기술 인력을 보강해 범죄 징후의 포착 범죄 행위의 조사 등의 업무가 체계적으로 행해질 수 있도록 해야 한다. 아울러 범죄 정보의 수집과 자료의 보존, 그리고 그 사회적 파급 영향 등에 대한 형사 정책적 연구도 적극적으로 수행돼야 한다.

둘째, 개인정보 보호시스템을 개발 및 확충해 정보운용자 스스로도 소관사무 이외의 정보자료에 쉽사리 접근할 수 없도록 하는 제도가 도입돼야 한다.

특히 전자정부 구축이라는 기치 아래 운용되고 있는 행정전산망에서 불필요한 정보 접근부터 차단하는 행정전산망 관리체계의 정비가 요망된다.

셋째, 정보 이용에서 법적 책임에 관한 교육이 강화돼야 한다. 최근 인터넷에서의 악성 댓글이 범람하고 있는 현상에 대처하기 위해 정보 매체 이용 에티켓 교육이 강조되고 있으나 , 그에 더해 정보 체계 이용에 있어 야기될 수 있는 법적 문제나 법적 책임에 관한 조기 교육이 시급하다.

넷째, 언론매체 등에서도 '깨끗한 사이버 공간 지키기'와 같은 캠페인을 전개해 사이버 범죄가 확산되지 않는 사회적 바탕을 조성하는 일도 중요하다.

〈참고〉 한국경제 기초질서 지키기 릴레이 제안 인터뷰기사(2008.9.)

김 의 수

# 독일 통일 따라 할 수 있을까?

직장을 마치고 집에 있으면서 이것저것 독서로 소일하던 중에, 우리의 분단과 통일 문제에 대해서도 일부 접하게 되었다. 마침 행정대학원 졸업 50주년 기념문집을 발간할 예정이라고 하면서 원고의 요청을 받게 되었으나, 어쩌다 입학은 하였으나 졸업은 하지 못한 사람이 그런 일에 참여가 가능하겠는가 하는 생각에 요청을 거부하고 마음을 놓고 있었다. 그러나 발간업무를 담당하는 기념문집 편집위원장의 간곡한 설득과 강청에 의지하여, 그리고 그동안의 독서일기를 정리한다는 의미도 있을 것으로 보아, 독일통일의 사례와 우리의 원용 가능성에 대하여 모인 자료를 정리해 보기로 하였다. 전후의 유사한 상황에서 분단된 동서독과 남북한이 통일 성취와 분단 계속이라는 극명한 차이를 보이는 문제에 대한 고찰은, 나름 가치 있는 지적활동이 되리라고 보기 때문이다.

## 독일의 분단과 통일

누구나 아는 사실이지만 한반도의 분단에 대하여. 우리 민족의 귀책사유는 크지 않다. 해방 후의 좌우대립이 분단의 한 원인이 되었을 수 있지만, 근본적으로는 전후 소련의 남하를 중간에서라도 막아보자는 미국의 즉흥적인 결정의 결과라고 하기 때문이다. 그때 일본이 며칠이라도 빨리 항복하여 소련의 참전과 한반도 진입의 기회가 제한되었더라면, 아니면 일본의 항복을 예상한 미군이 좀 더 한반도 가까이에 있었더라면 분단이 되지 않았을 수도 있다는 점에서, 우리의 분단은 우연의 결과가 아닌가 보인다.

반면 독일의 경우 분단은 필연적이었다. 20세기에만도 두 번의 전쟁을 통해서 주변국에 막대한 피해를 준 독일에 대하여 전쟁 후에 악명 높은 나치즘을 근절하고, 독일의 또 다른 군사적 위협을 방지하여 항구적인 평화와 안정을 도모하는 것은 당시 유럽뿐 아니라 세계인의 염원이었을 것이다.

이에 전승국 수뇌들은 얄타회담(1945. 2. 4~11)을 통해 전후 독일에 대하여 비무장화, 비군사화, 탈 나치화, 민주화 그리고 분할점령 등에 합의하고, 1945년 7월 17일부터 8월 2일까지 포츠담에서 개최된 미, 영, 소 3개국 정상회담에서는 프랑스를 포함한 4개국의 분할점령 지역을 구체적으로 합의하고, 특히 소련의 관할구역 내에 위치하는 수도 베를린에 대해서도 4개국이 분할 점령하기로 하였다.

이러한 전승 4개국의 분할 점령 자체가 독일의 분단을 확정한 것은 아니었으나, 점령군의 주둔기간이 길어지면서 점령국의 체제가 이식되었다. 그 결과 서방 점령지역은 자유민주주의, 소련 점령지역에는 공산주의 체제가 각각 이식되어 독일은 정치적, 경제적, 군사적으로 분단되기에 이르렀다. 1946년 미국은 포츠담의정서에 의거하여 독일 내 상품유통을 위하여 4개 점령지역을 하나의 경제지역으로 통합할 것을 제안했으나, 소련이 거부함에 따라 나머지 3개 지역만의 경제통합이 이루어졌다. 1949년 5월 23일 서방 3개국

점령지역은 기본법을 공포하여 독일연방공화국(서독)이 출범했으나, 서독의 주권은 인정되지 않았다. 헌법에 준하는 기본법이 있지만, 이에 우선하는 점령조례(占領條例)에 따라 전승국들이 주권을 보유하였기 때문이다. 따라서 서독은 독자적인 외교활동이 허용되지 않았고, 기본적인 국내정책도 연합국 고등판무관의 지시를 받았다. 1955년 5월 서독과 서방 전승 3개국은 '독일 점령 종결조약'(독일조약)을 체결하여 점령 상태를 종료하고, 주권을 서독에 이양 하였으나, 통일과 국경문제, 평화협정과 외국군 주둔에 관한 사항은 전승국에 유보되었기 때문에 완전한 주권을 회복하였다고 볼 수는 없다.

분단 이후 서독은 분단의 현실을 인정하고 동서독 공존을 표방하는 동방정책을 통해서 동유럽과 관계개선을 위해 소련과 폴란드에 대한 전쟁 책임을 인정하고, 독일 위협에 대한 유럽의 안전보장을 위해 유럽통합을 추진했고, 유럽의 평화체제 구축의 일환으로 소련이 주도하는 유럽안보협력회의(CSCE)에 적극 참여하여 미국, 소련, 캐나다, 그리고 거의 전 유럽 국가와 함께 헬싱키의정서에 합의하였다. 헬싱키의정서는 근본적으로 소련이 전후 확립한 기득권, 특히 동서독 분단 상황과 그 국경을 인정 받으려는 취지였으나, 서방측은 안보 구축의 일환이라는 이유로 인권존중 의무를 채택하고, 특히 독일은 국경 불가침 원칙과 관련하여 '조약과 평화적 수단에 의해 국제법에 일치하는 경우에는' 국경의 변경이 가능하다는 점, 그리고 각국 국민의 자결권을 헬싱키의정서에 명시함으로써 통일의 가능성을 확보하였다.

동서독 분단은 기본적으로 동 서방 진영의 냉전적 대립으로서 국제적 성격을 지니고 있어 동서독은 독자적인 통일 협상이나 합의가 가능하지 않았고, 그렇게 할 법적 권한이 없었다. 가령 동독정부가 서독과 통일을 합의하더라도 전승 4개국의 동의가 없는 한 그 합의는 유효하지 않았을 것이고, 또한 동독이 스스로 체제 유지 노력을 다소 게을리 하더라도 후견국가 소련이 건재 하는 한 서독에 흡수 통일된다는 상상은 할 수 없었을 것이다. 동서진영의 냉전적 대립 구조가 해소되지 않는 한 동독은 서독과 교류하고, 어려울 때 지원을 받고, 그 대가로 다소의 양보를 하더라도 체제가 위험하다고 보지는 않았을 것이다.

사실 동독은 동서독 간 교류 협력의 심화 로 인한 흡수통일의 부정적 효과를 잘 인식하고 있었으나, 동서냉전 체제 하에서 유럽의 분단이 지속되는 한 소련의 영향력이 지속되고, 주변국들이 독일통일을 반대하고 있으므로 동독체제가 서독으로 흡수 병합되는 일은 결코 없을 것으로 간주하였을 뿐만 아니라, 동독은 당시 경제상황이나 생활수준이 이웃의 다른 사회 주의 국가보다 월등하다는 현실에 자족하여 양 독 간 교류 협력의 부정적 효과를 과소평가하면서 서독과의 교류 협력을 통한 경제적 실리를 추구하고, 국제법적 인정을 간접적으로 확보함으로써 체제안정을 도모하였다. 동독 지도부는 독일 민주공화국(동독)을 팔아넘길 수 없다는 동독과 소련의 상호동맹 의무, 그리고 이 동맹의 철저함과 동맹국 소련의 성실성을 믿었고, 동독 사통당 총서기 호네커는 독일민주공화국의 존망을 위태롭게 할 수 있는 상황이 세계정치 구도의 변화로 발생했다는 사실을, 베를린 장벽이 무너지기 직전인 1989년 10월에도 알지 못했다고 한다.

흔히 독일의 통일은 1969년 취임한 사회민주당 브란트 총리의 동방정책의 결과로 알려져 있고, 이를 외견상 유사한 한국의 햇볕정책을 정당화하는 수단으로 삼기도 한다. 그러나 브란트의 동방정책과 이에 의한 통일과업의 완수를 가능하게 한 과거 정부의 통일 노력을 잊어서는 안 된다.

1949년 서독의 초대총리 아데나워(Konrad Adenauer)는 독일의 재기는 유럽통합의 틀 안에서만 가능하다는 비전을 제시하면서 독일이 참여하는 유럽합중국의 건설을 제창함으로써 오늘날 유럽연합의 원형을 제시했다. 아데나워는 “독일주민들의 자유선거로 창설된 독일연방공화국(서독)만이 유일한 합법정부로서 국제법적으로도 전폭적인 지지를 받고 있으며, 독일제국의 후속국가로서 독일국민을 대변할 권한이 있다”라는 단독 대표권을 주장하면서 동독정부와 어떠한 공식적인 접촉도 거부했다. 아데나워의 통일전략은 ‘힘에 의한 정책’으로서, 그는 독일을 경제적, 정치적, 군사적으로 확실하게 서방측에 연결하여 서독의 번영과 안정과 힘을 과시하면 동독은 언젠가는 서독에 흡수된다는 비전을 갖고 있었다.

아데나워 정부는 사회적 시장경제 체제를 구축했으며, 1950년대 연 10% 이상의 고도성장을 통해서 ‘라인강의 기적’을 실현하였다. 서독의 급속한 경제성장으로 동독과의 국력 격차는 더욱 커졌으며, 이는 장차 사민당에 의한 동방 정책의 추진을 가능하게 하는 요인이 된 것은 주지의 사실이다. 군사적으로도 서독은 서방과의 유대를 확보하였다. 서독의 재무장을 미국과 동맹을 맺어 전후 질서를 변경하려는 서독의 전략으로 본 소련은 이를 반대하면서 재무장이 독일통일의 길을 막을 수 있다고 경고했고, 안보와 통일이 충돌하는 재무장을 두고 여야 간에 논쟁이 벌어졌으나 아데나워는 1955년 재무장을 단행하고 NATO에 가입했다. 이 과정에서 1952년 스탈린은 두 독일정부와 평화조약을 체결하자는 각서(Stalin note)를 서방 3개 점령국에 보냈다. 스탈린 노트의 핵심은 독일의 통일과 중립화 였고, 당시 이의 수락을 지지하는 여론이 다수였으나, 아데나워는 거부했다. 독일의 중립화는 미군의 유럽 철수를 불가피하게 만들고, 유럽대륙은 소련제국의 군사적 위협에 노출될 것으로 보았기 때문이었다. 서독정부는 동독정부와 어떠한 접촉도 거부했을 뿐만 아니라, 한걸음 더 나아가 동독과 수교하거나 동독을 주권국가로 인정하는 국가와는 외교관계를 단절한다는 소위 할슈타인원칙(Hallstein-Doktrin)을 채택하여 동독의 고립을 시도하였다. 이와 같이 힘의 우위에 바탕을 둔 단일국가와 단독대표권, 그리고 자유총선에 의한 대 동독 정책은 1950년대 중반 이후 1960년대 말 서독이 신동 방정책을 추진할 때까지 큰 변화를 보이지 않았다.

1966년 출범한 기민당-사민당 연립정부는 동독과 관계진전을 도모했고, 이 정부에서 부총리 겸 외무장관이었던 사민당 당수 브란트(Willy Brandt)는 서독의 평화협정과 긴장완화 정책(1967.4.12), 할슈타인원칙 폐기 및 동독 인정 가능성을 발표(1967.4.29) 함으로써 기존 정책에 일대 변혁을 가했다. 이후 브란트는 1969년 10월21일 총리 취임 후 첫 의회 시정연설에서 ①독일국민의 민족적 자결권, ②동서독 대결상태의 탈피 및 민족 단일체의 성취, ③동서독은 결코 서로 간에 외국이 아닌 특수한 관계로서 상호 공존할 수 있다는 '하나의 민족, 두개의 독일국가' 개념을 설정함으로써 이른바 동방정책을 천명하였다.

이후 서독은 동독, 그리고 소련 및 동구권과 관계 개선을 위해 활발한 협상을 전개하여 동서독 정상회담 개최, 소련과 무력행사 포기에 관한 조약, 폴란드와 관계 개선에 관한 조약, 베를린 지위에 관한 전승 4개국 협정, 그리고 1972년에는 동서독 기본조약을 체결하였다. 동서독 기본조약은 유럽 모든 국가에 대한 국경선 불가침과 영토 보전, 무력위협이나 무력사용의 포기를 규정하고 있는 조약본문과 양 독 간 관계 설정 및 상호간의 자주독립 존중, 각 분야별 교류협력을 규정하고 있는 10개의 부속서로 구성되었다.

동독은 서독과 기본조약 체결 이후 UN 등 국제기구에 가입하고, 프랑스, 영국, 미국 등 서방국들과 외교관계를 수립하여 국제사회의 일원으로 등장했다. 1974년 브란트의 뒤를 이은 헬무트 슈미트(Helmut Schmidt)는 대 동독 정책과 관련하여 브란트의 업적을 관리하면서, 1980년까지 동독과 모두 17개의 조약적 성격을 갖는 협정을 체결했다. 1982년 9월 자민당-사민당의 연립정부 붕괴 후 출범한 헬무트 콜(Helmut Kohl) 정부는 기본법 전문에 명시된 통일 명제를 강조하고, 독일통일은 '자유로운 자결권 행사를 통해 이룩되어야 한다.'는 의지를 재확인했다. 콜 총리는 자유가 통일의 전제조건이며, 자유를 희생하면서 통일을 이룩할 수는 없음을 밝히면서, 동서독 간에 유효한 협정들에 근거하여 동서독 주민들의 편의를 도모하는 포괄적이고 장기적인 해결책을 마련함으로써, 동독과 협력관계를 지속할 것이라고 선언했다.

1989년 6월 28일 헝가리 개혁정부가 개혁의지의 표시로 오스트리아와의 국경 철조망을 제거하자 동독주민들의 대량탈출이 시작되어 하루 2천여 명이 탈출하자 동독정부가 여행협정 규정을 들어

헝가리에 탈출자 송환을 요구하고, 헝가리가 동독주민들을 구금하기 시작했다. 이에 서독정부는 헝가리와의 비밀 교섭을 통해 헝가리가 동독과의 여행협정을 파기하여 동독주민들의 탈출을 묵인토록 했다. 이에 따라 동독정부는 주민들의 헝가리 여행을 금지했고, 동독주민들이 동베를린 주재 서독대표부, 폴란드 및 체코 주재 서독대사관으로 몰려들자 서독정부는 소련 및 동독과의 협상을 통해 동독주민 7천여 명의 서독행을 허가토록 했다. 이어 1989년 11월 9일 동독정부의 여행자유화 발표 이후 베를린 장벽이 붕괴하고 동독인들의 이주 물결이 폭증하였다.

베를린 장벽 붕괴 후 시위가 가열되자 동독 지도부는 11월 13일 슈토프 총리를 퇴진시키고 개혁성향으로 인기가 높던 드레스덴 시당 위원장 모드로우를 총리에 임명했다. 그러나 11월 하순부터 호네커 등 실각한 공산 지도층의 호화생활과 부패 행위가 폭로됨으로써 시위는 더욱 가열화 되었다. 동독 지도부는 '동독'의 존속을 위해서는 보다 근본적인 개혁의 모습을 보여줄 필요가 있다고 판단하고 12월 1일 인민회의에서 사회주의 통일당(SED, 동독공산당)의 권력독점 조항을 삭제하여 정치적 다원주의를 허용했다.

이어 12월 3일에는 당 중앙위원회 특별회의에서 당 정치국과 중앙위원회를 해체했으며, 12월 6일에는 크렌츠가 당서기장, 국가평의회 의장 및 국방위원장 등 모든 직책에서 사퇴함으로써 정치권력이 공산당에서 내각으로 넘어갔다. 동독 공산당은 12월 16일부터 17일까지 개최된 제2차 특별 당 대회에서 스탈린주의와 결별하는 새로운 당 강령을 채택하는 한편, 기존의 사회주의통일당(SED) 당명에 민주사회주의당(PDS)을 덧붙여 SED-PDS로 개칭했다. 그 후 공산당은 개신교 연합을 '원탁의 각료급 회의'에 초대하여 12월 7일부터 '원탁회의'가 출범하였다.

한편 베를린 장벽 개방을 계기로 동독 탈출자들이 계속 증가하여 1989년 한 해 동안에만 343,854명이 탈출하고, 동독의 경제, 사회 마비상태는 더욱 악화되었다. 11월 13일 취임한 모드로우 총리는 위기를 모면하기 위해 취임 당일 서독과의 "조약공동체" 구성을 제안하는 한편, 12월 콜 총리와의 회담에서 120억 마르크의 경제지원을 요청했다. 그러나 콜 총리가 근본적 개혁을 요구하면서 지원을 거부하자 그 이후에는 서독 측의 요구에 끌려갈 수밖에 없었다. 한편 이 기간 중에도 동독 주민의 서독 이주가 계속되고 동독 경제가 더욱 악화되어 모드로우 정부는 1990년 2월 콜 총리와의 정상회담에서 화폐동맹 창설 원칙에 동의할 수밖에 없었고 그 후 동독 공산정권은 급속히 몰락의 길로 들어섰다.

1989년 12월 초부터 시위군중의 민주화 요구 구호인 "우리는 국민이다"가 "우리는 한 국민이다" 또는 "마르크가 안 오면 우리가 가겠다."는 통일구호로 바뀌기 시작했다. 그러나 당시까지만 해도 대부분의 동독주민은 통일보다는 '사회주의 동독'의 존속을 원하는 것으로 조사되었다. 이에 공산당 지도부와 원탁회의 관계자들은 조기 선거가 '동독의 존속'에 유리하다고 판단하고 1990년 5월로 예정되었던 인민의회 의원 선거를 3월 18일로 앞당겨 실시했다. 그러나 예상과 달리 신속한 통일을 약속한 「독일연맹」이 압도적으로 승리함으로써 동독 공산정권 멸망과 독일통일 과정은 가속화되었다. 동독 기민당과 사민당이 4월 5일 개원한 동독 민주의회에서 연립정부를 구성하고 서독정부와 통일협의를 개시함으로써 통일작업은 급진전되었다. 로타드메지에 동독총리는 4월 24일 서독의 수도 본(Bonn)에서 헬무트 콜 서독 총리와 화폐·경제·사회통합 원칙에 합의했다. 5월 18일에는 동서독 재무장관이 「화폐·경제·사회통합 조약」(일명, 국가조약)을 체결하고 7월 1일 발효됨으로써 동서독은 사실상 통일되었다. 이어 8월 22일부터 23일까지 개최된 동독 인민의회에서 10월 3일 독일연방공화국(서독)에 가입할 것을 결의한 데 이어 8월 31일 동서독 내무장관 간에 통일조약이 체결되었다. 이어 9월 20일 동서독 의회가 통일조약을 비준하고 10월 3일 독일정부가 통일을 선포함으로써 독일의 통일은 완성되었다.

## 독일 통일과 한반도 현실

(국가적 정통성과 도덕적 우위) 이제까지 설명한 서독의 통일정책, 즉 아데나워의 '힘의 우위'와 브란트의 동방정책에 의한 '접근을 통한 변화'에서 얻을 수 있는 한반도 통일의 교훈 중에서 가장 중요한 것은 서독은 분단기간 중 국가의 정통성과 도덕적 우위를 견지했다는 점이다. 우선 초대수상 아데나워는 동독을 불법정권으로 규정하고, 할슈타인원칙을 적용하여 서독의 정통성을 과시하였다. 브란트는 동방 정책을 통해서 동독의 존재를 인정하면서도 동서독의 관계는 결코 일반적인 국가 관계가 아니라 '특수관계'라는 입장을 포기하지 않았고, 동독주민에 대한 단일 대표권을 유지하였다.

가령 동독주민에 대한 서독 국적을 법률로 보장하고, 그들이 서독 관할에 들어올 경우 즉시 서독여권을 발급하고, 상호방문에 의해 서독을 방문하는 동독주민에게는 환영 금을 지급한 것도 거주지를 불문하고 국민에 대한 국가의 보호 의무를 이행한다는 상징적 행위였다고 보아야 한다. 동서독 국경에 설치된 자동발사 장치의 철거를 요구한 것은 동독주민까지도 자국민으로 보아 보호하는 서독의 도덕적 우위의 결과이며, 비록 비공개로 진행되기는 했으나 동독 정치범 석방 거래는 이에 대해 모르지 않을 수 없는 동독 지배층 인사들에게 서독의 정통성을 설득하였을 것이다.

또한 동서독 국경지역인 잘츠기터에 인권기록보존소를 설치하여 동독의 인권 유린 상황에 대해 국가적 관심을 표시한 것도 전 독일 민족을 대표하는 서독정부의 정통성의 표현이 아닐 수 없다. 분단국가가 평화적으로 통일하기 위해서 결국 중요한 것은 어느 일방의 '승복'이 있어야 하며, 대등한 상황에서, 그리고 경쟁하는 당사자 간에는 승복이 일어날 수가 없다.

또한 힘, 도덕, 이념적으로 우위를 점유하더라도 이를 효과적으로 상대방에게 전달하지 못한다면 그 상대방에 대한 설득, 그리고 그에 따른 마음의 승복은 일어날 수 없고, 결국 통일은 가능하지 않을 것이다. 남북한 사이에는 경제력에서는 북한에 대한 압도적 우세가 지속되고 있다고 볼 수 있으나, 북한의 핵개발로 인하여 군사적 우위는 오히려 역전의 위기에 직면하였고, 인권 존중과 민주주의 이념적 측면에서는 역시 압도적 우위에 있으나 이를 전혀 활용하지 못하고 있고, 국가의 품격에서는 오히려 북한의 우위를 인정하는 사례도 나타나고 있다. 가령 남북 정상회담이 몇 차례나 계속하여 평양에서 개최되는 것은 한반도의 중심국가 대한민국의 지위를, 적어도 북한주민들이 보기에는 부정하는 결과를 초래할 수도 있고, 과거 다소의 친일 행적을 보인 일부 인사가 대한민국에서 활동하였다는 이유로 대한민국의 성립을 스스로 문제 삼는 것은 국가의 정통성에 대한 치명적인 손상을 초래할 수 있다. 국가원수에 대한 치욕적 비난이나 국가의 존엄성을 훼손하는 북한 지도부의 발언은 남한국민이나 국제사회가 볼 때에는 근거 없는 억지에 불과할 수 있으나, 이러한 언행을 진실과 정의라고 생각할 것이 거의 틀림없는 북한의 엘리트와 일반주민이 남한에 대해 승복한다는 기대는 가능하지 않다. 북한 지도부의 대남 선전, 선동, 그리고 근거 없는 비난은 적절한 논리와 사실에 근거하여 제어되어야 하고, 대한민국의 국격은 남북한 관계를 포함한 모든 대내외 상황에서 최우선적으로 존중되어야 한다.

(통일외교 및 동맹 강화) 통일을 향한 독일의 외교정책에서 얻어지는 또 다른 시사점은 서독은 동방정책에 의해 소련을 위시한 동유럽 국가, 그리고 동독과 관계 개선을 도모하면서도 미국 등 서방국가와 강력한 결속을 유지하였다는 점이다. 서독은 전범국의 위치에서 벗어나 유럽의 일원으로 거듭나기 위하여 유럽석 탄철강공동체(ECSC)에서 발원하여 유럽연합(EU)으로 이어지는 유럽통합을 주도하고, 소련의 반대에도 불구하고 재무장과 NATO 가입을 통해서 서방진영의 일원으로서 정체성에서 흔들리지 않았다. 특히 1989년 동독의 대변화 이후 본격적인 통일의 논의가 이루어지는 과정에서 소련이 통일독일의 중립화 내지 NATO 탈퇴를 조건으로 하였을 때에도, 이를 거부하고 통일에 대한 미국의 강력한 지지를 확보하였다. 미중 간 중립외교를 표방하거나, 납득할 수 없는 친중, 친북적 입장으로 인해 한미동맹의 지속성에 의심을 받곤 하는 한국에게는 시사하는 바가 크다고 보아야 하는 사례이다.

(교류협력과 지원) 독일통일이 브란트 정부에서 비롯된 동방정책과 그에 따른 교류협력의 결과라는 점에는 대체로 이의가 없다. 교류협력을 통해서 동독인들이 서독의 생활수준과 경제상황을 알게 되고, 이를 동경하게 된 것이 통일의 원동력이 되었기 때문이다.

그러나 단순한 '교류협력', 즉 동독의 변화가 수반되지 않는 교류협력만이 이루어졌더라면 1989년 동독혁명과 1990년 최초의 자유선거에 임하는 동독인들이 서독과 조건 없는 통일을 선택하지는 않았을 것이다. 우선 동방정책의 입안자가 천명한 것처럼 서독은 '접근을 통한 변화'라는 뚜렷한 목표를 설정하여 동방정책을 추진하였고, 교류협력의 실제 내용도 동독의 변화를 겨냥하여 동서독인의 상호방문과 왕래로 이루어졌다. 특히 양독관계의 돌파구를 마련한 것으로 평가되는 1983년 6월 동독의 10억 마르크 차관을 서독정부가 보증하는 대가로 서독은 동서독 경계선에 설치된 자동발사장치의 철거와 동서독 주민들의 상호방문에 대한 통제의 철폐를 요구한 것은 동독의 변화를 실현하려는 서독의 의지의 표현이라고 보인다.

이러한 요구에 따라 동독이 탈출자를 단속하는 자동발사 장치를 철거한 것은 물론 여행 및 방문 시의 수속절차와 검문검색 절차를 간소화하고, 문화분야, 환경분야를 비롯한 핵시설 안전문제에 대한 회담과 협상에 응한 것은 잘 알려진 사실이다. 1984년 7월에도 서독정부는 동독의 9억5천만 마르크 은행차관을 보증했고, 동독정부는 그 대가로 연금 수령자의 최소의무 환전액을 낮추고, 국경지역 방문자의 체류기간을 연장하였다.

당시 동독 지도부는 서독정부가 내독교역과 차관제공을 독일정책 추진에 있어서 중요한 수단으로 활용한다는 것을 알고 있었고, 실제 내부적으로 대 서독 차관 요청을 둘러싸고 차관 공여에 내포된 경제적 필요성과 정치적 위험성에 관한 논란이 있었으나, 동독경제의 대외신용도가 떨어진 가운데 이러한 애로를 타개할 수 있는 유일한 방법은 비밀협상을 통해 서독정부의 지원을 받는 것이었다.

이러한 차관 제공 이외에도 서독은 분단기간 중 동독에 대하여 다양한 형태로 재정지원을 제공하였다. 특히 1962년부터 1989년 11월 베를린 장벽이 붕괴될 때까지 27년간 동독 정치범 3만 3,755명과 그 가족 25만 여명을 데려오기 위하여 서독정부가 비공개적으로 지불한 34억 6,400만 마르크도 중요한 지불항목이다.

이처럼 분단기간 중 동독에 대한 서독정부의 지원 및 지불은 다양한 방식으로 이루어지고, 그 금액도 적지 않지만, 눈에 띄는 것은 '명분이 없는 지불'은 없다는 점이다. 상당수의 대 동독 지불금이 동서독 관계로 인해 동독에 발생한 비용을 보전하는 것이며, 순수한 지원에 해당하는 경우에도 아무런 조건이 없는 경우는 찾아볼 수 없다. 경제적 이유로 제공하는 차관과 전혀 무관한 것으로 보이는 인적 교류의 확대와 국경지역의 자동발사 장치의 제거를 요구하는 것은 아무런 조건 없는 지원은 불가하다는 '기본원칙'에 충실한 것이라고 보아야 한다. 차관이 되었던 지원이 되었던 서독으로부터 경제적 급부를 이전 받기 위해서는 무엇인가 양보하여야 하고, 어떻게든 호의를 보이지 않으면 안 된다는 동독정부의 인식이 결국은 동독의 변화, 그리고 동독인의 마음의 변화를 가져온 것이라고 보아야 한다.

사회주의 경제의 한계에 허덕이는 동독은 서독의 경제적 지원을 확보하기 위해서는 서독이 제시하는 조건을 수락하지 않을 수 없는 불가피한 상황이었고, 서독정부는 보수, 진보를 막론하고 무조건의 동독 지원은 없다는 원칙을 고수함으로써 교류협력의 확대와 이에 따른 동독인의 마음의 변화를 실현하여 통일을 성취할 수 있었던 것으로 보인다.

1998년 출범한 김대중 정부는 햇볕정책을 표방하고, 북한에 대한 포용정책을 전개하였다. 표면적으로는 서독의 동방정책을 모델로 한 것으로 볼 수도 있으나, 이러한 지원과 대가의 대응성, 즉 상호주의가 전제되지 않았고, 북한의 변화라는 점이 누락되었기 때문에 사실 햇볕정책은 동방정책과 비교 자체가 가능하지 않다. 우선 남북교류의 일부라고 볼 수도 있는 이산가족 상봉은 북한의 관할지역인 금강산에서, 북한당국자의 엄중한 감시하에 이루어져 가족간에도 마음의 교류가 일어나는 것이 가능하지 않았고, 심지어 남한국민들의 금강산 관광도 북한 감시인들이 배치되어 있는 정해진 경로에서만 가능했으므로 관광의 핵심인 현지 주민과의 접촉은 이루어질 수 없었고, 지금은 중단되었으나 개성공단에 입주한 남한기업들은 작업반장이라는 중간관리자를 통해서만 작업 지시를 해야 했으므로 남북한 주민 간에 최소한의 접촉도 허용되지 않았고, 임금도 일괄적으로 북한당국에 지불되어 임금을 통한 인센티브의 활용도 봉쇄되었다.

햇볕정책에 의한 교류협력의 어느 경우에도 독일에서 나타난 '접근을 통한 변화'는 기대할 수 없었다. 대북 식량지원이 이루어지기는 했으나, 북한정부에 제공되어 배급의 투명성도 확보되지 않았고, 북한주민에 대한 한국의 인도주의적 호의가 전달될 여지는 존재하지 않았다. 하물며 단순히 정상 회담을 위한 불법 대북송금은 지원과 대가의 상응성, 즉 상호주의를 위반하였을 뿐 아니라 국가의 품격까지도 손상시키는 망국적 행위의 전형이었다고 보인다.

그러나 대북송금의 가장 심각한 폐해는 북한으로 하여금 아무런 대가 없이 남한을 갈취할 수 있다는 선례를 만들어 후임정부의 정상적인 대북접근을 어렵게 하였다는 점이다. 실제 북한은 남한의 상호주의 논의에 대응하여 양보는 하지 않으면서 경제적 이익을 획득하는 이른바 '햇볕정책 갈취전략'(Sunshine exploitation strategy)을 수립하였고, 그 전략의 일환으로 개혁개방이나 인권개선과 같은 어떠한 적극적 조치도 없이, 다만 군사도발을 하지 않는 것이 상호주의를 충족하는 것이라는 점을 과시하기 위하여 2002년 연평해전을 도발하였다고 한다. (주: Jang Jin-Sung, 『Dear Leader: North Korea's senior propagandist expose shocking truths behind the regime』 (Rider Books, London, 2004) pp. 252-258) (정책의 일관성) 흔히 서독의 진보정부가 수립한 동방정책을 보수정부가 승계하여 통일에 이른 반면, 한국은 대북정책의 일관성을 구현하지 못했고, 특히 이명박, 박근혜 정부가 햇볕정책을 승계하지 않아 남북관계가 악화되었다는 주장이 있다.

아데나워 정부는 민주주의 재건, 서방세계에 대한 통합과 경제발전을 통한 힘의 우위를 통해서 통일을 달성하겠다는 목표를 천명하였고, 1950-60년대 유럽의 대결상황 악화에 따라 브란트 정부는 동독의 실체를 인정하게 되었으나, 접근과 변화를 통해서 통일의 계기를 마련한다는 방법상의 차이일 뿐 통일을 향한 궁극적 목표에는 차이가 없었다. 방법상의 차이에도 불구하고 서독의 단독 대표성, 인권정책의 고수, 대가 없는 지원불가 등의 원칙에 입각한 동방정책을 후임정부 로서도 이를 승계하는데 거부감이 없었을 것이고 독일정책의 일관성은 자연스럽게 확보될 수 있었다. 그러나 햇볕정책은 북한에 최소한의 대가도 요구하지 못하였고, 어떠한 북한의 변화도 담보하지 않은 '일방적인' 대북지원이었다는 점에서 정상적인 상황 하에서 승계가 가능하지 않았다.

특히나 정부의 임기 말에 후임정부를 구속하기 위하여 서둘러 이루어진 2차 남북 정상회담의 합의는 정치적 정당성까지 결여하고 있으므로 그 이행이 가능하지 않았다고 보인다. 향후 남북교류와 대북지원은 북한의 변화, 특히 북한주민의 인권 개선과 비핵화 등 가시적인 변화를 조건으로 이루어져야 하고, 보수, 진보정부를 막론하고 이러한 기조 위에서 대북정책의 일관성을 확립하여야 한다.

(서독의 대동독 인권정책) 서독의 대 동독 인권정책은 공식적으로 통일을 도모할 권한이 없던 서독정부가 동독에 대하여 취할 수 있는 가장 정당한 정책의 하나로서, 실제 통일을 가져온 '독일정책'의 핵심내용이다. 서독정부가 대동독 인권정책을 통해 동독의 존재를 부인하거나 체제 전복을 도모하였다는 증거는 없지만, 결과적으로 통일 성취의 중요한 과정이었다는 점에서 인권정책의 전략적 가치도 인정된다.

1961년 8월 13일 베를린 장벽이 건설된 후 서독정부는 1965년까지 동독지역의 인권유린을 주제로 한 자료집들을 발간하고, '잘츠기터 중앙기록보존소'를 설치하여 동독의 반인권 범죄를 감시하였다. 한편 서독정부의 후원을 받는 초당파적 전국 조직체인 '단일 독일을 위한 이사회'는 1962년과 1963년 UN 인권위원회에 베를린 장벽 건설 후의 동독 인권침해에 대한 소원을 제기하여 국제정치 무대에서 동독 인권상황을 문제 삼기 시작하였다. 또 한편으로는 1963년에는 동독과 비공식 협상을 통해 경제적 대가를 지불하고 동독 정치범을 석방하여 서독으로 데려오는 거래(Freikauf)를 시작하였다. 베를린 장벽 건설 후 상호방문과 접촉이 완전히 차단된 베를린의 상황을 개선하기 위하여 서베를린 시당국은 동독과 협상을 통해서 '통행증협정'을 체결하여 1963년 12월 19일부터 1964년 1월 5일 사이에 130만명의 서베를린 시민이 동베를린을 방문하였고, 이러한 통행증 협정은 1966년까지 세번 더 이루어졌다.

또한 동방정책에 의해 동서독 간 평화 정착과 화해협력의 시기에도 서독정부는 동독 인권상황에 대한 선언적, 규범적, 원칙적 비판을 중단하지 않았다. 우선 사민당의 브란트 수상은 동독과 '기본조약'을 협상하는 과정에서 UN 헌장의 정신에 입각한 인권의 중요성을 강조했고, 그 결과 동서독 기본조약 2조에서 '인권보호'를 명문화하는데 성공했다. 또한 사민당의 브란트, 슈미트 수상은 물론 기민련의 콜 수상까지도 매년 의회에 대한 '민족상황에 관한 보고' 연설에서 동독의 억압적 조치와 인권유린 문제를 반복적으로 지적하고, 베를린 장벽과 국경봉쇄 장치, 발포명령, 이동제한, 동독 탈출 조력자에 대한 재판 등을 열거하면서 동독 집권자들에게 개선을 요구했다.

특히 콜 수상은 '민족상황에 관한 보고' 연설에서 자유가 독일의 핵심이며, '베를린 장벽의 철거가 동서독 관계 정상화의 전제조건'이라고 강조했고, 1987년 9월 7일에는 서독을 방문한 당시 동독 국가평의회 의장 에리히 호네커를 접견하는 자리에서 개별 인간의 본원적 자유와 자기결정권을 강조하면서 인권과 기본권 존중의 필요성을 환기시켰다. 또 앞에서 언급한 것처럼 차관 제공을 수단으로 해서 동독정권으로부터 국경선에 배치된 무인발사기 철수, 동서독 왕래 확대와 같은 가시적인 성과를 도출하였다.

서독의 대 동독 인권정책의 전개에는 전술한 것처럼 소련의 주도로 유럽안보협력회의(CSCE)에서 이루어진 이른바 '헬싱키 의정서'의 역할이 컸다. 서독은 CSCE를 통해 첫째, 동독내 인권과 기본적 자유의 침해를 최소화 또는 중지시켰으며, 둘째, 분단 독일 내에서 여행과 방문, 교류를 활성화시킴으로써 인적교류를 확대하였다. 우선 동독은 국가안보, 공공질서, 공중보건, 공중도덕, 타인의 권리를 침해하지 않는 한 모든 거주이전의 자유가 허용된다고 보장하였다.

그리고 여행제한의 완화, 인권침해 시 항고 및 법적 공소절차 확보, 인도적 차원의 회의라는 명목의 협의기구 및 상호감시기구도 설치하였다. 또 서독은 동독으로부터 라디오 전파방해의 금지, 인쇄물 교류방해 금지도 얻어내어 정보의 자유를 확보했다. 또한 서독은 동독 내 죄수 구류의 피해와 관련하여 형집행자의 UN 행위규약 및 형사범죄인 대우에 관한 UN 최소기준의 준수를 보장받았다. 그리고 직접적으로 인적교류의 확대도 약속 받았다.

이상과 같은 서독의 대 동독 인권정책이 분단된 남북한에 주는 시사점은 무엇인가? 무엇보다도 먼저 주목되는 것은 서독의 정부는 보수가 되었건 진보가 되었건 정부의 성향에 무관하게 동독의 인권문제를 중시하고, 이를 계속해서 거론했다는 점이다. 사실 인권은 국가 이전에 존재하는 자연권이라는 사상이 보편화된 현대에는 인권에 대해서는 특정국가의 주권을 뛰어넘어 '국제사회가 공동으로 보호하여야 할 책임'(R2P)이 인정되고 있으므로 어느 국가라도 다른 나라의 인권상황을 감시하고, 개선을 요구할 정당한 권한이 있다. 하물며 기본법(헌법)에 의해 동독에 대한 대표권까지 주장하는 서독으로서 동독주민에 대해 직접 통치권을 행사할 수는 없더라도 그들의 인권에 관심을 갖고, 개선을 위해 노력하는 것은 너무나 당연한 국가의 임무이다.

서독은 이러한 국가의 임무를 충실히 수행했고, 통일에 의해 보상을 받았다. 이러한 국가의 기본적 임무를 부정하고, 북한의 인권을 방치하고, UN 인권이사회의 북한인권 결의에 기권하는 행위는 북한주민을 대한민국의 국민으로 규정하는 헌법상의 문제는 차치하더라도 국가의 품격을 포기하는 행위이다. 품격을 잃은 국가는 북한주민의 지지를 받을 수 없고, 따라서 궁극적인 통일의 주체가 될 수 없다.

북한인권 문제에 대한 침묵이 북한을 자극하지 않고, 따라서 남북관계 개선에 기여할 수 있다는 논리도 성립할 수 없다. 남북관계를 개선하여 통일을 도모할 상대는 북한 주민이지, 북한 정부가 아니다. 결정적인 시기에 자유민주주의를 수용하는 통일을 결정할 주체는 북한주민이다. 북한정부와 관계를 개선하는 것은 그 정통성과 안정성을 지원하여 통일에 장애가 될뿐만 아니라, 당장에 도발을 억제하여 외형적인 평화를 구현하는 것은 정파적 이익에 불과할 뿐이다.

## 독일 사례의 한반도 적용

교류와 협력, 그리고 접근을 통한 변화에 의해 이루어진 독일의 통일은 한반도에서 재현되기 어려울 것으로 보인다. 남한이 서독의 통일을 고무적인 사례로 보아 이를 적극적으로 연구하고, 재현 가능성을 검토하는 것과 마찬가지로, 북한도 독일사례를 반면교사로 삼아 체제 보위의 의지와 수단을 더욱 공고히 하고 있기 때문이다. 가뜩이나 북한은 거짓과 과장에 기초하여 성립된 국가체제로서, 진실을 은폐하기 위해 주민들의 외부접촉과 정보를 차단하여 왔는데, 독일 통일은 이러한 나름 그들의 인식이 옳았다는 점을 명백히 보여주었기 때문이다. 누적된 체제 모순과 왜곡된 경제정책으로 인해 북한경제는 극심한 침체 상태에 있고, 이를 탈피하기 위해서는 개혁과 개방이 필수적이다.

그러나 개혁, 개방의 과정에서 낙후된 북한의 실태, 체제의 허위 선전과 지도층의 부패가 드러나고, 특히 세계 10위권의 경제와 선진 시민사회를 보유하는 남한의 실상이 북한주민들에게 알려질 경우 체제 유지가 어렵다는 점을 북한은 너무 잘 인식하고 있다. 북한은 2020년 반동사상 문화배격법, 2021년 청년교양보장법, 2023년에는 평양문화어보호법을 제정하여 사상은 물론 옷차림, 말투까지 단속하고, 위반자는 무기 노동교화형, 사형까지 서슴지 않고 있다.

이런 북한이 체제와 사상의 변화는 물론, 정서와 감정의 변화를 초래할 남북 간 교류와 협력을 수용하는 일은 일어나지 않을 것이다. 단순한 교류협력도 북한의 변화를 가져오게 된다면, 지금까지 그랬던 것처럼 어느 정도 경제적 이익을 취한 후에 어느 단계에서 파기하겠지만, 독일이 시종 고수하였던 상호주의 적 지원, 즉 조건부 대북지원이라면 더더욱 북한은 거부할 것으로 예상된다. 기본적으로 '민주성'이 결여된 체제에서 아무리 주민의 복지와 생존이 위협받더라도 더 중요한 것은 체제의 유지이기 때문이다.

그러나 우리는 독일의 통일에서 중요한 시사점을 얻을 수 있다. 즉 독일의 통일은 서독의 자유와 풍요한 경제에 대한 동독인의 동경에서 비롯하였고, 이러한 동경은 동서독 각각의 상황은 물론 국제정세에 대한 정보가 원활하게 동독인에게 전달되었기 때문에 생겨날 수 있었다. 동독주민들은 서독의 TV와 방송에 대한 제한 없는 시청이 가능했고, 출판물의 교류에 의해서도 정보의 접근이 허용되었고, 상당한 정도의 상호방문이 허용되었다. 특히 서독방송의 시청은 동서로 분단된 베를린이 동독의 영역 내에 소재하여 서베를린에서 송출되는 방송의 시청을 금지하기 어려웠다는 기술적인 문제 외에도 서독정부의 적극적인 개입이 있었다는 점도 중요하다.

이제 남북한의 교류와 협력을 통해 북한에 대한 정보의 유입과 변화가 가능하지 않다면, 다른 방법을 찾아야 한다. 남북으로 길게 이어진 한반도의 지형으로 인해 동서독의 경우처럼 북한주민이 상시적으로 남한의 방송을 시청하는 것은 어렵고, 또 북한당국이 방치하지도 않겠지만 방송을 통한 정보의 유입이 아주 불가능한 것은 아니다.

게다가 지금은 첨단 전자기기의 발달과 북한주민의 적극적인 정보 획득 활동에 의해 정보유입의 통로는 더욱 넓어지고 있다. 문제는 북한주민에 전달되는 정보의 내용이다. 단순히 한류 드라마나 가요에 머물 것이 아니라, 북한의 실상과 거짓선전에 대한(북한정권의 반발을 최소화하기 위한) 암시적 비판, 북한주민에 대한 대한민국과 국제사회의 선의와 포용, 인권의 가치와 인간성의 본질, 그리고 통일의 비전과 통일 후 북한인들이 누리게 될 자유와 밝은 미래를 최고의 전문가들이 누가 보더라도 설득력 있는 문장과 매체로 작성하여 북한주민들에게 전달하여야 한다. 북한에 대한 정보유입은 외국정부나 탈북자 단체에 맡겨놓을 일이 아니라, 우리 정부가 확고한 정책의지를 갖고 직접 추진하여야 한다.

독일통일은 우리 생애에서 이루어진 매우 중요한 역사적 사건이다. 특히 그렇게 거대한 변화가 그야말로 평화적으로 이루어졌다는 점에서 남북한 관계에는 여간 고무적인 일이 아닐 수 없다. 동서독 통일에 대해서는 통일 후 사회 및 경제 통합과 관련하여 적지 않은 논란이 있고, 특히 통일비용의 문제는 우리사회에서 통일 기피증의 원인이 되기도 했으나, 이는 오해와 편견에서 비롯된 부분이 적지 않다. 이 글을 읽을 대부분의 독자는 70대 중반을 넘어가고 있을 것으로 예상되나, 건강을 잘 챙기면 생전에 통일의 감격을 경험할 수 있을 것으로 믿는다.

(2024년 9월 29일)

이성구

# 사랑의 실천으로 분단의 통일로

목차 : 1. 21세기는 유목민 문화시대
2. 평화, 번영
3. 서구문명의 기본 전제
4. 인간다운 삶의 기본전제는 무엇인가?
5. 21세기 새로운 직업윤리
6. 평화와 번영 통일로 가는 길

## 1. 21세기는 유목민 문화시대

1945년 8월은 우리 한민족에게 광복의 기쁨을 안겨준 날이기도 하지만, 남북분단 이 이루어진 달이기도 하다. 그런데 20세기가 지나고 분단이 해소되지 않은 채, 79년을 넘기면서 남북한은 확연한 차이를 보이고 있다.

북한은 자력갱생이라는 전략을 일관하면서 국제사회와 문을 닫고, 유목민 사회가 아닌 정착성사회를 추구하면서 병영사회를 강화, 김정일은 김일성 민족이라는 허구성을 헌법과 법제화를 강화하고, 김일성을 종교화하여 주체종교를 만들고 선군정치, 강성대국 건설이라는 미명하에, 핵무기, 미사일로 무장하려는 끈질긴 노력을 기울여왔다. 상업적 세계화, 산업적 세계화와는 담을 쌓고 대부분의 북한 주민들을 가난한 인프라 노마드로 만들어 버리는 결과를 낳게 되었다. 인구에 비하여 군인의 수를 배가시켜, 젊은 남녀 인력을 모두 병영노동자로 만들어 북한의 모든 힘의 근원을 군사력으로 치환해버렸다. 문제는 국력의 기반을 군사력으로 정의내림으로써 북한의 경제적 기반은 취약할 뿐만 아니라, 특권층을 제외하고는 전인민의 빈민화를 초래하고 있다는 사실이다.

더욱 심각한 문제는 김정은이 자녀로 4대 세습을 꾀하면서 전 국민을 신민 화시켜서, 과거시대의 봉건절대군주제로 회귀하려는 데서 오는 가난한 절대 빈민민중의 저항이 거세어지고 있다는 사실이다. 이러한 징후의 하나가 북한 화폐개혁과 식량자급화의 실패를 들 수 있다. 물론 4대 세습을 골몰하는 혈통주의(김일성 가족주의) 세력은 내부적으로 강압적 탄압을 구사하고, 그의 반작용으로 불만세력의 봉기가 지속되겠지만, 북한의 통치적 패닉 현상은 더욱 커지리라 예상된다.

이러한 북한 내부 통치상황이 불안정 불확실성이 커질수록 북한이 서해안으로 긴장을 고조시키고, 제2의 연평도 사태와 같은 사건을 부추길 것은 불을 보듯 명확히 예측할 수 있다. 그 시기는 명확히 밝힐 수 없으나 한국의 정치적 리더십이 바람직한 민주적 리더십을 벗어나고, 한국의 민주정치가 후퇴하면 후퇴 할수록 그 시기는 더욱 앞당겨질 것이다.

한국의 경우, 세계불황과 함께 경제적 저성장을 예견케 하는 지표들이 많이 등장하고 있고, 산업화가 가져온 약점인 빈익빈 부익부현상을 어떻게 극복해 나가느냐가 문제이다. 또한 군사력보다는 경제적 시혜능력의 중요도가 매우 커지는 시대에 직면하고 있다.

복지 등 경제적 시혜능력의 확대를 위해서는 온 국민의 민주주의 문화양식의 내실화와, 정치적 차원에서의 민주적 리더십 향상이 필요하다. 21세기 유목민 문화 시대에 지배의 리더십에서 섬김의 리더십으로 리더십의 패러다임의 변화를 강력히 요청한다.

우리 한민족도 미래 지향적, 유목민 문화로 변해야 한다. 유목민이란 단어는 '나눈다.' 또는 '여러 몫으로 나눈다.'는 개념을 나타내려고 한 고대 희랍어에서 나온 것이다. 시간이 흐르면서 다른 의미들이 이 단어에 포함되었는데, 하나는 '법'을 뜻하는 것이고, 다른 하나는 '질서'를 뜻하는 것이었다. 이러한 언어학적 진화가 제시해주는 것은 무엇인가? 유목민은 자신의 목초지를 다른 사람들과 어떻게 나누어 갖는가를 알아야만 생존할 수 있었던 것이다.

법이 없으면 유목민도 존재할 수 없다. 최초의 '유목물품'은 법 그 자체였으며, 인간이 그의 존재를 위협하는 폭력을 다스릴 수 있게 허락해주고, 그래서 평화롭게 살 수 있게 해 준 것이 바로 법이었다. 돌에 새겨진 형태로 성궤 속에 넣어가지고 다녔던 모세가 사막에서 받은 말씀은, 그것이 생명을 보호하고 성스러운 것을 지켜주는 법이기 때문에 역사상 가장 귀중한 '유목물품'으로 아직까지 남아있다는 것이다. 우리가 다른 무엇보다 보호해야만 하는 '유목물품'은 지구 그 자체이며, 생명이 기적적으로 자리 잡고 앉아 있는 귀중한 우주의 한 모퉁이라는 사실이다. 이 곤혹스러운 질문에 대한 해답은 항상 그렇듯이 언어 속에 숨겨져 있다. 왜냐하면 언어란 지혜를 여는 열쇠이기 때문이다. 지구의 여러 곳에 큰 변화가 일어나고 있다.

그 첫째 변화가 지구온난화 문제다. 기후가 변화하고 남북극의 얼음과 눈이 급속도로 녹아 해수면이 점점 높아지고 있다. 전 세계가 지진문제로 골머리를 앓고 있고 이제는 비가 내리는 것이 아니라 물 폭탄이다. 빌게이츠의 "기후재난을 피하는 법"이 시사하는 바가 크다. 한국도 그 예외는 아니다. 한반도에 살고 있는 7,000만 한겨레를 통일의 길로 인도하는 데에 사랑의 통일학이 있다. 한반도 통일문제는 조심스럽게 사랑으로 다루어야 한다.

## 2. 평화, 번영

### (1) 평화

Peace의 세 가지 의미는 다음과 같다. 첫째, 전쟁으로부터 평화(안보)이다. 지금도 러시아와 우크라이나 전쟁이 계속되고 있고 이스라엘과 중동지역하고 전쟁을 지속중이며 한반도도 전운이 시작되었다고 본다. 어떻게 안보 상황을 극복하며 평화를 유지하느냐의 문제에 직면해있다.

둘째, 온갖 폭력과 기근으로부터의 평안이다. 화평이란 말로도 표현할 수 있다.

인류에게 가장 큰 피해를 줄 수 있는 것이 핵무기이며, 기후환경의 변화가 중요한 변수이다.

셋째, 모든 질병으로부터 벗어나는 평강이다. 급격한 지구온난화로 인해, 말라 리아와 같은 병충으로 생명이 위급해 질 수 있다. 알렉산더 대왕이 말라리아로 생명을 잃었다. 예컨대 여러 기후 환경 등의 변화에 의하여 나타난 코로나와 같은 질병에 대응하는 것이 중요한 과제다. 이번에 140만 명 이상이 사망한 것이 그 예라 할 것이다.

한국인의 가슴 속에 간직된 Peace의 의미는 이처럼 평화(안보), 평안(화평), 건강한 삶을 누리는 평강을 3000도 이상의 뜨거운 사랑의 용광로 속에서 견뎌낸 담론이 '평화프로세스'이다.

평화를 지키는 최선의 수단은 전쟁에 대비하는 것이며, 화합과 평화를 만들어내는 평화프로세스를 더욱 강화하고 제도화하는 일이라 하겠다. 우리에게는 경제에서 있어서는 Harmony of interests, Harmony of 입법, 사법, 행정, Harmony of 자유+평등+평화를 사랑의 관점에서 조화시키는 일이다. 자유가 나 홀로의 관점이라면 평등은 다 함께의 관점에 선다. 즉, 이 둘 간의 조화와 균형이 이루어져야 한다.

믿음의 역사가 평화를 만든다. 그러나 절반의 진실이란 완전한 허풍이다. 선한 전쟁도 악한 평화도 없다. 진정성, 진실성에 기초한 신뢰사회, 신뢰성이 증가할 때 평화는 증진된다. 윈스턴 처칠의 말이 생각난다. "만약에 현재와 과거가 화합하지 못하면, 틀림없이 미래를 상실한다." 우리는 평화의 승리자가 되어야 한다. 믿음을 회복시키는 일이 중요하다. 왜냐하면 패배에 응답하는 방법은 단 한 가지, 승리하는 길 밖에 없다. 남아공의 만델라가 정적의 고발로 27년 이상이나 감옥 생활을 하였지만, 73세의 노인으로 석방될 때 그의 아내가 그 사람만은 용서할 수 없다고 하였다. 그때 만델라가 말했다. "자니, 그 사람 모든 것을 용서했어" 그 모든 것을 용서하고 화해함으로써, 남아공의 평화를 이룩하고 번영의 기틀을 마련했던 것이다. 이러한 평화프로세스를 이룩하기 위해서는 무엇보다 시급한 것이 한반도 비핵화 이다. 한반도의 비핵화가 중요한 이유는 남북 간의 핵 갈등이 첨예화 되면 될수록 핵전쟁의 위험에 노출될 가능성이 높기 때문이다. 이렇게 되면, 공존이 아니라 공멸을 초래할 것이 명확하다. 이 비핵화는 비단 한반도만의 문제만이 아니라 전 세계적인 것이다. 세계의 평화를 위해서는 그 어떤 이유와 명분으로도 핵무기를 만들어서도, 사용해서도 안 된다.

통일의 기회가 무르익더라도 남북 사이에 전쟁의 잔재를 청산하는 휴전협정에서 평화협정을 체결하는 일이 중요하다. 한국이 전시작전권의 환수 없이 한반도 통일은 비현실적인 일이다. 우리는 한국전쟁 후 어려운 시기에 우리를 도와준 미국시민과 정부의 고마움을 지금도 간직하고 있다. 또한 민주주의를 지키는데 미국이 민주 우방으로써 함께 해온데 고마움을 갖는다. 통일 없이 동북아의 평화와 안전 그리고 공동번영은 불가능하다. 동서독이 어려운 가운데에서도 동독 서독 간에 평화협정을 체결함으로써, 이미 1975년 통일로 한 걸음씩 나아간 것을 본다. 북한이 핵카드를 통해 얻으려는 핵심은 중국과 미국으로부터 체제보장, 즉 김일성 왕조체제를 법적으로 보장받는 것이다. 우리는 이것을 막아야 한다. 한반도의 통일은 민주화를 확대하는 통일, 민주·민족·평화 공동체를 함께 만들어 가는 통일이어야 하기 때문이다.

인도를 지배하고 있던 영국으로부터 영국 없이 걷는 법을 터득하는 사람이 바로 간디다. 그는 비록 힌두교도였지만 예수의 산상수훈을 실천하는 길이 인도독립의 길이라고 믿어, 비폭력적 독립운동을 통해 위대한 인도독립을 얻어냈다. 인도 독립운동에 함께 참여했던 동지들이 수천 명이나 감옥에 투옥될 때 간디가 꼭 부탁한 말이 있다. "신약성경을 가지고 들어가라. 마태복음 5장 산상수훈을 읽어라"

독일 통일에서 빼놓을 수 없는 3인이 바로 메르켈의 아버지 호르스트 가스너 목사와 서독의 헬무크 콜 수상, 그리고 호르스트 가스너의 딸 메르켈 독일 여성 총리이다. 이 3인의 공통성은 진정성 있는 기독교인이라는 사실이다. 아버지 가스너 목사는 메르켈이 1살 때 동독의 복음화를 위해 서독 베를린에서 동독으로 이주하여 어렵게 복음 사역을 하였다. 기독교인이었기 때문에 많은 감시와 직장을 얻는데 장애가 있었다. 메르켈의 어머니도 서독에서는 영어교사였지만 동독에서는 아무 일도 할 수 없었고 메르켈마저 물리학을 전공 할 수밖에 없었다. 헬무트 콜 수상도 시골뜨기라는 별명처럼 크게 드러나지 않았지만 예수의 원수 사랑의 역설을 실천하여 앙숙으로 여겨졌던 프랑스 등 이웃나라들과 신뢰를 쌓아 독일통일을 실현하였다. 이에 더하여 유럽공동체를 만드는 주역이 되었던 것이다.

남북한 관계는 국제법상 국제관계지만 다른 한편 한민족, 한겨레의 관계이다. 언제나 항상 어떤 상황에서도 소통의 끈을 놓아서는 안 되며, 대화와 소통의 지경을 넓혀야 한다. 그럼에도 불구하고 우리는 오랫동안 이데올로기 면에서 적대적 분단 이데올로기를 강요 받아왔다. 우리 한국은 이미 경제 강국, 기술 강국이 되었고, 비굴로부터의 자유, 대내적 군사적 압력을 이겨냈다. 이제 대외적 군사적 압력을 이겨내야 한다. 우리는 군사강국의 측면뿐만이 아니라 안보능력의 강화, 경제적 시혜능력을 업그레이드시키기 위해 이웃나라와 Harmony of interests 즉, 이익의 조화를 확대해 나가야 한다. 분단극복을 통한 평화통일의 실현, 정의로운 자유 평등 민주 복지사회를 건설해야 한다. 이 문제는 선후의 문제가 아니라 동전의 양면과 같다. 원수 사랑의 역설을 실천하는 일이다.

우리의 사명은 십자가를 지고 이 민족의 통일을 위해 예수그리스도와 함께 원수 사랑의 역설을 실천하는 일이다. 8·15 광복절 79주년을 맞이하여 한반도를 걸어 가시는 예수를 따라 함께 걸어가자 평화와 번영 통일의 그날까지 대한민국의 평화와 번영과 통일을 이룩하기 위해서는 국내정치면에서 다방면의 협치가 필요하다. 모든 대화와 소통이 단절된 현 시점에서 볼 때, 남북한 간에 강대강, 극한 대결은 자칫 군사충돌을 야기 시켜 전쟁의 단초가 될 수 있다. 적극적인 대화와 소통이 매우 시급하다. 2019년 6월 30일 어려운 상황에서도 남한과 북한과 미국의 최고지도자가 판문점, DMZ에서 함께 만나 손잡고 대화를 했던 기억을 상기할 필요가 있다. 저는 평화의 단초를 열기위해 "남북의회회담"을 제안한다. 즉, 대한민국 국회와 조건 없이 빠른 회담이 필요하다고 본다. 그 이유는 남북 상호간에 의도하지도 않았고 예기하지도 않은 사건이 터졌을 경우, 최소한 상호간의 통신, 교류, 소통을 복원하는 일이 시급하기 때문 이다. 북한의 최고인민회의와의 회담을 제안 한다. 상황이 여의치 않을 경우 남북적십자회담을 제안한다.

(2) 번영

평화와 함께 중요한 정책이 번영정책이다. 이 번영을 만드는 것은 사랑의 수고를 통하여 달성될 수 있다. 어느 나라를 막론하고 번영 없이 일용할 양식과 풍요의 시대를 구가하기는 어렵다. 더욱이 통일을 실현하려면 수많은 통일 비용이 필요하다. 그렇기 때문에 헌신적인 사랑의 수고를 통해서 번영을 달성하는 일이 중요한 것이다.

## 3. 서구 문명의 기본전제

서구 문명의 기본 전제에 대해 생각해 보자. 서구 근대 문명의 기본 전제는 무엇일까? 나는 그 기본 전제가 인간 이성에 대한 믿음에서 비롯되었다고 본다. 서구 근대 철학의 선구자 데카르트는 "나는 생각한다. 고로 나는 존재한다."는 삶의 명제를 내세웠다. 이는 자각적 존재로서 인간의 본성이 이성에 있다는 말과 같다. 데카르트 이례로 근대철학은 합리주의철학이 우세하게 일관되었고, 경험론의 영향을 받은 칸트에 있어서도 역시 그러하였다. 이성에 비하여 감성을 천대하여 감성을 극복함으로써만이 인간성을 얻을 있는 것으로 보았던 것이다. 여기에 그의 금욕주의, 엄숙주의가 있다.

20세기 사회 과학자로 널리 알려진 막스 웨버마저도 인간이성을 전제로 해서 '금욕적, 합리적인 직업인상'을 근대산업사회의 윤리로 제시했던 것이다. 막스 웨버가 그의 생애를 통해 절실하게 생각했던 문제는 '합리적 사고와 행동'이었다.

세계적으로 종교적 속박으로부터의 해방이 유행하게 되자, 사회의 여러 분야에서 합리화의 바람이 일어나게 되었고, 모든 조직과 제도가 전문화, 관료화되어가는 추세를 면할 수 없었다. 특히 당시의 독일과 같은 후진국에 있어서는 전근대적인 의식 속에 합리적인 제도와 기능이 도입되자 정신적인 타락과 퇴폐 현상이 자연발생적으로 일어나게 되었다.

이러한 상황 속에서 그가 공감을 가진 인간 유형이 프로테스탄트였다. 특히 프로테스탄트의 금욕적인 생활 태도, 말하자면 이 세상에서의 직업 노동을 신의 소명으로 생각하고, 그것을 조직적으로 합리화하려는 '세속에서의 금욕'을 중요시했던 것이다.

따라서 한편으로는 내면적인 고독과 개인주의에 견딜 수 있는 강인한 정신력이 요구되는 동시에, 또한 구원의 확증을 얻기 원해 생활을 합리화시키고, 금욕적으로 노동에 종사하는 것이 필요하다고 했다. 말하자면 합리와의 범주에 들어가지 않는 것까지도 합리화시키려는 논리, 즉 비합리성의 합리화까지도 추구하였던 것이다.

요컨대, 막스 웨버에 의하면 근대사회를 가져온 것은 결코, 인간적인 관능의 해방을 외친 르네상스가 아니라, 엄격한 규율 밑에 금욕적 합리적인 생활을 통하여 끊임없이 노동을 하고 영리를 얻는 것을, 인생의 의로 생각하는 사람들에 의하여 이룩된다고 보았던 것이다. 그런데 놀랍게도 웨버의 나이 34세 무렵에 심한 정신 질환에 걸려 버렸다. 몇 년 후에 이 병이 나았지만, 이 경험을 계기로 그는 인간이 얼마나 약한 존재인가 하는 점과, 비합리적, 쓸데없는 것이라고 등한시했던 인간적인 그 무엇을 통하여 구원을 얻으려 했던 그의 고뇌를 엿보게 된다.

그렇다. 바로 이러한 현대적 상황이 20세기 당시 사회과학자로 유명한 막스 웨버마저도 정신 질환에 걸리게 하는 상황이다. 과학적 관리 운동의 선조인 F.W.테일러가 경영의 '합리화'로 생산성을 향상시키고자 한데 대하여, E.메이오는 경영의 '인간화'로 생산성을 향상시키려 하였던 것이다. 메이오는 지난 2세기 간에 걸쳐, 물품을 생산하는 기술적 기능은 현저히 발전하였으나 사회적 기능이 도외 시되었다는 점이 근대문명의 위기를 초래했다고 보았던 것이다. 더 긴 설명을 요하지 않는다. '이성의 시대'가 표방 된지 2~300년이 지난 서구 문명의 현대적 상황은 '이성의 도구화', '풍요 속의 빈곤', '인간의 비인간화'로 상징되는 상황을 맞게 되었던 것이다.

## 4. 인간다운 삶의 기본 전제는 무엇인가?

삶의 패러다임에 획기적인 변화가 있어야 한다. 인간이 인간다운 삶을 바라지 않는 사람은 하나도 없을 것이다. 그렇다고 우리 인간들이 우리의 삶을 위해서 게을리 한 것만도 아닐 것이다. 이를 위하여 인류는 산업화, 경제적 근대화, 과학 기술 문명도 발전시켜 보았고, 물질적 풍요를 이룩한 나라도 흔하지 않다. 그럼에도 불구하고 인간은 왜 자꾸만 불행감, 욕구불만이 증가되며, 비인간화, 소외화 되고 있을까? 이를 극복할 수 있는 방법은 없을까?

인간의 사회는 분업(division of labor)에 의하여 성립된다. 그런데 이러한 사회적 역할 분화가 근대 생산 사회로 넘어 오면서 그 폭과 정도가 심화되었다. 거대화, 복잡화한 사회구조는 역할의 분화를 요구할 뿐만 아니라, 또한 분화된 역할 기능을 통합해야만 한다. 나누어진 것은 다시 결합되기를 원한다. 오늘날 현대 문명은 인간을 개체화, 원자화 하는 데는 성공했을지 몰라도, 인간 공동체로서의 삶, 즉 이웃과 더불어 사는 삶의 원리는 명백히 제시되지 못했다고 본다.

"나는 생각한다, 고로 나는 존재한다."는 인간 이성에 대한 믿음에서 근대 문명은 세워졌다고 볼 수 있다. 이 데카르트는 철학자라고 불리 우는데 이 사람은 유명한 수학자이고 물리학자이며 해석기학의 창시자이기도 하다. 사람이 스스로 생각할 수 있는 힘을 가진 존재임을 발견했다는 것은 위대한 발견이다. 인간이 이성을 통하여 자기 성찰을 하게 되었고, 과학기술의 발달은 물론, 수많은 문명의 이기를 발전시켜 인간생활의 편리성도 증대시켰던 것이다.

모든 종교까지도 철학화 했다고 으스대던 독일 철학자 헤겔도 "이성이 세계를 지배하고, 그러므로 세계의 역사는 모든 것이 이성적으로 진행된다."고 역설했던 것이다. 그러나 이러한 이성에 대한 지나친 믿음은 현대 문명의 도래와 더불어 전술한바와 같이 회의를 더해가고 있다. 나는 인간다운 삶의 명제를 다음과 같이 생각한다. "나는 사랑합니다. 그래서 나는 일합니다." 이 명제는 다음과 같은 말씀에 기초하고 있다. 요한복음 5장 17절 말씀 "내 아버지께서 이제까지 일하시니 나도 일한다." 여기서 일한다는 것은 사랑한다는 말로 대체할 수 있다. 그래서 본인은 "나는 사랑합니다. 그래서 나는 일합니다."라는 명제로 발전시킨 것이다.

1982년 3월 25일 미국 행정학회(A.S.P.A)에 '발전도상국가'에 있어서 새로운 직업윤리관의 탐색이라는 주제발표 논문에서 진정한 직업은 어디서 찾아야 하나? 라는 중요한 과제에 대해 사랑하기 때문에 일한다는 주장을 하게 된 것이다.[1)]

### (1) 사랑은 삶의 원동력

이성구는 인간다운 삶의 대명제를 다음과 같이 제기한다.

"나는 사랑합니다. 그래서 나는 일합니다."

현대의 위기는 바로 이것으로 극복될 수 있다. 사랑처럼 위대한 힘은 없다. 2000년 전 십자가에 못 박힌 예수가 구원의 빛이 되는

1) 미국 행정학회 (A.S.P.A). 이성구 발표 논문

것은 삶과 죽음까지도 초월하는 사랑 바로 그것이기 때문이다. 삶은 실현되는 존재요 사랑은 삶의 원동력이다. 이성적 판단은 차가운 머리에서 빛을 발한다. 이성적인 판단으로는 도무지 해결할 수 없는 문제라도 사랑의 힘 앞에는 모든 것이 등질화 되어지며 사랑은 가슴, 마음에서 우러난다. 사랑은 이해관계를 초월할 수 있는 힘인 것이다. 생각은 혼자서 할 수 있지만 사랑은 혼자 할 수 없다.

사랑은 본래 하나이던 것이 인간의 삶 속에 나뉘어 존재하기에 인간의 삶 속에 사랑에 의한 공유의 폭이 넓어지면서 사랑의 위대한 생명력이 증가하기 때문이다. 사랑은 함께하는데 있다. 인생의 여정은 함께 가는 것이다. 쇼펜하우어는 혼자 생각하는 고독을 중시했지만 사랑은 결코 혼자 할 수 없는 것이다.

1차 2차 세계대전이 끝나고 실존주의 철학이 발전하게 되는데 그 실존주의 철학자로서 대표적인 인사 중 한 사람이 '까뮈'라는 작가다. '까뮈'는 '부조리'라는 말을 사용하고 있는데 부조리라는 말은 불합리, 불가해, 모순으로 인도하는 것을 말하므로 특히 프랑스의 실존주의자 까뮈가 자신의 철학적 견해를 나타내기 위해서 쓴 말이라고 할 수 있다. 그에 의하면 인간이나 그를 둘러싸고 있는 세계는 모두 부조리한 상태에 있고, 부조리한 상태를 만들어내고 있다는 것이다.

이러한 상황에 대해서 그는 질투심이나 야심 방종들을 들 수 있다. '까뮈'는 '나는 반항한다, 고로 나는 존재 한다'하여 반항 현대문명에 대한 반항을 주창한다. 그럼에도 불구하고 중요한 것은 삶을 살게 하고 인간다운 삶을 영위하기 위해서는 사랑하며 일한다는 사랑의 실천이 중요하다 하겠다.

따라서 하나님 사랑과 이웃 사랑을 실천하는 것이 가장 중요한 계명이라고 말한 예수의 교훈은 우리에게 큰 삶의 동력을 주고 있다. 사랑은 현재 동사이다.

### (2) 사랑은 나누어진 것을 결합시키는 힘

사랑은 나누어진 것을 결합시키는 힘이다. 재결합은 원래 하나였던 것의 분리를 전제한다. 멀리 떨어진 것을 극복하는 곳에서 사랑의 가장 큰 위력이 나타나게 된다. 내가 부정되어(사랑의 힘으로) 너의 입장으로 돌아가 너를 이해하고, 너도 나도 부인, 지양되면 상호간에 믿음이 생긴다.

여기서 자기를 부인한다는 말은 인간 존엄성에 대한 포기가 아니라 이해관계를 초월함으로써 인간에 대한 자기 긍정을 넓히는 것을 의미한다. 통일을 이룩하는 원동력은 민족사회의 관점에서 볼 때 민족애 또는 민족주의인 것은 나누어진 것을 결합시키는 사랑의 힘인 것이다.

인간의 비인간화, 인간의 소외가 깊어진 곳, 본래의 인간으로부터 가장 심하게 분리되어 있는 부분들을 재결합하는 힘이 사랑이다. 그것이 바로 사랑의 승리요, 사랑의 완성이다.

사랑은 나의 이익이 우선시되는 것이 아니라, '너'에 대한 관심에서 비롯되므로 '너'에 대한 이해를 낳고, 이웃과 이웃이 연결되어 상호 이해가 두터워지면서, 상호 이해는 상호 신뢰를 증진시킨다.

이것을 모형화 해보면 다음과 같다.

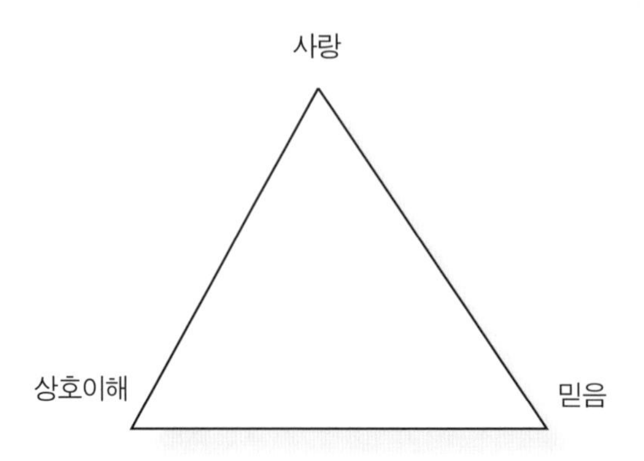


(3) 힘과 정의의 근원

존재의 힘이란 존재에 속해 있으면서도 존재를 거역하는 비유에 대하여 스스로를 긍정하는 자신의 가능성을 의미한다. 존재의 힘은 비유를 그 자신의 긍정 속에 포용하는 만큼 더욱더 위대해진다. 정의 없는 사랑은 무력하고, 사랑 없는 정의는 독재를 유발할 가능성이 있다. 이웃에 대한 사랑 있는 관심이 정의를 실현하는 출발점이라 하겠다.

## 5. 21세기 새로운 직업윤리

오늘날 현대인은 25시의 상황 속에 살고 있다. 이 상황은 희망을 잃어버린 상황이요, 인간이 자기를 잃어버린 상황이다. 인간 구원의 보이지 않는 손길은 무엇일까? 그것은 바로 사랑이다. 25시의 유일한 빛은 사랑이다. "나는 사랑한다. 그래서 나는 일한다."(이성구) 이것이 새로운 직업윤리의 대명제이다. 오늘날 직업의 종류가 기하급수적으로 증가하고 있다. 앞으로 더욱 더 증가하리라고 예상된다. 과거 우리는 사, 농, 공, 상이라 하여 직업의 귀천의 기준으로 삼았었다. 이것을 만약 오늘날 기하급수적으로 증가하는 직업에 적용할 수 있을까? 불가능할 뿐만 아니라 그럴 필요도 없다.

직업이란 나의 무엇을 내세우기 위해서 있는 것이 아니다. 우리의 일상생활에서 하는 모든 일 가운데 '사랑하기 때문에 하는 일'은 모두 소중한 직업이란 의미로 확산되어야 한다.

교육의 아버지로 불리는 페스탈로찌 선생이 오늘도 우리에게 교훈을 주는 것은 어린아이들이 맨발로 놀고 있는 주변에서 바로 병조각, 돌멩이를 묵묵히 줍는 말없는 사랑의 행위에서이다.

나의 중학교 때의 일이다. 그때까지 나는 별로 건강한 편은 못되었다. 당시 교장선생님께서 '구보 운동'을 제창하시어 우리 나이어린 학생들과 같이 똑같은 제복으로 걷기도 하시고, 뛰기도 하시며, 오히려 더 땀을 흘리시던 그 모습으로 해서 나는 3년이 지난 후 건강한 신체를 소유하게 되었다. 사랑은 말이 아니라 몸소 실천하는 것이다. 생업으로서의 직업, 소명으로서의 직업, 여기에 사랑하기 때문에 하는 일이 새로운 직업윤리로 정립되어야 한다. 발전 도상 국가들이 산업화를 지향해 나가면서 사회문화의 정향도 변모되어 왔다.

### (1) 서열문화에서 성취지향문화로

과거, 전근대적, 전통 사회아래 신분 지향 문화가 오랜 동안 지속되어 왔다. 서열문화 근대화 과정에서 신분제도 자체는 없어졌지만, 문화적 타성은 오히려 남아 있다는데 문제가 있다. 바람직한 직업윤리가 성립되기 위해서는 신분 지향 문화가 가지고 있는 역기능을 극복하고 성취 지향적이고 인간 지향적인 문화로 탈바꿈되어야 한다. 성취 지향문화의 성격은 다음과 같다. 자기가 하는 일의 귀하고 천함이 그 일의 종류에 달려 있지 않고 무슨 일이든 잘하느냐 못하느냐에 달려 있다.

따라서 남보다 더 '좋은 지위'나 '높은 신분'을 차지하려고 서로 경쟁하는 것이 아니라, 자기에게 주어진 지위나 신분에서 남보다 더 훌륭한 업적을 성취하기 위해 남과 경쟁을 한다. 아무리 미천한 직업이나 기술이라도 세계에서 제일가는 훌륭하고 완벽한 것을 이루려고 온 몸과 마음을 바치는 문화형을 성취 지향 문화라 하겠다. 인간 지향적 문화란 인간의 비인간화, 소외 현상을 극복하고 사회적 자아를 실현하기 위하여 서로 간에 사랑과 믿음이 영글어져 가는 사회문화라 하겠다. 사랑은 상호이해(understand)를 낳고, 상호이해는 믿음을 낳는다. 사랑이 영원히 위대한 생명력을 지니는 것은 이데올로기를 초월하기 때문이다. 사랑의 따스함만이 인간 상호 간의 불신감을 해소하고 상호이해와 믿음을 증진시킬 수 있다.

### (2) 믿음과 사랑의 공동체

'믿음과 사랑의 공동체'야말로 인간이 가질 수 있는 가장 힘 있고, 정의롭고 생명력 넘치는 인간 공동체인 것이다. 여기에서 인간에 대한 부정심리[2]을 극복하고 서로 믿을 수 있는 따뜻한 사회 분위기가 이룩되는 것이다. 문화에 대한 태도에는 두 가지가 있다. 첫째로 부정적 태도, 둘째는 긍정적 태도이다. 긍정적 태도를 통해서 어떠한 고난에서도 소망의 인내로 일하는 것이다.

---

2) 과거 부정심리를 통제하기 위해 토마스 홉스는 "인간은 인간에 대하여 늑대다"라고 표현하며 그들을 지도하는 지도자는 절대 군주가 되어야 한다고 주창했다.

결국 ‘너 때문이야’라는 태도는 책임을 상대방에게 전가하고, ‘나 때문이야’라는 태도는 책임의 주체로서 책임 있는 태도로, 이 태도야말로 리더가 가져야 될 섬김의 리더십, 사랑의 리더십에 기반이 된다 하겠다.

새로운 의미의 직업은 ①생존적 소유와, ②능동적 생산이 ③사랑의 실천을 통하여 수행되는 ‘일’이라고 본다. 이를 모형화하면 다음과 같다. 이성구는 직업을 이루는 3가지 요소를 제시하면서 일(노동)의 계속성을 사랑의 실천과 연계시켜서 직업을 부르심(Calling)에 대한 응답으로 대답한다. 그 직업의 요소는 3가지로 설명한다.

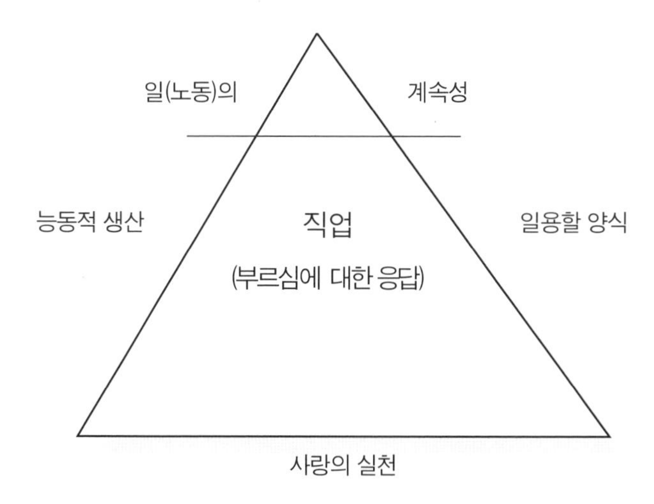


첫째, 생존적 소유란 ‘일용할 양식’의 의미를 지닌다, 우리의 육체, 옷, 음식, 주거, 일용품을 생산하는 데 필요한 도구 등이 이에 해당한다. 이런 형태의 소유는 인간 생존의 문제이기에 생존적 소유라 할 수 있다. 엥겔 계수는 이런 필수품을 구입하는데 들어가는 계수이다. 이것이 높은 계층이나 사람은 삶이 매우 어려운 형편인데, 이를 위한 사회 복지, 사회적 지원을 보다 강화할 필요가 있다.

삶의 질을 높이기 위해 유권자, 소비자로 표현되는 people의 가장 선택권이 없는 사람은 저소득층 유색인의 엥겔계수를 낮추는 일이다. 유권자는 변화를 위한 목소리를 내면서 투표하는 사람이다. 소비자도 수요와 공급이 이루어지는 과정에서 정책과정에 참여하며 정부지원 연구에도 적극 참여한다. 예수가 양과 염소를 비유하여 "여기 내 형제 중 지극히 작은 자 한 사람에게 한 것이 바로 나에게 한 것이다"(마태복음 25장 34-41절)라는 예수가 언급한 지극히 작은 자는 과연 누구일까? 잃어버린 한 마리 양을 찾아 떠나는 지도자가 필요하다.

둘째, 능동적 생산이란 인간의 내적 힘에 의하여 모든 인간이 타고난 능력, 재능, 풍부한 인간적 소질을 발견하는 것과 훈련과 반복을 통하여 한 분야의 전문가(달인)가 되는 것이다. 아마추어가 아닌 프로가 되는 것이다.

셋째, 여기서 말하는 사랑의 실천이란 주관적으로 관념화된 언어의미가 아니라, 구체적인 노동을 통하여, 노동의 상품화가 아닌, '노동을 통한 사랑의 확산'을 의미한다. 우리의 삶이 우리 자신의 삶이며, 이웃과 더불어 사는 삶이 뿐만 아니라, 창조주 하나님의 부르심에 대한 응답으로서의 삶과 조화될 때 우리의 삶이 과거와 현재와 미래를 잇는 사랑의 끈으로 연결되어 바람직한 인간다운 삶이 영속될 수 있는 것이다.

## 6. 평화와 번영, 통일로 가는 길

### (1) 한국 분단에서 통일로 가는 길

한국분단의 대내적 원인을 살펴보자. 첫째로, 민족독립운동세력의 분열을 들 수 있다. 이념적 분열이 그것이다. 우리 민족의 독립운동은 위대한 애국선열들의 피어린 투쟁이 있었음에도 불구하고, 이념적으로 분열되어 하나의 통합작업의 중심을 형성하지 못했던 것이다. 통합적 단일중심이 미비한 상태에서 공산주의자와 민족주의자간의 첨예한 이념대결이 해방 이후에도 계속 연장되었다. 이처럼 민족독립운동의 이념적 분열에서 분단의 시원으로 보는 학자는 이명영 교수 한 사람만 아니라 미국의 한국문제 전문가 볼드윈 박사와 로빈슨 교수가 그 대표적 예이다. 더욱 우려되는 사실은 현재의 정국은 보수와 진보의 이념 대결을 넘어 정치세력의 극단적, 분열적 양극화가 한계선을 넘고 있다. 이익 집단의 양극화가 무려 전쟁수준이라면 너무 과한 표현일까? 이를 사랑과 화해로 극복해야한다.

둘째로, 핵심적 지도세력의 부재가 그 원인이다. 나라 안에서는 여운형 등 건국동맹세력, 박헌영 등 공산당 재건운동세력, 나라밖에서는 임시정부의 김구 등 한국독립당 세력, 김규식 등 독립동맹세력, 미국의 이승만 박사 등이 분열되어 있었던 것이다. 핵심적 지도세력을 형성하지 못한 것이 아쉬운 일이었다.

### (2) 정전협정과 평화협정

휴전협정 71주년, 8·15광복 분단의 79주년이 되는 2024년 현재의 한반도 상황은 어떠한가? 1953년 7월 7일 휴전협정 체결 당시 이승만 대통령은 제외되고 북한의 김일성, 중국의 팽덕회, 미국의 마크 클라크 육군대장이 서명했다. 그들의 공식명칭은 조선인민군 최고사령관 김일성 원수, 중국인민지원군 사령관 팽덕회, 유엔군사령부 총사령관 마크 클라크 육군대장이었다. 이 세 명이 공식 서명자로 정전협정 전문과 끝부분에 명시되어있다. 한국 측에서 정전협정에 서명을 하지 않은 것은 한국군이 유엔군사령부 지배하에 있었기 때문이었지 서명을 거부한 것은 아니었다.

법적 또는 형식적 시각을 떠나서 실질적 측면에서 보면, 휴전협정의 당사자가 북한과 중국을 일방으로 하고 미국과 한국을 타방으로 하고 있다고 할 수 있다. 왜냐하면 정전협정이 그동안 유지된 것은 4개국의 협력 없이는 불가능했기 때문이다. 물론 1958년에 중국인민지원군이 북한에서 철수한 이후, 조선인민군, 한국군, 주한미군만이 정전협정의 실질적 집행자 역할을 해왔으니 실제 당사자에서 중국을 제외할 수 있을지는 모르나 한국을 제외하는 것은 비현실적이라 하겠다.

한편 정전협정은 어디까지나 잠정적인 것이고 평화협정으로 교체되는 것이 통례 이다. 그러나 아직까지 평화협정은 해결되지 않았다. 미국이 북한과 쌍무협정을 하지 않도록 계속 촉구해왔고 미국 또한 그 입장을 견지해왔다. 중국, 미국, 북한이 한국을 배제하고 협정을 추진한다는 것은 어불성설이며 결코 용납될 수 없다. 1953년 정전협정을 체결한 후, 1954년 제네바에서 평화협정을 주은래와 논의할 찰나 미국의 국무장관이 공산화문제를 제기하며 평화협정 논의가 흐지부지된 역사가 있다. 우리가 추구하는 평화통일은 거저 오는 것은 아니다. 미래가 있는 일이란 없다. 지금 우리가 하는 일 속에 미래가 있다.

### (3) 사랑의 시대와 통일

21세기는 앞서 말한 바와 같이 유목민 문화의 시대요, 사랑의 시대여야 한다. 이러한 사랑의 통일 시대를 열기 위한 전제조건이 있다. 첫 번째는 마키아벨리적 사고를 극복해야 한다. 마키아벨리는 폭력은 미덕의 중요한 일부라고 보고 목적에 필요한 만큼의 폭력은 미덕이라 강조한다. 마키아벨리는 16세기 초의 사람으로 〈군주론〉 〈리비우스의 논고〉(약칭, 논고 또는 〈정략론〉)에서 국가의 복지를 위해 필요하다면 사기술도 정당하다고 주장했다. 이것은 새롭거나 냉소적이 아니라고 보았다. 손자는 정치와 전쟁은 '기만의 기술'로서 잘만 사용하면 승리를 얻고 또 재난을 줄인다고 쓰고 있다. 마키아벨리는 힘이 없는 가치는 쓸모없다고 하였는데 자기가 겪은 인간조건의 깊은 불행을 바탕으로 다음과 같이 기록하고 있다.

"나는 웃지만 그러나 나의 웃음은 나와 함께 있지 않고 나는 불타고 있지만, 그러나 그 불은 밖에서는 볼 수 없네."

마키아벨리에 대한 불신은 그의 이름을 「도덕을 파괴한 괴물」 냉소주의, 비 도덕주의와 동의어로 만들어 버렸다. 그러나 마키아벨리처럼 인간을 본질적으로 사악하게 본 사람은 순자, 토마스 홉스 등 많은 사람이 있다. 르네상스시대의 인문주의자들 가운데 크게 부각된 마키아벨리는 하나님 대신 인간을 강조했다. 그는 세상을 만들고 개조하는데 개인의 이기심을 강조한다. 그러나 이러한 사조는 마키아벨리에 머물지 않고 자유주의, 특히 자유방임주의를 주자장한 「국부론」의 저자인 아담 스미스를 비롯하여 칼 마르크스가 명명한 자본주의마저 인간의 극단의 이기심을 강조하고 있다. 적과 동지로 구별하여 극단적 증오심을 선동하고 부추겨 정치가, 통치자의 폭력성을 미화하고 있다. 통치자는 그가 아무리 잔인하다 해도 만약 그가 축출되면 더불어 고통을 당할 충성파들로 둘러 쌓여 있기 때문에, 기존의 통치체제를 무너뜨리는 것은 쉽지 않다고 쓰고 있다. 인류역사에서 이러한 마키 아벨리적 사기술, 술책을 정치가의 덕목으로 믿게 하는 정치적 신화가 얼마나 사람들을 희생시켜 왔던가! 마키아벨리즘은 절대 독재자, 절대왕국을 꿈꾸게 한다. 인간의 사익, 사리사욕을 극대화하고 마치 신적 존재와 같이 되기를 부추긴다. 그들은 욕망을 실현하기 위해 전쟁도 불사한다. 인간의 희생은 아랑곳 없이 말이다. 우리의 통일이 사랑의 통일학이 되기 위해 우리는 어떻게 해야 하는지 깊은 성찰이 필요하다고 사료된다.

둘째로, 니체의 초인사상을 극복해야 한다. 니체의 초인사상은 결국 히틀러라고 하는 독재자를 낳았다. 신약을 통틀어 존경할 수 있는 사람은 예수를 십자가형으로 이끈 로마의 총독 빌라도뿐이라고 말했다. 그리스도교의 좋은 점은 마음이 약한 사람을 비탄과 절망감에서 해방시키기 위해 마약을 처방했다는 점이라고 했다. 그러나 니체는 정신적으로 약한 사람을 위한 종교에 공감한 일은 결코 없었다. 니체는 예수가 말한 오른손이 한 일을 왼손이 모르게 덕을 베풀라는 음성적인 덕을 조금도 견딜 수 없었다. "인간은 더욱 태연하게 악이 되어야 한다." 니체의 차라투스트라는 이렇게 말했다. 니체는 기존의 모든 도덕을 무시하면서 니체의 도덕을 이해하는 열쇠는 "복종이 아닌 지배"라고 말한다. 차라투스트라는 이렇게 말했다.

"언제나 너희가 원하는 대로 행동하라! 그러나 먼저 의욕적이 되라. 언제나 자신과 비슷한 이웃을 사랑하라! 그러나 먼저 자신을 사랑하라 …가장 좋은 것은 우리의 땅과 내 것이다. 그러나 이런 것들이 없을 때는 남에게서 빼앗아 와야 한다. 가장 좋은 음식, 가장 높은 하늘, 가장 강한 사상, 가장 아름다운 여자를!"

니체는 고통을 끊임없이 느꼈으며 사람에게 끊임없이 고통을 주어야 한다고 주장하는데 이는 사람들에게 끊임없이 고통을 주는 것이 정치라는 북한의 김씨 체제가 '고난의 행군', '아사 직전의 빈곤'을 북한주민에게 안기는 것을 전혀 죄의식을 느끼지 않는 것도 니체의 사상에서 따온 것이 아닌가?

니체는 자기 안에 있는 '초인', '영웅'을 발견하여야 한다고 하면서 '초인'이 되거나 초인을 기대해야 한다고 하여 '권력에의 의지'를 강조하고 있다. 니체가 그의 인생 말년에 자기 안에 있는 초인을 발견, 그 초인으로 살기 시작하면서 다른 사람들은 그를 미쳤다고 했던가?

스스로를 초인으로 착각하고, 인간을 압도적으로 지배하려는 자, 혹은 왕이 되려고 꿈꾸는 자가 통치자가 된다면 그 한 사람의 광기로 얼마나 많은 사람이 고통을 받으며 그 국민의 운명은 얼마나 위태로울까? 니체는 그의 저서 「아침놀」에서,

"화가는 밝고 아름답게 빛나는 하늘을 손 안에 있는 물감의 색만을 이용해 다 표현해 낼 수 는 없다. 그러나 캠퍼스 속 풍경 전체의 색조를 실제 자연이 발하는 색조보다도 낮추어 표현하면 그러한 하늘을 그려낼 수 있다. 주변을 어둡게 함으로써 상대적으로 하늘이 밝게 빛나는 듯이 보이게 하는 것이다. 우리는 이 기술을 그림을 그리는 것 외에도 응용할 수 있다."

주변을 암울하게 함으로써 전쟁 분위기를 점차 극대화 시키고 이를 주도하는 자는 전쟁 프로세스를 택하는 자다. 부단하게 적을 만드는 행태는 정치도 아니고 인간의 도리도 아니다. "대비에 의해 빛나게 하라"는 니체의 말이다.

독일의 히틀러는 원래 화가 지망생이었다. 미술학원시험에 낙방한 히틀러는 그 후 국가 사회주의 정당을 만들어 통치자가 되었다. 그가 연설할 때는 꼭 저녁에 어두운 배경 속에서 자기를 밝게 비추어 더 돋보이게 했으며 유태인을 적으로 설정, 제 2차 세계대전을 일으켜 수많은 양민을 죽게 하였다.

## I. 원수 사랑의 역설

예수는 원수를 사랑하고 자기를 핍박하는 자를 위하여 기도하고, 원수가 주리 거든 먹이고, 목마르면 마시게 하라고 가르친다. 인간이 적을 사랑한다는 것은 쉬운 일이 아니다. 인간의 속성상 원수를 가까이 하거나 사랑하고 싶은 사람은 거의 없을 것이다. 원수를 사랑하라는 말의 사회과학적 의미는 무엇일까? 이 말의 핵심은 적과 공존할 수 있는 의지와 능력을 키우라는 것이다. 이것을 정치학적으로 다시 해석하면 정적을 인정하고 정적과 공존하라는 것이다. 원수를 사랑할 수 있는 의지와 능력이 있을 때에만 민주주의가 꽃피고 발전할 수 있는 것이다. 또한, 남북한 관계도 지금까지의 적대적인 의존관계를 청산하고 적이나 원수가 아닌 형제애로 거듭날 수 있을 때 남북화해, 협력적 관계를 이룰 뿐만 아니라 통일의 단초를 만들어 낼 수 있을 것이다.

적중에서 제일 무서운 적이 정적이다. 권력을 가지고 싸우는 적이기 때문이다. 성경에서 「원수를 사랑하라」는 말은 정적을 인정하고 공존하면서 선의의 경쟁 속에서 권력의 질을 높이고 권력의 정당성을 강화하라는 것이다. 여기서 우리는 오늘의 남북한 관계를 다시 생각해 본다. 예수가 살던 당시 사마리아인을 유태인은 차별하고 상종조차하기를 꺼리고 적대적인 자세를 취했다. 예수는 누가복음 10장 30-37절에 나오는 강도사건에서 진정한 사랑이 무엇인지 말하고 있다. 어떤 사람이 강도를 만나 죽게 되었는데 제사장도 피해서 지나가고, 레위인도 외면하고 지나갔는데 유태인의 적인 사마리아인만이 그의 상처를 싸매주었다. 이데올로기를 초월하여 사랑과 자비를 베푼 사마리아인만이 적이 아니라 내 이웃이요, 내 형제라는 것이다. 예수는 여기서 어떤 의리나 동족이나 특수 관계보다 하나님과의 보편적 관계성을 중요시 하는 것은 아닐까?

원수 사랑이 민주주의, 정당정치의 출발점이요, 평화적 남북통일을 이루는 출발점이다. 원수사랑 없이는 독재정치, 폭압정치만 존재한다. 증오의 조장은 싸움만 증폭시킬 뿐이다.

## II. 승리의 원천은 사랑의 실천

인간은 선한 싸움이든 악한 싸움이든 싸울 수밖에 없는 존재이다. 사랑의 극치는 "너희를 저주하는 자를 위하여 축복하며 너희를 모욕하는 자를 위하여 기도하라"는 예수의 말씀에서 비롯된다. 그러나 예수님은 승리하기 위해서 축복하고 기도하라는 것이지, 패배하기 위해서 하라는 것은 아니다. 싸우는 수단에는 폭력(물리적인 힘)을 위시해서 위협, 회유, 돈, 설득, 정의 등이 있다. 정의는 공명정대성을 밝히는 역할을 하지만 용서하는 힘이 없다. 있다 해도 약하다. 정의라는 것은 용서하는 능력이 없기 때문에 완승을 거두지는 못한다.

사랑은 모든 허물과 죄를 덮고 상처와 약점을 감싸주기 때문에 용서하는 힘이 대단히 강하다. 예수는 70번에 7번까지도 용서하라 했는데 이것이 사랑의 힘이다. 사랑으로 이길 때 어떠한 후유증도 남기지 않는다. 왜냐하면 사랑의 승자는 패자에게 아무것도 요구하지 않기 때문이다. 이것을 실천한 남아공의 지도자가 만델라이다. 그가 큰 이유 없이 무기수로 감옥에 갇혔을 때, 교도관들도 증오했지만, 성경에서 특히 옥중서신을 읽으며, 사도 바울의 권면에 은혜를 받고, 오히려 용서와 화해의 인물이 되었다. 국가 방위를 위해 강력한 군사력은 필요하다. 육, 해, 공군력은 동원될 수 있어도 폭력은 동원될 수 없다. 폭력은 어떠한 경우에도 용서될 수 없다. 공권력과 군사력도 최소한으로 사용되어야 한다.

보편적인 인간 사랑으로, 선으로 악을 이기는 것이 진정한 사랑이다. 이 시대는 위대한 리더십이 요구되는 사회이다. 섬기며 밑에서는 지도자, 사랑을 위하여 끊임없이 사랑의 십자가를 자원하는 리더십의 실천자가 필요한 시대이다. 사랑으로 민주공동체, 민족공동체, 평화공동체를 만들어 나가야 한다.

## III. 권력에 대한 예수의 교훈

신약에서는 권력의 섬김과 겸손을 더욱 강조하고 있다. 메시아요, 만왕의 왕이요, 무소불위의 권능자인 예수가 섬김을 받기 보다는 섬기려고 왔다고 천명한 것은 권력의 낮아짐과 겸손을 강조한 표상이라 하겠다. 예수는 메시아지만 철저히 가장 낮은 자세로 섬김의 종의 삶을 산 것을 알 수가 있다. 진정한 리더십은 권력을 함부로 사용하지도 말고 행사하지도 말라는 것이다. 권력은 결코 소유물, 물건이 아니다. 오히려 공복(Public Servant)으로 섬기라는 것이다. 예수의 섬김의 리더십은 민주적 권력이 어떠해야 하는가의 길을 안내한다.

첫째, 권력의 봉사성이요, 둘째, 권력은 정당성을 지녀야 한다는 것이다. 선의의 공개경쟁을 통하여 성립되어야 한다는 것이다. 셋째, 대표성이다. 권력은 국민전체를 대표할 것을 요구한다. 넷째, 권력의 순환성이다. 권력을 오래 잡으면 썩게 된다. 다섯째, 절약성이다. 권력의 과소비, 낭비는 결코 있어서는 안 되고 적절하고 절도 있게 사용되어야 한다는 것이다. 여섯째, 권력의 공개성이다. 성경은 비밀, 감추어진 것은 있을 수 없다고 증언한다.

예수의 리더십은 긍정적, YES(예)의 성격을 지니고 있다. 미국 대통령이 된 흑인 오바마는 자기 환경, 피부 색, 가난한 삶을 극복한 것은 그의 긍정적 사고에서 출발한다. 그가 그의 정적보다 모든 면에서 부족했지만 이것을 이겨낸 단어가 있다. "Yes we can" 바로 이 말로 미국에 대통령이 되었을 뿐만 아니라 아브라함 링컨의 흑인 노예 해방의 정신을 더욱 발전시킬 수가 있었다. 사랑의 리더십은 개인에 머물지 않은 사랑의 원을 만들고, 더 나아가 좌우로 치우치지 않고 위아래가 없이 모가 없는 사랑의 공이 되어가는 것이다. 하나님의 뜻대로, 주권자인 국민의 뜻대로 순종하는 공복의 이미지로 대표된다 하겠다.

남북한 통일의 위업을 만들어 가는 과정도, 통일된 국가의 리더십도 한민족 구성원 한사람, 한사람을 낮은 자리에서 섬김과 돌봄을 실천하는 사랑의 리더십이 요청된다 하겠다. 21세기는 4차 산업혁명을 실현하는 새로운 변혁적 삶이 필요하다. 물건의 생산도 중요하지만 서비스의 창출, 서비스를 상층화하는 시대다. 여기서 Servitigation이 요청된다. 서비스+지혜+고난의 경험이 사랑의 실천이 함께하는 융합이 중요하다.

## IV. 사랑의 리더십

문제는 리더십이다. 유목민 문화시대에 정치가 사기술, 술수, 허위의식에 기초한 마키아벨리즘적 적과 동지를 구별하는 정치는 이제 사라져야 한다. 첫째 평화와 번영을 위해 사랑의 수고와 믿음의 역사와 소망의 인내가 중요합니다. 사랑의 수고에서 '사'자와 믿음의 역사에서 '역'자와 소망의 인애의 '인'자를 조합해 '사역인'을 창출하였다. 바로 "사역인"의 역할이 중요합니다. 마치 유럽의 프로테스탄트의 역할이 중요했던 것처럼 우리가 추구하는 평화와 번영 그리고 통일을 실현하기 위해 사역인의 역할이 중요한 것이다. 둘째 사랑의 자원봉사가 중요하다. 자발적 참여 민주사회를 진작시켜야 한다. 북한처럼 소리지름대회를 통해 만장일치를 구가하는 것은 독재사회이고 동원체제의 유혹에 빠지기 쉽다. 셋째 좌우익 편 가르기를 중단시켜야 한다. 넷째 모두가 함께 승리하는 통일을 이룩해야 한다. 증오가 사람을 죽이거나 정신적 우울증을 증대시키나 사랑은 믿음을 증대시키고 살아나는 삶을 증진시킨다.

사랑의 리더십은 일명 섬김의 리더십이다. 통치의 리더십이 최정상이 군림하며 위에 있어 치자와 피치자의 관계로 권력의 위에서 △ 밑으로 내려오나, 사랑의 리더십은 오히려 리더십이 섬김에 기초하기 때문에 최고의 리더십은 모든 사람, 모든 것의 가장 밑에서 ▽ 섬기는 일꾼이다. 이런 류를 가리켜 마더(mother), 선생, 목자라 불린다. 믿음, 소망, 사랑에 기초한 "사역인"의 삶으로 사는 삶입니다. 예컨대 "The first public servant"이다. 그 어느 곳에건 그 어느 직종이든 먼저 '그의 나라'를 위해 책임을 다해 섬긴다는 의미이다. 가장 낮은 자리에서 헌신하고 섬기는 일꾼이다.

## V. 평화 번영 통일의 길

평화와 번영 통일의 길은 무엇일까? 그 길은 사랑의 실천을 통해서 평화와 통일을 실현하자는 것이다. 이를 위해서는 세 가지 기본정신과 실천이 필요합니다. 금중에 가장 중요한 금이 세 개가 있다고 합니다. 첫째는 소금입니다. 음식에 맛을 내고 부패하지 않게 하는데, 필수 불가결한 것이다. 둘째는 정금이다. 전쟁이 일어났을 때나 부를 저장하는데 가장 요긴한 것이 정금이다. 그런데 그중에서 가장 중요한 것은 지금(now)이다.

여기(here) 그리고 지금(now) 우리는 무엇을 다짐해야할까요?

첫째 믿음의 역사입니다. 이 시대에 가장 필요한 질문은 '네가 믿느냐?'입니다. 신뢰 사회가 무너지고 있습니다. 기만과 술수, 사기술, 거짓말 등이 마치 중요한 담론인 것처럼 아무런 가책 없이 이루어지고 있는 것이 현실입니다. 이를 극복하는 길은 믿음의 역사를 더욱 확장시키는 일입니다.

둘째 사랑의 수고입니다. 이 말은 "나는 사랑합니다. 그래서 나는 일합니다." (이성구)에서 우리는 사랑하기 때문에 일하는 삶이 인생이 아닌가 사료됩니다. 사랑하기 때문에 하는 일은 모두 위대한 직업입니다.

셋째 소망의 인내입니다. 우리는 어느 누구에게나 부르심에 대한 삶의 소명이 있습니다. 그 소명이 있는 자에게는 희망이 있습니다. 부르심에 대한 소망의 인내가 필요합니다.[3)]

존재론적 삶이 Wellbeing을 추구한다면 사랑하며 일하는 삶은 Well-Loving을 사는 삶이라 하겠습니다. 루즈벨트는 소아성 환자가 되고 좌절, 실패 했지만 소아마비 환자를 위해 다시 일어났고, 자동차왕 포드는 아내의 인내의 소망으로 일어났고, 록펠러는 석탄개발이 실패했지만, 하나님의 계시로 재도전으로 거부가 되었지만, 루즈벨트의 눈물과 헌신을 보면서 함께 세계 제1의 민주주의 강국과 제일 부자국가로 발전시켰습니다. Well-being에 머물지 않고 국가와 사회를 위해 함께 헌신함으로 나도 살리고 사회와 국가를 살리는 Well-loving을 사랑의 실천으로 그들의 삶을 일관하였던 것입니다.

우리에게는 믿음의 역사로서의 평화와 사랑의 수고로서의 번영과 소망의 인내로서의 통일이 이 시대에 가장 중요한 시대정신이요, 삶의 지평이라 하겠습니다. 이에 기초한 평화와 번영, 통일을 위해 함께 외쳐봅시다.

---

3) 데살로니가전서 1장 3절

"나는 사랑합니다. 그래서 나는 일합니다." '나는'이라는 말에 여러분의 이름을 넣어서 다시 외쳐 봅시다. 자 여러분의 이름을 넣는 것입니다. "나는 사랑합니다. 그래서 나는 일합니다."

"나는 사랑합니다. 그래서 나는 일합니다." 이성구

해강 김한진

# 아버지의 존재를 담은 시 평론

## 1. 시 "아버지" 전문

우리에게는 누구나 아버지와 어머니가 있다. 그럼에도 사람들은 어머니는 그리워 하면서도, 아버지는 잊고 산다. 우리가 아버지가 되고 어머니가 되어서도 그렇다. 그러면 아버지는 우리에게 어떠한 존재인가? 그것을 알아보기 위해, 여기서 "아버지"를 소재로 한 시 한 수를 소개하고 분석 평가해 보기로 한다.

여기에 소개하는 "아버지" 시의 저자는 이춘희 시인이다. 이 시인은 시 전문지 월간 심상에 등단한 후, 심상문학회, 한국문인협회, 서초문인협회, 문학秀 등에서 활발히 문인활동을 하고 있는 중견 시인이다. 그동안 시집도 세 권 출간하였다.

이 시인의 시 "아버지"는, 이 시인의 두 번째 시집 "바람 속에 묻은 시간들"에 실려 있는 시다. 이 시는 2023년 8월 18일에 유트브 방송에도 낭송되어, 1개월 남짓한 기간 동안에 조회 수 3천명을 돌파할 정도로 인기가 높았다. 그러면 먼저 이 시인의 시 "아버지" 전문을 여기에 소개한다.

_ 시 "아버지" 전문 _

내 고향 부소산에 함박눈이 내리던 날
아버지 머리 위에도 은빛 눈이 내렸다.

구순 삶의 무게까지 더하면 얼마나 무거울까
아버지 내 아버지

교육자로서 길을 지키랴
자식들을 위해 꽃 병풍 되어주랴
평생을 불태웠던 삶

세월의 구부정한 뒷모습은
고독한 겨울나무의 독백이 되어
회한의 그림자가 젖어 내린다.

먼 전설의 아릿한 그리움들
부소산에 묻어버린 채

아버지는 겨울바람에도 힘겨운 고목처럼
대문 앞에 서서 오늘도 자식들을 기다리신다.

이 시인의 시 "아버지"의 평론에 들어가기 앞서, 시의 분석 비평 방향에 대해서 우선 검토하기로 한다, 그런 다음에 "아버지"에 대한 시인의 환경적 배경, 시의 구조와 형식, 독자의 반응과 비평에 대해서 분석평가하고, 끝으로 종합적으로 평가하기로 한다.

## 2. 시 비평방법과 분석 방향

### 가. 시의 관점과 가치기준

시를 어떻게 볼 것인가? 즉, 시를 보는 관점과 가치기준에 대해서, 부산대 김준호 교수는 다음과 같이 크게 4가지로 분류하고 있다.

첫째는 모방론적 관점으로 시를 현실과 인생의 모방(또는 재현)으로 보는 관점이다. 시를 있는 그대로가 아닌 있어야할 인생, 즉 당위론 적으로 보는 것이다.

두 번째 관점은 표현론적 관점으로 시를 시인 자신과 관련시켜 보려는 관점으로, 작가의 지각 사상 감정에 작용하는 상상력의 산물로 보는 것이다.

셋째 관점은 효용론적 관점으로 시를 독자에 끼친 어떤 효과로 보는 관점이다. 즉, 독자의 방응을 보는 것으로 시는 독자에게 즐거움을 줘야 한다는 것이다.

넷째로는 구조론적 관점으로 사실성과 구체성을 바탕으로 한 표현을 해야 한다는 것이다. 형식보다 내용을 중시하고 자유스러운 개성과 독창성을 강조하는 것이다.

나는 김준호의 교수의 시를 효용론적 관점에 보는 것에 동의하며, 이를 중시한다. 이 시인의 시 "아버지" 비평도, 독자가 보는 관점에서도 평가할 것이다.

## 나. 문학비평의 이해

"문학작품의 이해와 활용(이명재, 오창은 공저)"에서, 문학비평은 작가를 포함한 작품을 해석하고 감상하며 평가하는 데 있다고 한다. 문학 작품의 참 다 운 이해와 감상을 위해서는, 먼저 작품을 해석해야 한다. 작가와 그 시대의 관계, 그 시대의 지배적 세계관, 기타 문화 또는 작가의 경험과 작품의 관계 등 전기적 사실을 아는 것이 무엇보다 필요하다. 그러나 독자는 그것을 알기가 쉽지 않다. 그래서 문학 평론가의 평론이 필요하다.

비평적 해석을 위해서는, 작가의 세계관과 시대 인식을 파악할 필요가 있다고 기술하고 있다. 그런 점에서 시인이 시를 쓸 때, 독자도 모르고 평론가도 이해 못하는 시를 쓴다는 것은 문제가 있다. 더구나 요즈음과 같이 바쁜 세상에, 독자가 시를 읽고 주제와 의미를 바로 알 수 있게 시를 쓴다는 것은 매우 중요하다.

감상은 문학작품의 예술성을 향수하고 즐기는 것이다. 작가를 투영하여 재현하는 것이기도 하다. 이는 작가와 독자 사이에 텍스트를 통해 친밀한 가를 개척하는 것이다. 감상이 비평의 주요한 기능이다. 그러나 지나친 주관적인 감상 비평은 안 된다. 비평가가 비평할 때 주의할 점이기도 하다.

비평은 해석과 감상을 거쳐 평가에 이르는 과정이다. 평가는 어떠한 가치 기준에 의한 판단작용이기 때문에, 문학 비평은 작품의 문학적인 가치판단이 포함되어야 한다. 한 작품에서 매우 감동적 인상을 받았다면, 그때 우리는 그 작품을 가치 있는 작품이라고 한다. 비평이란 미적 가치의식에 의한 판단을 해야 한다. 문학비평은 문학작품에 관한 일체의 논의를 분류, 분석 평가하고 이를 통해 문학작품에 대해 해석 감상 평가에 도달하는 것이라 하겠다.

### 다. 문학 비평 방법의 여러 가지

문학 비평 방법은 대상, 형태, 시대 등에 따라 여러 가지로 구분하고 있다. 그 중에 현대 비평만 살펴보면, 형식주의 비평, 신비평, 구조주의 비평, 사회주의 비평, 정신분석학적 비평, 독자 반응 비평, 현상학적 비평 등이 있다.

30여 가지나 되는 비평 방법을 하나하나 열거하여 검토한다는 것은 불가능하고 그럴 필요도 없다. 이 시인의 시 "아버지"를 비평하는 데는, 크게 3가지로 비평 방법을 묶어서 분석평가하기로 한다.

첫째는 시인이 시에 영향을 외적 요인인, 교육 사회 환경적 요인을 분석 비평하는 방법 ; 전기비평, 역사주의 비평, 정신분석학적 비평 등.

둘째로는 시의 구조와 형식을 분석 비평하는 방법 ; 형식주의 비평, 구조주의 비평, 신비평, 원전비평 등.

셋째로는 독자적 입장에서 분석 비평하는 방법; 독자반응 비평 등으로 나누어 볼 거다.

## 3. "아버지" 시 평론

### 가. 시인의 환경적 배경

시인의 자라난 환경과 교육, 사회생활 및 시대적 배경은 시를 쓰는데, 상당한 영향을 준다. 이 시인은 고려 성리학의 대가이자, 시를 6천 수를 남긴 한산 이 씨의 시조 이색의 후예다. 그래서 이 시인은 이색의 시에 대한 DNA 감성이, 지금까지도 이어지고 있다고 하겠다. 그는 대학에서는 공학을 전공하였지만, 성산효대학원 대학교 효 전문대학원을 나온 인문학 석사이기도하다. 그래서 효에 대해서는 누구보다도 잘 안다고 할 수 있다. 또 이 시인의 아버지는 교육자로서 교육에 충실한 분이었다.

그래서 이 시인의 시 "아버지"에서도, 이를 엿볼 수 있는 구절들이 많이 들어있다. "아버지" 시의 화자는 이 시인의 아버지의 특성과 시인의 관계를 나타내는 진술을 하고 있다. "내 고향 부소산", "구순", "내 아버지", "교육자", "대문 앞에서" 등이다. 이를 통해 이 시인과 화자가 같다는 것을 알 수 있다. 이를 토대로 화자이자 시인은 자기 아버지에 대해서도, 어느 누구보다도 잘 알고 있다고 짐작할 수 있다. 그래서 화자는 이 시에서 아버지에 대해서, 진중하게 압축적으로 진술하고 있다.

이 시인은 아버지로부터 누구보다도 귀여움과, 많은 사랑을 받고 자랐다. 낚시를 좋아하는 아버지를 따라서, 이 시인은 낚시하는 데 따라 다니기도 하였다. 특히, 아버지가 선생님이라서 동료 친구로부터 부러움을 사기도 하였다. 선생님이신 아버지는 자식들에게 늘 꽃 병풍이 되어준거다.

이 시인도 오랫동안 직장생활을 하였다. 그래서 교육자로서 아버지의 보수가 넉넉하지는 못했다는 것을 알게 되었다. 어머니가 나이 들어 병환으로 있을 때도, 아버지는 궂은일을 손수하며 돌봐주었다. 이 시인 아버지는 지금도 그때가 힘들어도 좋았다는 말도 한다고 한다. 그래서 아버지는 구순이 넘어 흰머리가 나고, 삶의 무게는 더 무거워진지도 모른다.

이 시인은 결혼 후에는, 아버지를 보살펴 주지 못하는 것을 죄송스럽게 생각한다. 그렇다고 자주 찾아가 뵙지도 못했으니, 이 시인은 더 안타까운 것이다. 이 시인은 가끔 아버지를 뵈러 갈 때마다, 아버지가 대문 앞에서 고목처럼 기다리는 모습을 보았다. 그 모습을 보고 아버지가 지금도 자식들을 그리워하는 마음을 알게 되었다.

이렇게 이 시인의 환경적인 요인은 시에 영향을 준다. 아버지의 삶의 무게를 말해주는 "굴곡진 삶", "구부정한 뒷모습", "회한의 그림자", "은빛 눈" 등 시인은 아버지의 심정을 시에 고스란히 담아내고 있다. 이런 것이 어쩌면 이 시인이 "아버지" 시를 쓰게 된 동기일 수도 있다.

이 시인은 자라난 환경적 배경과 표현론적 관점에서 시를 시인 자신과 관련시켜 보려는 것으로 작가의 지각, 사상, 감정에 작용하는 상상력을 적극 활용하고 있다.

### 나. 시의 구조와 형식 분석

여기서는 이 시인의 시 "아버지"에 대한 시의 구조와 형식을 살펴보기로 한다.

"아버지" 시는 7연 14행으로 연과 행을 갖춘 비교적 짧은 자유시다. 1연 내지 3연에서 구순이 넘은 아버지의 현재 상태를 "삶의 무게"로 간결하게 표현하고 있다.

4연과 5연연에서는 평생 교육자와 자식들을 위해 꽃 병풍 되어 주느라, 힘든 삶을 표현하고 있다. 6연과 7연에서는 구순이 넘어 삶의 그리움마저 묻어버린다는, 아버지의 현재의 심정을 표현하고 있다. 마무리는 지금도 아버지는 대문 앞에서, 자식들을 기다린다는 여운을 남기고 있다.

이 시에서 서어를 살펴보면 머리위에 "은빛 눈"이 내렸다는 것은 흰머리의 은유적 표현이다. "삶의 무게"는 구순까지 살면서 쌓인 온갖 힘든 일들을 상징적으로 표현하고 있다. "꽃 병풍"은 자식들을 편하게 돌봐준다는 상징적 표현이다. "불태웠던 굴곡진 삶", "구부정한 뒤 모습", "고독한 겨울나무의 독백", "아릿한 그리움", "힘겨운 고목" 등은 이춘희 시인만이 갖고 있는 독특한 시적 표현, 즉 시어라 하겠다.

이 시의 전개 과정은 기승전결로 보면, 결론 부문을 먼저 나오게 하는 두괄식 기법을 사용하고 있다. 그런 다음에 왜 그렇게 되었는지를 열거하고 있다. 마무리는 구순이 넘었는데도 자식들을 위해 대문에 기다린다. 참 좋은 마무리 다.

이 시에는 은유, 상징 등 시기법과 독특한 시어로, 시의 구조와 형식을 잘 갖추고 있다고 하겠다.

### 다. 독자의 반응과 비평

여기서는 이 시인의 시 "아버지"를 독자 입장에서 평가해보려고 한다. 우선 첫 연과 두 번째 연에서 구순의 넘은 "아버지의 삶의 무게"를 들어냄으로써, 독자로 하여금 애잔한 감성을 불러일으키게 하고 있다. 특히, "삶"은 한 글자이지만 그 무게는 아무도 가늠할 수 없는 무거운 무게다.

1연; 내 고향 부소산에 함박눈이 내리던 날

아버지 머리 위에도 은빛 눈이 내렸다.

2연; 구순 삶의 무게까지 더하면 얼마나 무거울까

사실 시의 소재로는 아버지보다는 어머니가 주로 사용된다. 어머니를 소재하는 시가 독자로 하여금 공감을 얻기가 쉽기 때문이다. 왜냐하면 모든 사람은 어머니 뱃속에서부터 유년시절에 이르기까지, 어머니와는 한몸이나 다름없기 때문이다. 그래서 누구나 아버지보다는 어머니에 대한 그리움이 더 크다. 그런데도 이 시인은 시의 소재로 아버지를 택했다. 소재부터 궁금증을 자아내게 한다.

이 시인의 시 "아버지"는 현실적인 아버지의 삶의 무게를 함축적으로 잘 표현하고 있다. 구순의 넘는 아버지가 있는 독자라면 아버지의 삶의 무게는 어떻게 표현할까 고민할 거다.

2연 2행; 아버지 머리 위에도 은빛 눈이 내렸다.

5연 ; 세월의 구부정한 뒷모습은
고독한 겨울나무의 독백이 되어
회한의 그림자가 젖어 내린다.

7연 1행 ; 아버지는 겨울바람에도 힘겨운 고목처럼

이 시인은 구순의 넘은 아버지 모습을, 독자가 공감할 만한 은유와 상징 독특한 시어로 그려내고 있다. 설령 구순이 되지 않았더라도, 언젠가는 우리 아버지도 저렇게 되겠지 하는 공감을 낳게 할 거다.

이 시인은 아버지의 마무리 표현을 "구순의 넘은 아버지도 자식들을 위해 대문 앞에 기다린다는 여운을 남기게 하였다. 이 대목이 독자로 하여금 자기 아버지를 다시 돌아보게 하는 대목이기도 하다.

> 7연; 아버지는 겨울바람에도 힘겨운 고목처럼
> 대문 앞에 서서 오늘도 자식들을 기다리신다.

## 4. 종합 평론

시인이 작품을 쓰고 독자에게 내 논다 해도, 같은 작품을 보고도 독자가 시인과 같은 생각을 할까요? 그렇지 않지요. 시인의 소망과 달리 시인과 작품과 독자가 서로 다르게 해석 감상 평가한다. 그래서 평론가는 독자로 하여금 작품과 시인의 연결성을 높여, 독자가 시를 이해하는데 도움을 주는 역할을 한다.

그런 의미에서 이 시인의 시 "아버지" 시에 대한 앞에서 평가한 것을 토대로 종합적인 평가를 해보면, 첫째로 구순의 넘는 아버지의 삶의 무게와 대문 앞에서 자식을 기다리는 아버지의 모습을, 독자가 공감이 가도록 잘 리얼하게 그려내고 있다는 것이다.

둘째 시 기법인 은유, 상징과 독특한 시어로, 시의 구조와 형식을 잘 갖추고 있다고도 하겠다. 아버지의 모습을 아련하게 그려낸 낭만적인 시이기도 하다.

셋째 오랜 세월 삶의 무게로 구부정한 아버지 모습, 그건 바로 독자의 아버지일 수도 있다.

끝으로 독자로 하여금 공감에 이르게 하려면, 독자가 해석하기 쉽게 쓰고 감성 있는 시어를 사용해야 한다. 이 시인의 시 "아버지"가 이에 충실하게 쓴 시라 하겠다. 더구나 우리가 잊고 사는 아버지의 삶을 소재로 하였다는 점에서, 독자의 눈길을 끌게 한 시이기도 하다. 그래서인지 실재로 이 시인의 시 "아버지"는 유트브에 낭송된 지 한 달 만에, 조회 수 3,000명을 기록하고 있다. 지금도 하루 100명씩 조회 수가 늘어나고 있다. 그만큼 독자도 공감하며 반응이 좋다는 거다.

독자들은 이 시인의 시 "아버지"를 통해서, 아버지라는 존재를 새삼 깨닫게 되었을 거다. 그러니 독자들도 이 시를 읽고 어머니 말고 아버지도 존재한다는 것을 한번쯤 생각해보는 기회가 되었으면 좋겠다.

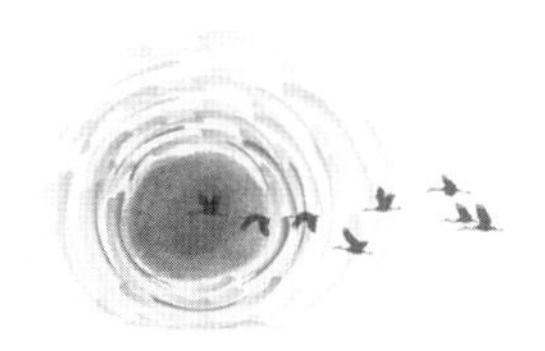

김 운 향 (金雲香)

· 시인. 문학박사

# 시에 나타난 바다의 이미지

## 1. 시와 이미지

시에서의 이미지(image)는 언어로 표현된 것이 사람의 감각에 의하여 마음 속에 나타나는 그림(心象)이라고 할 수 있다. 이러한 시의 이미지를 통하여 언어로 표현된 추상적이고 관념적인 의미를 보다 구체화하고 선명하게 할 수 있을 뿐만 아니라 시적 상황을 그림처럼 마음속에 그리게 한다. 예컨대 '아침 바다'를 통하여 죽음으로부터 부활하는 새 삶이라는 정서적 반응을 마음에 그릴 수 있는 것이다.

이미지는 과거에 지각적으로 감지된 체험을 정신적으로 재현하는 것이다. 이러한 재현능력은 사람이 가지는 상상력에서 나온다. 따라서 독자가 가지는 상상력의 차이에서 시의 다양한 해석이 나오게 된다. 같은 표현의 시를 다양한 의미로 해석할 수 있는 것은, 바로 독자의 상상력이 서로 다르기 때문이다. '저녁노을'이라는 시적 표현을 두고 어떤 이는 삶을 마지막으로 장식하는 장례예식을 나타낸다고 하는가 하면, 다른 이는 자연이 그려주는 더 없는 아름다움이라고 해석하는 것은 독자의 체험에서 우러나오는 상상력의 차이에서 오는 것이다.

이러한 이미지가 우리의 시에서는 어떻게 나타나고 있는가를 다음에서 고찰 하고자 한다. 본고에서는 정지용, 서정주, 문덕수, 김명인, 이해웅, 김운향의 시에서 나타난 바다의 이미지를 간략하게 살펴보려고 한다.

## 2. 바다의 이미지

### (1) 정지용(鄭芝溶)의 「바다 9」

바다는 뿔뿔이/ 달어날랴고 했다.// 푸른 도마뱀 떼같이/ 재재발렀다.// 꼬리가 이루/ 잡히지 않었다.// 흰 발톱에 찢긴/ 산호(珊瑚)보다 붉고 슬픈 생채기!// 가까스루 몰아다 부치고/ 변죽을 둘러 손질하여 물기를 시쳤다.// 이 앨 쓴 해도(海圖)에/ 손을 싯고 떼었다.// 찰찰 넘치도록/ 돌돌 굴르도록// 회동그란히 바쳐 들었다!/ 지구(地球)는 연(蓮)닢인 양 옴으라들고……펴고……

- 「바다 9」[1] 전문 -

위의 시 「바다 9」는 역동적인 바다의 모습을 그리고 있다. 파도가 밀려왔다 밀려가는 바다의 형상이 '푸른 도마뱀'의 몸놀림이라는 이미지로 나타나고 있다. 도마뱀은 다리와 꼬리가 있어서 달아나는 도마뱀의 영상은 생동감이 있다. 바다의 막연하고 추상적인 의미를 살아서 재빨리 움직이는 도마뱀으로 치환함으로써 독자의 상상력을 자극하여 바다의 모습을 꿈틀거리는 생명체로 각인하고 있다.

1) 정지용, 『정지용 시집』, 시문학사, 1935.

이어서 '흰 발톱에 찢긴/ 산호(珊瑚)보다 붉고 슬픈 생채기!'는 파도가 모랫벌에 남겨놓은 상처의 모습을 그리고 있다. 파도가 칠 때 생기는 포말을 '흰 발톱'이라고 하고 모래를 농락하여 생겨난 흔적을 '산호보다 붉고 슬픈 생채기!'라고 표현한 것은 언어를 사용하여 그려낸 선명한 그림이다.

이는 바다의 파도에 대한 깊은 통찰력을 가지지 않고는 포착하기 어려운 이미지이다. 5연에서 화자는 상상 속에서 가까스로 바다를 붙잡아 다스린다. 그 다스림은 현실의 세계인 바다를 지도(앨쓴 해도)로 옮겨놓는 일과 비슷하다.

시의 결구에서 '연닢인양 옴으라들고… 펴고…'라고 표현함으로써 그 지구라는 연잎 위에 물방울이 바다라고 묘사하고 있다. 사물의 크고 작음은 본질적인 것이 아니라 비교 대상이 무엇이냐에 따라서 달라진다는 것이다. 바다마저 연잎 위의 작은 물방울로 그려낸 언어의 상상력이야말로 정지용 초기 작품의 진정한 모습이라고 할 수 있다.

이 작품은 자잘한 것에서부터 시작하여 바다마저 물방울에 지나지 않는다는 큰 이미지를 표현하고 있다. 그의 시가 서구의 회화적이며 감각적인 모습을 모방하는 것에서 벗어나 독창적이며 동적인 이미지를 제시하고 있으며 파도에서 지구로 확장하는 전체적인 모습을 그려내고 있다.

### (2) 서정주(徐廷柱)의 「바다」

다음의 시 「바다」는 시의 화자가 가지는 절망적인 이미지를 보여

준다. 이 시가 1939년에 『사해공론』[2)]에 발표된 점을 고려하면 당시 식민지 청년의 탈출구는 오직 바다였을 것 같다.

> 귀기우려도 있는 것은 역시 바다와 나뿐./ 밀려왔다 밀려가는 무수한 물결 우에 무수한 밤이 往來하나/ 길은 恒時 어데나 있고, 길은 결국 아무데도 없다.// 아 — 반딧만한 등불 하나도 없이/ 우름에 젖은얼굴을 온전한 어둠속에 숨기어가지고…… 너는,/ 無言의 海心에 홀로 타오르는/ 한낫 꽃같은 心臟으로 沈沒하라.// 아 — 스스로히 푸르른 情熱에 넘처/ 둥그란 하늘을 이고 웅얼거리는 바다,/ 바다의 깊이우에/ 네구멍 뚤린 피리를 불고–청년아./ 애비를 잊어버려/ 에미를 잊어버려/ 兄弟와 親戚과 동모를 잊어버려,/ 마지막 네 게집을 잊어버려,// 아라스카로 가라 아니 아라비아로 가라/ 아니 아메리카로 가라 아니 아프리카로/ 가라 아니 沈沒하라. 沈沒하라. 沈沒하라!/ 오 — 어지러운 心臟의 무게 우에 풀닢처럼 훗날리는 머리칼을 달고/ 이리도 괴로운 나는 어찌 끝끝내 바다에 그득해야 하는가./ 눈뜨라. 사랑하는 눈을 뜨라…… 청년아,/ 산 바다의 어느 東西南北으로도/ 밤과 피에 젖은 國土가있다.// 아라스카로 가라!/ 아라비아로 가라!/ 아메리카로 가라!/아푸리카로 가라!
>
> -「바다」 전문 -

2) 김해진, 한동수가 발행한 문예지로서 1935년 5월(창간), 1939년 11월(종간), 사해론사

첫째와 둘째 연에서 화자는 이 세상에 존재하는 것은 바다와 나뿐이라고 하며 절대고독을 말한다. '길은 결국 아무데도 없다', '반딧불만한 등불 하나도 없이'에서 길도 희망도 없는 현실을 심상에 각인시켜준다. 이러한 절대고독 속에서 화자는
'無言의 海心에 홀로 타오르는/ 한낫 꽃같은 心臟'이 되어 바다에 침몰하고자 한다.

이승하는 이러한 상황을 "철두철미한 고독에 도달하는 것, 그것은 하나의 죽음에 해당하는 행위이다."[3]라고 하여 극한의 고독으로 인한 죽음의 이미지로 인식하고 있다.

셋째와 넷째 연은 화자와 관계되는 모든 사람들을 잊어버리고 바다에 침몰하라고 한다. 스스로 고독을 만들고 나서 그마저도 바다에 침몰하는 절대고독을 다시 한번 그려내고 있다. 그러나 화자는 자신보다도 더 고독하고 온몸이 찢겨서 상처투성이인 '피에 젖은 국토'를 발견한다. 이 세상에 고독과 절망만이 엄습하여 바다에 침몰하려 하다가 살아야 하는 이유를 찾아낸 것이다. 미당은 비록 1941년 이후 친일시를 10여 편 쓰지만 그 이전에는 처절한 조국의 현실을 '피에 젖은 국토'라는 저항과 투쟁의 이미지를 시에 표현하고 있다.

마지막 연에서는 이러한 조국의 현실을 직시하며 바다로 나아가라고 외치고 있다. 이때의 바다는 고독과 절망의 자아를 침몰시키는 곳이 아니라 조국을 다시 찾는 희망의 이미지를 마음속에 심어주고 있다.

---

3) 이승하, 『한국 현대시에 나타난 10대 명제』, 새미, 2004, p. 337.

### (3) 문덕수(文德守)의 「새벽바다」

아래의 시 「새벽바다」에서 바다는 시인의 눈에는 보석 상자로 보인다. 새벽녘 바다에 떠오르는 태양을 한 폭의 그림으로 옮겨놓고 있다. 마치 미술관에서 새벽바다를 그린 그림을 감상하는 것처럼 독자의 눈에 생생한 태양이 솟는 바다를 보여주고 있다.

> 많은/ 태양이/ 쬐그만 공처럼/ 바다 끝에서 튀어 오른다/ 일제히 쏘아올린 총알이다./ 짐승처럼/ 우르르 몰려 왔다가는/ 몰려간다./ 능금처럼 익은 바다가/ 부글부글 끓는다./ 일제 사격/ 벌집처럼 총총히 뚫린 구멍 속으로/ 태양이 하나하나 박힌다./ 바다는 보석 상자다.
>
> -「새벽바다」[4] 전문 -

'태양이 쬐그만 공처럼 바다 끝에서 튀어 오른다'는 바로 새벽바다에 떠오르는 해를 시인의 화폭에 생동감 있게 담은 모습이다. 나아가 해를 '일제히 쏘아올린 총알'이라고 표현하고 있는데 이는 시인이 추구하는 시적 조형미를 극적으로 보여주고 있다고 하겠다. 바닷물결에 반사하는 해가 마치 우르르 몰려다니는 짐승과 같다는 표현도 동화적이다. 후반부에서도 능금처럼 붉게 익은 새벽바다가 부글부글 끓는다고 한다. 언어라는 재료로 바다에 반사되는 태양과 그 빛을 유감없이 그려 독자의 뇌리에 생생하게 박히게 한다.

---

4) 문덕수, 『새벽바다』, 성문각, 1975.

시인은 새벽바다의 수많은 작은 물결에 태양이 반사하는 모습을 '벌집처럼 총총히 뚫린 구멍 속으로/ 태양이 하나하나 박힌다'라며 이는 누군가가 태양의 총알을 일제히 사격한 결과라고 한다. 결국 새벽바다는 수많은 태양이 물결 속에 반짝이는 보석상자라고 이미지화한다. 태양을 빛 총알이라거나 벌집 속의 구슬로 보는 시인의 상상력은 대상의 이미지를 동화의 세계로 이끌어가는 심안(心眼)의 소산이라고 하겠다. 시인은 네 번째 시집인 『새벽바다』의 '자서'에서 자신의 시학을 "환상적 미학"이라고 말한 바 있다. 이러한 환상은 「새벽바다」에서 극적으로 나타나고 있는 것이다. 시를 통하여 현실의 추한 모습을 비판적으로 그리는 것도 중요하지만 사람들에게 환상적인 아름다움을 심어주는 것도 중요한 것이라고 여겨진다.

### (4) 김명인(金明仁)의 바다의 아코디언

김명인의 시를 관통하는 주제는 바다라고 해도 과언이 아니다. 그가 태어난 바닷가는 늘 그를 따라 다니는 그림자였다. 아래의 시 「바다의 아코디언」도 이러한 맥락과 같이 하는 것이라고 할 수 있다.

> 노래라면 내가 부를 차례라도/ 너조차 순서를 기다리지 않는다./ 다리 절며 혼자 부안 격포로 돌 때/ 갈매기 울음으로 친다면 수수억 톤/ 파도 소릴 긁어대던 아코디언/ 갯벌 위에 떨어져 있다./ 파도는 몇 겁쯤 건반에 얹히더라도/ 지치거나 병들거

나 늙는 법이 없어서/ 소리로 파이는 시간의 헛된 주름만 수시로/ 저의 생멸(生滅)을 거듭할 뿐/ 접혔다 펼쳐지는 한순간이라면 이미/ 한 생애의 내력일 것이니/ 추억과 고집 중 어느 것으로/ 저 영원을 다 켜댈 수 있겠느냐/ 채석에 스몄다 빠져나가는 썰물이/ 오늘도 석양에 반짝거린다./ 고요해지거라 고요해지거라/ 쓰려고 작정하면 어느새 바닥 드러내는/ 삶과 같아서 뻘밭 위/ 무수한 겹주름들/ 저물더라도 나머지의 음자리까지/ 천천히, 천천히 파도 소리가 씻어내리니,/ 지워진 자취가 비로소 아득해지는/ 어스름 속으로/ 누군가 끝없이 아코디언을 펼치고 있다.

-「바다의 아코디언」[5] 전문 -

「바다의 아코디언」은 바다를 아코디언인 갯벌의 주름으로 그리고 있다. '다리 절며 혼자 부안 격포로 돌 때/ 갈매기 울음으로 친다면 수수억 톤/ 파도 소릴 긁어대던 아코디언/ 갯벌 위에 떨어져 있다.'에서 인간은 생로병사의 굴레 속에서 다리를 절며 바닷가에 와 있지만 갈매기소리로 울어대는 바다는 갯벌에 아코디언이라는 주름 악보를 만들어 영원을 노래하고 있다고 한다. 인간의 유한성을 바다의 영원성과 대비하는 모습은 곧바로 이어지는 '파도는 몇 겁쯤 건반에 얹히더라도/ 지치거나 병들거나 늙는 법이 없어서'에서 선명하게 대비된다. 인간세계의 시간은 인간과 생명체를 병들게 하지만 소리로 대변하는 파도는 영원함을 그림처럼 그려내고 있다.

---

5) 김명인, 『바다의 아코디언』, 문학과 지성, 2002.

그러나 '소리로 파이는 시간의 헛된 주름만 수시로/ 저의 생멸을 거듭할 뿐'에서 파도는 소리로 악보인 갯벌의 주름을 영원히 만들어 가지만 그 주름은 언제나 새 파도에 지워지는 헛된 것이라고 한다.

김명인은 파도소리를 갯벌의 주름으로 캔버스에 그려놓을 뿐만 아니라 늙고 병들게 하는 시간도 역시 갯벌의 주름의 나고 죽는 모습으로 바꾸어 놓고 있다. 소리와 시간이라는 불가시적인 대상을 마치 눈으로 보고 촉각으로 감지할 수 있는 갯벌 위의 아코디언인 주름으로 그려내어 독자의 마음속에 선명한 그림으로 펼쳐 보이고 있다. 사람들은 갯벌의 주름처럼 비록 지워져도 영원히 지속되는 그 무엇이 있다고 믿지만 그 믿음은 시간의 한계 속에서 다리를 절고 병들어 죽는 유한한 존재가 가지는 의식일 뿐이다. 그러나 이 시의 화자는 비록 갯벌의 주름을 연주하는 아코디언이라는 악기가 바닷가에 있음을 말하여 인간에게 영원성이라는 희망을 주고 있는 것이다. 마지막 부분인 '지워진 자취가 비로소 아득해지는/ 어스름 속으로/ 누군가 끝없이 아코디언을 펼치고 있다.'에서 현실적으로는 파도가 연주하여 만든 악보가 지워지고 어스름이 몰려와도 누군가 끊임없이 영원의 아코디언을 연주하고 있다고 함으로써 생멸을 관조(觀照)의 눈으로 바라보고 있음을 알 수 있다.

### (5) 이해웅(李海雄)의 「아침 바다」

다음의 시는 시인의 고향바다를 추억하며 자연이 주는 한없는 축복을 동심어린 시선으로 바라보고 있다. 시인은 부산 기장군의 고리 원자력발전소가 있는 고향의 아픔을 묘비명을 쓰는 심정으로 그의 시집 『파도 속에 묻힌 고향』에 담고 있다. 아마도 시인은 핵발전소가 인간의 욕망의 결과물이지만 핵폐기물과 방사선누출이 가져올 은빛 영혼의 타락은 무엇으로 막을 것인가를 꾸짖고 있는 것이리라.

> 은값 오르거든 고리 앞바다로 오라/ 동해 바다 지천으로 널린/ 저 은 펴 가시라// 우리네 일상이 저 은빛으로/ 반짝이는 순간/ 가슴은 저 광활한/ 무상의 은총으로 채워지나니// 아침이 저와 같이 반짝이는 것은/ 눈의 영롱함이/ 혼의 영롱함으로 일떠세우기 위함이니// 아침이면 가슴 펴고/ 저 바다 앞에 서라/ 은빛이 네 마음 속속들이/ 물들일 때까지
>
> -「아침 바다」[6] 전문 -

시인은 무상의 은총으로 채워주는 바다를 추억하고 있다. 바다는 실로 아무런 보상을 바라지 않고 물고기를 주고 소금을 주며 여름 한철 무더위를 식혀준다. 이러한 금전적 가치가 있는 것 이외에 '우리네 일상이 저 은빛으로/ 반짝이는 순간/ 가슴은 저 광활한/ 무상의 은총으로 채워지나니'라며 가슴에 한없이 채우는 정서적 충만을 일깨우고 있다. 나아가 아침바다가 반짝이는 것은 인간의 눈을 영롱하게 함으로써 혼까지 깨우기 위함이라고 한다. 현재는 혼이 죽은 세대라는 말이 함축되어 있다. 물질적인 것에 지배를 받으며 그날그날을 기계의 부속품처럼 살아가는 인간에게 아침 바다는

6) 이해웅, 『파도 속에 묻힌 고향』, 해성, 2012.

영롱한 혼을 넣어주려고 저렇게 반짝이고 있다는 것이다. 마지막 연에서 은보다 더 소중한 영혼을 깨우는 은빛의 물결이 마음을 속속들이 물들일 때까지 아침 바다를 마주하라고 한다.

시인은 은이라는 물질적 가치를 역설적으로 강조하여 은이 아닌 은빛이라는 영혼을 깨우는 바닷물결을 화폭에 그려내듯 펼치고 있다. 잔잔하게 이는 아침 바다의 물결을 마치 거대한 물고기가 은빛 비늘을 반짝이는 것으로 상상하도록 독자의 심상을 자극한다. 시인이 어릴 적부터 마음속에 담아온 고향 바다를 동시적인 색채로 화판에 그려내고 있다.

### (6) 김운향(金雲香)의 「먼 바다」

머언 수평선에/ 하얀 부챗살로 돋는 그대/ 눈부신 태양 아래/ 숨죽인 밀어였네/ 어둠의 세월 풀고 싶어/ 바람 불어오는 절벽에 서면/ 저 영원이란 말/ 누가 새긴 흔적일까/ 파도는 부서지고/ 다시 파도는 일어설까/ 새벽 하늘에 트여오는 빛으로/ 그대 깊고 푸른 바다/ 그대 깊고 먼 바다.

-「먼 바다」[7] 전문 -

위의 시 「먼 바다」의 화자는 바다의 수평선에 부챗살로 돋는 아침 햇살을 바라보며 바람 부는 절벽에 서 있다. 언뜻 보기에는 아름다운 풍광을 보려는 것 같지만 그는 바람 부는 절벽에 서 있다.

7) 김운향, 『구름의 라노비아』, 해와 달, 1999.

바람은 정처 없이 떠돌아다니는 속성을 가지고 있고 절벽은 한 발 더 내딛는 순간 추락하는 절망의 지점이다. 이 두 극단의 바람과 절벽을 마주하며 사랑이라는 어둠속의 밀어인 어둠의 세월을 알려고 한다.

시인의 분신인 화자가 바닷가 바람 부는 절벽에 사생결단의 심정으로 서서 사랑이라는 것의 진실을 찾으려 하지만 영원한 바다는 사랑이 한순간 비추는 햇살처럼 덧없다는 것을 말없이 보여주고 있다. 결국, 사랑은 영원하다고 하며 사람을 사랑에 빠뜨리지만 사랑은 영원하지 않음을 깨닫게 된다.

사랑은 하얀 부챗살로 돋아 아침 한순간을 찬란하게 밝히는 햇살일 뿐 그 햇살은 태양이 솟아나면 흔적도 없이 사라지고 오직 말 못하고 숨죽이는 어둠 속의 밀어가 된다는 것이다. 파도가 밀려오면 흔적이 사라지듯이 사랑은 썼다가는 곧 지워지는 운명이다. 그러나 화자는 그 사랑이 파도가 부서졌다가 다시 일어서는 것처럼 모래 위의 흔적으로나마 지워졌다가 다시 또 살아날 것이라는 희망을 간직하고자 한다. 즉, '그대'라는 사랑이 새벽하늘에 돋는 빛으로라도 남아 있기를 바라며 깊고 푸른 바다에 머물기를 소망하고 있다.

시인은 사랑을 먼 바다 수평선에 돋는 부챗살이라는 찬란하지만 금방 사라지는 흔적이라는 이미지로 형상화하고 있다. 사랑이라는 보이지도 않고 감지할 수도 없는 것을 바다 위에서 돋아나는 아침 햇살로 바꾸어 마음속의 그림으로 그려놓는 것이다. 바람의 허상과 절벽의 절망을 마주하며 서 있는 화자의 모습은 진리를 찾는 철학자의 자세로 한 폭의 그림 속에 선명하게 펼쳐져 있다.

## 3. 결어

시인은 시어로 시를 쓰지만 그 시 속에는 글로 표현된 영상이 담겨 있다. 우리가 시를 읽는 것은 이 영상을 찾아내는 퍼즐게임이라고 할 것이다. 오늘날 영상시대에는 시도 마음속에 선명한 영상을 그려내는 시가 독자로부터 환영받고 있다. 우리 시는 오래 전부터 이러한 심상을 그려 보이는데 소홀하지 않았음은 본고에서 고찰하였다.

멀리는 정지용의 「바다 9」와 서정주의 「바다」에서 시인들은 바다라는 대상을 실감나는 그림으로 그 이미지를 펼치고 있고, 이어서 문덕수의 「새벽바다」는 마치 동화책의 그림처럼 새벽바다의 이미지를 환상적으로 보여주고 있으며, 김명인의 「바다의 아코디언」에서도 바다가 만드는 갯벌의 오선지를 주름을 지닌 아코디언으로 치환하여 영원한 노래를 들려주려 한다. 나아가 이해웅의 「아침바다」와 김운향의 「먼 바다」에서도 대상인 바다를 상징적인 언어를 통하여 한 폭의 그림으로 그려내고 있다. 이처럼 이미지라는 심상은 영상물에서 뿐만 아니라 문자로 표현된 시에서도 폭넓게 나타난다. 이러한 이미지 시는 영상시대에 독자로부터 '보는 시'로 자리매김을 하게 될 것이다.

# 편집후기

2024년 청명한 어느 가을 날, 모처럼 GSPA 15회 동기들이 남산 한옥 마을에서 만나, 남산 둘레길을 걸었다. 트레킹한 후 충무로 근처에서 삼겹살에 소주 한잔 하며 점심을 같이했다. 동기들이 오래간만에 만나서 그런지, 분위기가 참 좋았다.

이런 이야기 저런 이야기 하다가, 나는 허범도 동기에게 "길 끝에서 돌아보다."라는 고시 동기 50주년 기념문집 한 권을 건네줬다. 그 책을 보고 이 자리에 같이한 GSPA 15기 이준웅 회장 등 모든 동기들이, 우리도 내년 3월이면 졸업 50주년(입학기준) 되는데, 기념문집을 하나 만들자고 의견을 모았다.

나는 은퇴 후 취미로 시, 수필, 평론가로 등단하여, 시집 2권 수필집 한 권을 출간한 바 있다. 그래서 내가 기념문집 편집을 주관하기로 하였다. 70대 중반인 우리 나이에 우리 후손과 후대에 남길 것이라고는, 자기가 갖고 있는 심상을 열어 글로 남기는 것이라고 생각한다. 그런 만치 우리 동기들도 기념문집에 많이 참여할 것이라고 기대했다.

그러나 예상과 달리 그동안 낯익은 동기들을 중심으로 1차 원고 마감일인 2024년 9월 30일에는 당초 목표보다 조금 적었다. 그래도 12명 동기와 친지 3분이 원고를 내 주셨다. 부득이 마감 기일을

10월 31일로 연장하였다. 2차 원고 모집은 쉽지 않았다. 1개월을 연장해도 20명 동기 원고를 모집하는데 어려움이 있었다. 연락두절과 이미 소천한 동기들이 많이 있어서 그렇다.

원고 내용은 시, 수필, 여행기, 평론으로 다양하였다. 행정대학원 입학 당시 교수의 모습과 친구, 종교, 통일 그동안 여행 등 삶을 살아온 다양한 글들이 들어 있었다. 지난 50주년 동안 동기 분들 모두가 여러 분야에서 저마다 다양한 삶을 살았다는 이야기들이 담아 있는 거다.

그러나 아쉽게도 지난 50년 동안 GSPA 동기들이 저마다 삶에 바빠서, 소통이 다소 부진한 관계로 참여자가 적은 게 흠이라면 흠이다. 원고를 보면서 마로니에 캠퍼스로 함께한 동기들의 얼굴이 새록새록 떠올랐다. 지금도 늦지 않았다. 기념문집 발간을 계기로 재상봉 행사와 우리가 사는 동안에 정기적으로 만나는 기회를 많이 만들었으면 좋겠다, 이제 서울대 학부에는 행정학과도 없다. 우리 행정대학원이 행정학을 공부하는 전통을 이어져 나가야 합니다.

기념문집을 편집하면서 나는 캠퍼스가 있던 마로니에 공원에도 가 보고, 관악산으로 옮긴 캠퍼스에도 가보았다. 마로니에 공원으로 변해버린 동숭동 캠퍼스는 사라졌지만, 관악산 기슭으로 옮겨온

행정대학원은 나름대로 젊음을 만끽하는 것 같았다. 좋은 자리에 자리 잡아 후학 양성에 힘을 기울이는 분위기다. 어쨌든 50년 세월이 무상하듯 강물처럼 흘러가 버렸지만, 감회가 새롭다.

동기들을 잊지 않고 원고를 내주신 동기 분들께 감사드립니다. 특히, 동기들 문집을 더욱 빛나기 위해서 선듯 작품을 내주신 친지 시인과 작가님, 그리고 특히 할아버지들을 위하여 좋은 작품을 내준 꼬마 작가님께는 거듭 거듭 감사의 말을 전합니다.

감사합니다.

끝으로 GSPA 모든 동기들과 가족들이 건강과 행복으로 여생을 보낼 수 있기를 소망한다. 또 기념문집 편집에 참여하신 이준웅 회장님과 허범도, 송근원, 박병로, 이규성 동기에게 감사의 말씀을 드립니다.

김한진 편집위원장 소고

서울대행정대학원 제15회 졸업50주년 기념문집

늦가을의 향기

초판 인쇄 2025년 2월 12일
초판 발행 2025년 2월 26일

펴낸곳 서울대 행정대학원 제15회 동기회
발행처 정은출판
주 소 서울특별시 중구 창경궁로 1길 29
이메일 rossjw@hanmail.net
전 화 02)2272-9280, 8807
팩 스 02)2277-1350

ISBN 978-89-5824-516-2 (03810)

정가 15,000원